O PALHAÇO NO MILHARAL

O PALHAÇO NO MILHARAL

ADAM CESARE

ALTA BOOKS
GRUPO EDITORIAL
Rio de Janeiro, 2022

O Palhaço no Milharal

Copyright © 2022 da Starlin Alta Editora e Consultoria Eireli.
ISBN: 978-65-5520-905-1

Translated from original Clown in a Cornfield. Copyright © 2020 Temple Hill Publishing LLC. ISBN 978-0-06-285459-9. This translation is published and sold by permission of HarperCollins an imprint of HarperCollins Publishers, the owner of all rights to publish and sell the same. PORTUGUESE language edition published by Starlin Alta Editora e Consultoria Eireli, Copyright © 2022 by Starlin Alta Editora e Consultoria Eireli.

Impresso no Brasil – 1ª Edição, 2022 — Edição revisada conforme o Acordo Ortográfico da Língua Portuguesa de 2009.

Dados Internacionais de Catalogação na Publicação (CIP) de acordo com ISBD

C421p Cesare, Adam
O Palhaço no Milharal / Adam Cesare ; traduzido por João Pedroso. - Rio de Janeiro : Alta Books, 2022.
352 p. : 16cm x 23cm.

Tradução de: Clown in a Cornfield
ISBN: 978-65-5520-905-1

1. Literatura norte-americana. 2. Romance. 3. Terror. I. João, Pedroso. II. Título.

2022-2658
CDD 813.5
CDU 821.111(73)-31

Elaborado por Odilio Hilario Moreira Junior – CRB-8/9949

Índice para catálogo sistemático:
1. Literatura norte-americana: Romance 813.5
2. Literatura norte-americana: Romance 821.111(73)-31

Todos os direitos estão reservados e protegidos por Lei. Nenhuma parte deste livro, sem autorização prévia por escrito da editora, poderá ser reproduzida ou transmitida. A violação dos Direitos Autorais é crime estabelecido na Lei nº 9.610/98 e com punição de acordo com o artigo 184 do Código Penal.

A editora não se responsabiliza pelo conteúdo da obra, formulada exclusivamente pelo(s) autor(es).

Marcas Registradas: Todos os termos mencionados e reconhecidos como Marca Registrada e/ou Comercial são de responsabilidade de seus proprietários. A editora informa não estar associada a nenhum produto e/ou fornecedor apresentado no livro.

Erratas e arquivos de apoio: No site da editora relatamos, com a devida correção, qualquer erro encontrado em nossos livros, bem como disponibilizamos arquivos de apoio se aplicáveis à obra em questão.

Acesse o site www.altabooks.com.br e procure pelo título do livro desejado para ter acesso às erratas, aos arquivos de apoio e/ou a outros conteúdos aplicáveis à obra.

Suporte Técnico: A obra é comercializada na forma em que está, sem direito a suporte técnico ou orientação pessoal/exclusiva ao leitor.

A editora não se responsabiliza pela manutenção, atualização e idioma dos sites referidos pelos autores nesta obra.

Produção Editorial
Editora Alta Books

Diretor Editorial
Anderson Vieira
anderson.vieira@altabooks.com.br

Editor
José Ruggeri
j.ruggeri@altabooks.com.br

Gerência Comercial
Claudio Lima
claudio@altabooks.com.br

Gerência Marketing
Andréa Guatiello
andrea@altabooks.com.br

Coordenação Comercial
Thiago Biaggi

Coordenação de Eventos
Viviane Paiva
comercial@altabooks.com.br

Coordenação ADM/Finc.
Solange Souza

Direitos Autorais
Raquel Porto
rights@altabooks.com.br

Produtoras da Obra
Illysabelle Trajano
Maria de Lourdes Borges

Assistente Editorial da Obra
Beatriz de Assis

Produtores Editoriais
Paulo Gomes
Thales Silva
Thiê Alves

Equipe Comercial
Adriana Baricelli
Ana Carolina Marinho
Daiana Costa
Fillipe Amorim
Heber Garcia
Kaique Luiz
Maira Conceição

Equipe Editorial
Betânia Santos
Brenda Rodrigues
Caroline David
Gabriela Paiva
Henrique Waldez
Kelry Oliveira
Marcelli Ferreira
Mariana Portugal
Matheus Mello

Marketing Editorial
Jessica Nogueira
Livia Carvalho
Marcelo Santos
Pedro Guimarães
Thiago Brito

Atuaram na edição desta obra:

Tradução
João Pedroso

Copidesque
Vivian Sbravatti

Revisão Gramatical
Rafael Surgek
Natália Pacheco

Layout | Diagramação
Marcelli Ferreira e
Rita Motta

Editora afiliada à: ASSOCIADO

Rua Viúva Cláudio, 291 – Bairro Industrial do Jacaré
CEP: 20.970-031 – Rio de Janeiro (RJ)
Tels.: (21) 3278-8069 / 3278-8419
www.altabooks.com.br – altabooks@altabooks.com.br
Ouvidoria: ouvidoria@altabooks.com.br

Para Jen

PRÓLOGO

— Tão me vendo? — gritou Cole. Ele estava descalço e olhando para a água na orla sul do reservatório. Parecia estar concentrado, mas Janet o conhecia muito bem e sabia que aquela careta era de tanto forçar para o tanquinho aparecer.

— Tô filmando — respondeu Victoria, berrando enquanto enquadrava o irmão. Estava atrapalhada, usando o celular dele. — Como faz pra dar zoom nesse troço? — perguntou enquanto caminhava, arrastando os pés até a borda, sem olhar para o chão e prestando atenção em Cole. Janet avistou a pontinha da língua de Victoria saindo pelo canto da boca enquanto ela tentava ao máximo enquadrar o irmão do jeito que ele queria.

— Tem que usar o modo retrato pra fazer live — disse Janet.

Era para ser uma dica simpática, mas as palavras acabaram soando rudes. Não queria ter sido grossa, mas não tinha nada que pudesse fazer. Por causa de seu tom, muita gente achava que ela era uma vadia antipática. Seu tom e o

1

fato de que ela era meio grossa, sim. Mas e daí? Era divertido ver os carneirinhos tremendo na base.

— É que eu… Hum… — balbuciou Victoria. Ela colocou o celular na vertical e deu uma olhada para Janet em busca de confirmação de que estava fazendo do jeito certo.

— Deixa pra lá — gritou Cole. Ele soltou o ar, e os gominhos da barriga ficaram um pouco menos definidos. Cole nem precisava se esforçar para ser um gostoso. É sério. E Janet até achava que ele ficava ainda mais gato quando não se esforçava. — Deixa que a Janet faz, pode ser? — Um suspiro de frustração. — Por favor?

Tomando cuidado para não escorregar, Janet foi devagar até a borda para ficar ao lado da irmã de Cole. Assim que tirou o celular das mãos de Victoria, começou a ajustar o foco e o enquadramento. Aquela menina não tinha culpa de ser inapta. Ela era tão nova, tão pouco vivida. Tinha quantos anos mesmo? Doze, treze? Quantos anos será que o pessoal da oitava série tem? Enfim, Victoria Hill era ingênua. Janet tinha se especializado na arte de encolher a barriga e empinar a bunda para selfies antes mesmo de Victoria ter idade para se lembrar da própria senha.

Janet deu o sinal, e Cole deu um mortal — um meio mortal, na verdade — que o fez cair com um *tchibum* na água. O barulho provavelmente foi mais intenso do que ele queria que tivesse sido.

Atrás dela, havia uma série de latinhas e garrafas sendo abertas. Matt deve ter dado o sinal de que a barra estava limpa para a festa. Era trabalho de Matt Trent descobrir quando os vigilantes de quem era colega patrulhariam o reservatório. Isso significava que, dentro de mais ou menos uma hora, eles teriam que começar a pensar em ir embora. Tempo mais do que suficiente para aquela turma peso-pena ficar mais do que bêbada.

De trás de Janet, houve um estrondo e depois uma voz familiar:

— Sai da frente! — gritou Ruivinha Wagner. Ruivinha não era seu nome de verdade; era Annabeth. Acontece que ela havia tentado fazer luzes no cabelo quando estava na sétima série, e deu tudo errado. No fim das contas, o cabelo acabou ficando vermelho-palhaço. Ela havia mantido os fios daquele jeito mesmo, disse que gostava da cor e ponto final. Desde então, virou "Ruivinha". Sem nem lembrar do celular de Cole na mão, Janet se virou e observou Ruivinha passar de skate.

— Olha por onde anda, sua vadia! — gritou Janet enquanto Ruivinha se afastava. Recebeu um dedo do meio como resposta.

Janet sorriu e acompanhou Ruivinha com os olhos. As rodas do skate da garota faziam um barulhão no concreto velho e esburacado.

Janet a seguiu com a câmera.

— Você tá ao vivo, Ruivinha! Faz alguma coisa — gritou.

Ruivinha assentiu e pulou com o skate sobre um muro de concreto que ficava na altura do joelho e servia como barreira de contenção. Ela se lançou como uma bola de canhão, e o skate a seguiu logo atrás pela queda de 9 metros. Isso que era conteúdo ao vivo. Janet tentou não esquecer de fazer um *boomerang* dos primeiros segundos da transmissão para postar no Twitter assim que chegasse em casa.

O pessoal se amontoou na borda do reservatório, para observar a água.

A festa foi pausada enquanto esperavam que Ruivinha ressurgisse. Ninguém abriu bebida alguma, conversou nem riu.

Matt tinha ido até lá embaixo e havia se juntado a Cole na beira da água. De sunga e vestindo a camisa de uniforme dos seguranças, Matt parecia deslocado. Ele estava com o celular em mãos, um Samsung Galaxy enorme que tinha sido da sua mãe. Ah, que beleza, ficar com os restos da mamãe. Janet estremeceu. Não que fosse rica como Cole, mas pelo menos não precisava viver com o medo constante de sua bateria superaquecer e explodir.

— Meu Deus, mano.

Ainda estavam esperando Ruivinha. Já fazia um bom tempo que ela estava prendendo a respiração...

— Se ela se afogar, eu fico com o corpo — gritou Matt. Janet nem entendeu direito, mas deduziu que ele estava sendo nojento. Embora fosse o cara que os deixou entrar na festa do reservatório, Matt era um babaca do caralho; e ela sabia que não era a única a pensar assim.

Esperaram. Janet conseguia sentir os próprios pulmões começando a doer — nem tinha percebido que estava segurando a respiração —, mas então a cabeça de Ruivinha irrompeu da superfície da água. Ela estava balançando a parte de cima do biquíni.

— O impacto que tirou! Vem, gente! A água tá quentinha — disse.

Ninguém precisava de um convite melhor. Parecia que uma barragem havia se rompido: todo mundo saiu correndo para a água. Teve quem foi andando até a orla lá embaixo, enquanto outros optaram pela via mais direta e pularam de cabeça. *Puta que me pariu, que gentarada é essa?* Janet reconhecia a maioria do pessoal do mesmo ano na escola, os alunos do terceiro ano do ensino médio. Alguns outros rostos eram familiares, mas os nomes, não. Também havia algumas pessoas menos importantes do último ano. Muitos eram alunos que já tinham se formado, mas não foram para a faculdade por um motivo ou outro. A galera mais velha deixava Janet um pouco desconfortável, mas era bem provável que fossem eles que traziam a cerveja.

Não, não eram os esquisitos mais velhos que a incomodavam. *Tem gente do primeiro ano aqui.* Janet sentiu a nuca pinicar de indignação. Ela olhou para os rostos novinhos. Eles se destacavam pela forma como bebericavam a cerveja. Aprenderiam uma lição depois. Quem sabe ela encorajasse Tucker a embebedá-los e abandoná-los lá pelo campo da família Tillerson. Todo ano alguém bêbado morrendo de frio acabava batendo na porta deles pedindo para usar o telefone fixo, porque celular nenhum consegue sinal ali e os fedelhos precisavam ligar para a mamãe buscá-los. Então por que não fazer isso com um bando deles, saído diretamente do reservatório?

Não, também não eram só os calouros metidos que a irritavam. Não era nada que ela fosse lembrar para começar uma investigação no dia seguinte, mas Janet estava irritada porque alguém no grupo havia convidado todo mundo. Aquela noite era para ser a noite *deles*, só dos seis, ou sete, se considerassem Victoria (e Janet não considerava).

Esse passeio até o reservatório era para ter sido só para eles.

— Me dá isso — disse Janet ao arrancar a cerveja de um garoto do primeiro ano com cara de apavorado. — A gente não pode aparecer bebendo nos vídeos, seu burro. — Ela tomou a metade restante da cerveja e jogou a lata vazia para trás. O garoto observava com um tom de admiração (ou seria paixão?) no olhar. — Vaza daqui! — disse Janet ao empurrar o menino. Fez ela se sentir melhor.

— Ô, Janet — chamou Cole. Ele estava subindo de novo. — Vamos tentar o mortal de novo? — Ele fez um gesto com o dedo, como quem diz "abre a live".

Ah, verdade, ela ainda estava com o celular dele.

Ela nem lembrava de ter encerrado a live. Isso não podia ser bom. Janet apertou para reconectar. Houve um momento nebuloso em que o aparelho lutou para conseguir uma conexão e, depois, a contagem de cinco segundos.

— Cuidado aí embaixo! — gritou Tucker Lee enquanto entrava no enquadramento com um M-80 aceso na mão.

— Mas que porra é... — Janet se ouviu dizer, mas então Cole levantou a mão. Ela cortou a transmissão antes de entrar no ar de novo.

— O que você tá fazendo? — gritou Cole, enquanto subia a escada dois degraus de cada vez, para se juntar a eles no mirante, acima do reservatório.

— Eu não ia jogar *de verdade* — disse Tucker. O pavio continuava queimando, mas ele parecia nem se importar. Era um zumbido longo e lento. Era difícil apagar esse tipo de coisa. Ela já tinha visto Tucker jogar um daqueles dentro de um balde d'água, e o negócio explodiu mesmo assim. Um M-80 não era um rojão, essas coisas eram feitas de um quarto de dinamite.

— Apaga isso aí — disse Cole.

— Ah, cara, fala sério — choramingou Tucker. O pavio continuava fazendo um lento *pffffffffffzzzzzz*.

— Agora — disse Cole, aproximando-se para encará-lo. Ou pelo menos se aproximando o máximo possível, já que Cole era uns 30 centímetros mais baixo.

Tucker murmurou, pegou o pavio por baixo com dois dedos e o puxou da bomba sem nem titubear, apesar de provavelmente ter se queimado.

— Uma caixinha com seis foi dez conto — disse Tucker.

— Aqui, ó — disse Cole, puxando uma cerveja de um *cooler* que havia brotado em seus pés enquanto conversavam. — Quites?

— Uma *cream ale*? É sério mesmo?

— Ah, não enche, porra — respondeu Cole com uma risada. — Só bebe.

A ordem havia sido restaurada. Cole assentiu para Janet, e ela recomeçou o processo de abrir a live.

— Oi, gente — disse Cole. Estava usando sua voz de Youtuber; Janet não se conteve e deu um sorriso. Como ele era bobo. Cole não era alto nem tinha ombros largos. Era compacto e definido.. Tinha proporções perfeitas. Sabia lançar uma bola, mas isso era o mais próximo de atividades de "povão" a que ele chegava. Nunca trabalhará nos campos ou na linha de produção da Baypen, mas isso não fazia diferença. O garoto rico não era destinado a trabalho *de verdade*. — Estamos agora ao vivo de um lugar confidencial — continuou ele.

Janet não entendia para que manter segredo. Todo mundo sabia que estavam no Reservatório de Kettle Springs.

— Ô, famoso! — gritou alguém do outro lado do reservatório antes de dar uma cambalhota desajeitada de uma das plataformas de concreto em frente a eles. Havia uma plataforma de cada lado da cascata que se formava quando a água transbordava, e normalmente os rapazes precisavam de mais algumas bebidas antes de começar a escalar a superfície escorregadia e cheia de algas. Só que, naquela noite, pelo visto, o pessoal parecia ansioso para aproveitar a festa.

Janet filmou o salto do sujeito no fundo da cena, mas não deu zoom nem tirou o foco do seu protagonista. Era o

momento do Cole, e ela sabia que não era para desviar a atenção dele.

— Como podem ver — disse Cole, dando uma voltinha e apontando para que Janet fizesse o mesmo, de modo que conseguisse filmar mais da passarela atrás dele —, o calor do verão estendeu sua estadia. Eu e a tropa estamos curtindo do único jeito que a gente sabe.

Ele parou ao lado de Ronnie. A garota se inclinou e colocou a mão sobre a barriga nua dele, logo acima dos shorts de banho. Ronnie Queen era ligeira. E onde foi que arranjou aquele biquíni? Não importa se pela internet ou no shopping da Route 70, Janet e Ronnie normalmente compravam roupas juntas. Janet meio que não conseguiu acreditar que Ronnie usaria algo tão ousado sem nem ter, pelo menos, mandado um *snap* antes, para que Janet comentasse. E aprovasse. Pensando bem, deve ter sido por isso que Ronnie não disse nada. O biquíni e o ato de usá-lo eram claramente uma afronta.

Janet viu nos olhos de Ronnie que ela havia conseguido o que queria: ser notada por Cole. Não de um jeito tarado — ele era legal demais para isso —, mas havia um leve rubor nas suas bochechas e um brilho nos olhos de quem sabia como manter o engajamento da transmissão.

— Tá uma gata, Ronnie — disse Cole.

— Hum, é... valeu, Cole — respondeu Ronnie, não tão tranquila e com uma mão apoiada no antebraço dele, não para se apoiar, mas como flerte.

Vai sonhando, Ronnie. Ele é areia demais pro seu caminhãozinho. Areia demais até pro meu caminhãozinho.

Ronnie parecia nervosa, e era para ficar nervosa mesmo. Estavam há apenas 1 minuto e 30 segundos ao vivo, mas Janet sabia sem sombra de dúvidas que o biquíni não era o bastante... A audiência já estava começando a cair.

Essa merda estava ficando chata.

— Você tá uma gata, *sim*, Ronnie. Mas sou obrigado a dizer que... — Cole deu um sorriso para a câmera. O cara era profissional, parecia ter uma noção natural de que algo precisava acontecer rápido na live. — ...você tá parecendo meio seca.

Ele assobiou entre os dentes. Tucker apareceu, colocou Ronnie sobre um de seus ombros largos e a jogou da borda. Não foi nada espetacular, nem houve preparação para um clímax, mas deu certo, porque, mesmo na tela pequena, dava para ver pela expressão dela que Ronnie foi pega de surpresa. Se tivesse conspirado com os meninos previamente, de jeito nenhum teria vestido *aquele* biquíni.

— Valeu, Tuck — disse Cole, dando uns tapinhas no ombro do amigo, que voltava para o grupinho onde estava bebendo.

Cole olhou para além da câmera.

— E então, Janet, de zero a dez, que nota a gente dá pro mergulho da Ronnie?

Pronto. Ela tinha recebido permissão para ser maldosa, para fazer o que fazia de melhor. E ainda por cima depois de Ronnie ter tentado chamar a atenção de Cole, mesmo sabendo que a própria Janet estava há anos investindo no cara. Janet foi com tudo.

— As pernas dela estavam todas espalhadas. Isso sem falar da flacidez nas coxas. Pra mim a nota é dó, coitada — disse Janet, feliz e finalmente curtindo a vibe da festa.

— Que nada, minha mina é nota dez. Mesmo quando fica parecendo uma boneca de pano — disse Matt, intrometendo-se e segurando o próprio celular na horizontal. Ele havia tirado a parte de cima do uniforme, não que isso fosse impedir alguém de descobrir quem havia deixado todo mundo entrar. Era sério mesmo que ele estava dividindo a audiência? E quem assistiria a live dele se podiam ver a de Cole? Janet fez uma careta para ele.

— Tem gente comentando — disse Janet, lendo a tela. — Dee falou que você também tá começando a parecer meio seco, Cole.

Cole sorriu, deu uma risada tímida e começou a conversar, flertando com a câmera, mas Janet não conseguia se concentrar no que ele dizia.

Victoria Hill não havia colocado um biquíni para ir ao reservatório. E por que colocaria? A irmã de Cole nunca entrava na água. Acontece que Janet percebeu que Victoria tirou a roupa. Ela caminhava, só de calcinha e sutiã, equilibrando-se na ponta leste do reservatório, onde o chão era inclinado. Ninguém andava ali. Quem quisesse ir até o outro lado, tinha que pegar o longo caminho de terra, não a passagem estreita de concreto. Victoria levava uma garrafa de vodca de morango pela metade e andava trôpega, como se estivesse muito bêbada. Prendendo a respiração pela segunda vez naquela noite, Janet observou. No fim das contas, a irmã de Cole atravessou em segurança. Tinha chegado do outro lado sem escorregar e sem ralar os joelhos e cotovelos antes de cair na água.

Janet continuou observando a irmã de Cole, porque aquilo — o que quer que fosse *aquilo* — não tinha terminado. Depois de tomar um gole e jogar a garrafa no chão, Victoria cambaleou até a escada que levava à primeira plataforma de concreto.

Ali não era uma piscina pública, e aquelas plataformas não eram para ser trampolins, mas, enquanto Victoria escalava, Janet desenvolveu um novo respeito pela irmã cronicamente sem sal de Cole. Aquilo que ela estava fazendo, o que quer que fosse, não era fácil.

Victoria Hill estava, na surdina, fazendo uma cena sem fazer uma cena.

Janet ignorou o contínuo monólogo de Cole para a câmera e deu um zoom na escalada da irmã dele.

— Tá me filmando? — perguntou Cole, por fim, quando percebeu que não era mais o foco.

— Olha lá. — Janet apontou. Victoria havia chegado ao topo da plataforma de concreto e estava com os dois braços abertos.

Os braços abertos de Victoria eram ou para se equilibrar ou para animar a audiência, era difícil dizer.

— Vai lá! A gente já enjoou do seu irmão — gritou Tucker, que estava com os braços ao redor de um calouro que ele estava forçando a buscar suas bebidas. Com seus braços e mãos grandes, como uma morsa, Tucker Lee apertava o rapaz.

— Pula! — gritou Ronnie de algum lugar lá embaixo, na água.

— É, pula! — ecoou Matt, que pelo visto tinha esquecido que estava sendo pago para cuidar da segurança de todo mundo.

— Pula! Pula! — O restante das pessoas na festa começou a entoar.

Janet tinha Victoria perfeitamente enquadrada. A filmagem estava granulada e distante o bastante para parecer real, espontânea e improvisada. E *parecia* mesmo, porque *era*, de fato, todas essas coisas.

O que será que Victoria estava esperando? Era o momento dela. A menina poderia deixar uma marca. Fazer com que os anos à sua frente fossem suportáveis. Ser popular. Janet estava extasiada e impressionada. Janet havia se elevado socialmente aos poucos, já Victoria estava fazendo tudo isso naquela noite, de uma vez só.

E então, finalmente, depois de dois pulinhos de ginástica na ponta dos pés, Victoria saltou.

Mais tarde, Janet juraria que não fizera a mínima ideia de que havia algo errado; juraria que a batida que a cabeça de Victoria sofrera não havia parecido nada sério. Mas ela percebeu, sim. Viu quando aconteceu. O leve tremor, a forma como o rosto de Victoria se moveu de repente alguns centímetros para a esquerda enquanto a parte de trás de seu cabelo passava pela plataforma de concreto.

Janet talvez tenha sido a única pessoa no reservatório a perceber o momento exato em que o movimento se transformou de um mergulho para uma queda.

Mais alto do que o som do impacto das costas de Victoria na água foi o eco de "oooooh" em uníssono de todo mundo que assistia. Ninguém pensou em fazer nada. Por que fariam? Cem milhões de bilhões de pessoas já haviam mergulhado daquela forma antes de Victoria Hill. Teve gente que já quebrou a unha do dedão do pé ou ficou com o nariz sangrando, mas, fora isso, nunca havia acontecido nada de *ruim*. Então por que aconteceria naquele dia?

Esperaram, assim como haviam esperado pelo cabelo de Ruivinha reaparecer. Só que Victoria ressurgiu na superfície muito mais rápido.

Com o rosto para baixo. Com os braços estendidos.

Janet deixou o celular de Cole cair. O aparelho ficaria filmando o céu até a bateria acabar duas horas depois.

Na live, dava para ouvir vozes. Gritos. Mas não deu para ver Cole mergulhar. Não deu para vê-lo puxando a irmã para fora d'água. Não deu para ver que ela *parecia* bem, como se estivesse dormindo. Até que a levantaram e viram o suave jorro de sangue na parte de trás do couro cabeludo que separava os fios molhados. Não deu para ver o que o delegado incluiria no laudo, que a parte de trás do crânio havia sido afundada por uma ponta da plataforma.

Quem estava lá não teve como saber o que as pessoas da live perceberam imediatamente e escreveram nos comentários:

PQP, a mina morreu.

UM ANO DEPOIS

— Calma! Peraí!

O caminhão de mudança fez uma barulheira e depois roncou. Os pneus chiaram no asfalto conforme o veículo começou a avançar.

— Vocês não podem ir embora assim!

Quinn Maybrook assistia, sem poder fazer nada, seu pai se atirar na lateral do caminhão. Ele se firmou no estribo. Os braços pegajosos de suor estavam tensionados, agarrados ao espelho retrovisor, enquanto ele tentava subir para, entredentes, implorar ao motorista.

Poderia até parecer uma cena de arrepiar de algum filme de ação… Se o caminhão não estivesse praticamente parado.

O motorista freou, o caminhão estremeceu, fez barulho de novo, e o condutor deu uma abridinha na janela e disse:

— Olha, Seu Maybrook, o doutor pagou pela entrega e pra tirar as coisas, não pra levar nada pra *dentro*. A gente dirigiu a noite toda pra chegar aqui, e vai ser um dia inteiro na estrada até a Filadélfia. Temos outro serviço bem cedinho amanhã...

— Mas é que...

— O doutor me desculpe, mas a gente tem que ir — disse o homem, que fechou a janela manualmente. Seu pai enfiou os dedos na brecha, e colocou o peso na janela.

O sujeito olhou para ele com um olhar do tipo *eu fecho esse vidro e corto seus dedos fora, mas me faz o favor de não me obrigar a isso porque vai ser uma bela duma dor de cabeça pra todo mundo.*

Seu pai soltou.

— Nem precisa avaliar a gente na internet! — gritou o motorista, antes de pisar fundo. Aquela partida repentina assustou seu pai e o deixou meio abalado. Ele voltou aos tropeços para onde Quinn estava, e os dois ficaram vendo o caminhão ir embora. Olhar era só o que restava.

Glenn Maybrook tirou a poeira da roupa e ajeitou os óculos.

— É... — falou e bateu palmas como se não tivesse acabado de tentar lutar com um caminhão. — Pelo visto, chegamos. — Quinn conseguia ver que seu pai estava prestes a perder a compostura. Ele murmurou e começou a repetir: — Chegamos, chegamos...

— Ai, pai, que isso. Não é nada demais. Nem tem tanta coisa assim — disse Quinn. Na verdade, a mudança havia sido mais difícil do que o imaginado, e agora os dois ainda precisavam levar tudo para dentro.

Mamãe teria achado a situação hilária se estivesse aqui. Só que, é claro, se mamãe ainda estivesse por aqui, eles de jeito nenhum teriam saído da Filadélfia e ido para Kettle Springs, em Missouri.

Acontece que, justamente porque Mamãe não estava por aqui, os dois estavam.

Parada no meio da rua, Quinn olhou para o horizonte, como se fosse conseguir ficar na ponta dos pés e ver a torre de telefone, como fazia onde morava. Quando seu pai contou que iam se mudar, Quinn havia pesquisado rapidinho e concluiu que a cidade seria, tipo, um enorme milharal. Que seria quieta, sossegada e chata. Não havia sido justo, porque ela já viu que o lugar tinha mais coisas do que havia imaginado. O que era bom: ela poderia até tentar ver a cidade como uma parada de um ano entre seu presente e seu futuro, mas não seria nada mau se o ano fosse minimamente aproveitável.

A casa nova ficava a 5 minutos do centro; haviam passado por ele quando chegaram. A avenida principal, pelo visto, não era apenas a avenida principal, mas também o único jeito de sair de Kettle Springs, o que dava a impressão de que essa cidade do Missouri estava mais para uma rua sem saída supervalorizada. Quando passou pelo centro, Quinn notou um restaurante estilo anos 50 e uma livraria que, muito provavelmente, devia ter apenas livros usados e só romances e *thrillers* em que os detetives têm gatos. Ou talvez os detetives *fossem* gatos. Bom, não era a praia dela.

Olhando pelo lado positivo, também havia um cinema que passava filmes antigos, e não apenas um, mas dois brechós, um deles com as venezianas abaixadas. O cinema e os brechós estariam cheios de hipsters lá na Filadélfia, mas aqui era provável que fossem entretenimento da mais alta qualidade e tecnologia. Ficou animada para ver como eram.

Na nova rua onde moravam, Marshall Lane, havia quatro casas enfileiradas em cada lado, e cada uma delas tinha sinais de vida. Duas tinham enormes tratores verdes da marca John Deere estacionados na frente. Ou será que eram carrinhos de cortar grama? Quinn não fazia a menor ideia da diferença entre eles. Ia ter que aprender aquilo e mais. Se mudar para Kettle Springs seria... uma experiência de *aprendizado*.

Ela olhou para trás, para a calçada e para seus pertences mundanos. Sob a luz do início da manhã, o que mais chamou sua atenção foi como as coisas ocupavam pouco espaço no jardim.

Tirando as caixas — cuja maioria continha equipamentos para o novo consultório do pai —, havia uma cadeira com rodinhas, e uma delas estava quebrada; dois colchões de tamanhos diferentes, mas da mesma marca; uma boneca de quando ela era pequena que não pegava há anos – Quinn nem conseguia acreditar que ela veio na viagem; dois caixotes de plástico cheios com os discos antigos de seu pai, mesmo que nem houvesse um aparelho de som; a TV que haviam enrolado num cobertor velho e desgastado; presa com um nó, uma pilha de prontuários médicos desatualizados que iam, muito provavelmente, acabar no porão e nunca mais serem abertos de novo; um sofá velho que parecia ainda mais velho e mais feio ali, no gramado, do que jamais parecera no antigo apartamento alugado; um monitor de computador de tubo e um porta-pôster que havia se dobrado no meio durante a viagem — a cara da Audrey Hepburn devia ter ficado enrugada para sempre.

E pairando sobre isso tudo estava *a casa*.

As laterais estavam descascando, as janelas cintilavam, a porta da frente precisava de uma demão de tinta e ser lixada para ontem, e, pelo que Quinn conseguia ver, o telhado parecia com seus dentes naquele momento: sujos (ela tinha escovado antes de saírem, mas a viagem tinha sido longa, e foram muitos lanches em lojas de conveniência). Dava para ver que a estrutura era de uma casa boa. A varanda da frente e o deck com balanço eram charmosos, agora, o que tinha naquela estrutura... Só por Deus.

Mas não havia tempo para se preocupar com o que ela não tinha como mudar. Havia muito trabalho a ser feito. Levar tudo para dentro tomaria a maior parte do dia, e ela estava determinada a dar um jeito. Ainda era cedo, e não havia nenhum vizinho à vista, então o melhor caminho para passar a menor vergonha possível era colocar tudo dentro da casa antes que parecesse que ela e o pai estavam fazendo uma venda de garagem ao contrário.

Por Deus, a canseira de Quinn não era fraca, não. Depois de desempacotarem tudo, ela ia precisar dormir. Amanhã era o primeiro dia na escola — o *segundo* primeiro dia na escola esse ano, na verdade —, e ela precisava estar com uma boa aparência.

Seu pai deu uma olhada nela, percebeu que a filha estava absorvendo a situação e jogou as mãos para cima. Ele gesticulou para as coisas todas e pareceu estar prestes a chorar.

— Não se preocupe. Nem vai demorar tanto assim — disse ela, enquanto se abaixava para levantar um pé do sofá que havia afundado na grama úmida. — Mas me ajuda. Sozinha eu não consigo.

No três, cada um ergueu uma ponta do sofá. O ar se encheu de poeira, e Quinn segurou um espirro. Deviam ter deixado esse troço na Filadélfia. Podiam ter comprado outro sofá, um novo, daqueles de canto com porta-copos, entradas USB e assentos aquecidos. Trocar os móveis foi *outra* oportunidade de recomeço que seu pai ignorara. Tá, pode até ser que coisas novas sejam uma extravagância, mas seu pai era médico, e o custo de vida aqui era — como ele tinha insistido — tão barato que nem dava pra acreditar. Mas, mesmo que não fosse, ela preferia comer arroz e feijão por um mês do que viver com relíquias mofadas de sua vida do passado.

O sofá tinha o cheiro da mãe. Caralho, agora era Quinn que estava prestes a chorar.

Ela ergueu o olhar do sofá e pegou o pai encarando-a.

— Você sabe que é incrível, né, filhota?

Ele podia ser meio perdido às vezes, mas Glenn Maybrook era quase sempre querido o bastante a ponto de convencê-la a deixar a tristeza pra lá.

— Sei, sei, avião sem asa, fogueira sem brasa, já ouvi essa. Vamos dar uma volta, tá bom? Eu subo a escada primeiro — disse ela.

— Não, não, deixa que eu vou de costas. — Que gesto mais cavalheiro, se oferecer para andar na direção difícil. Acontece que ele estava se enganando. Dr. Glenn Maybrook era só cotovelos pontudos, pés desajeitados e óculos de grau de promoção.

A mãe de Quinn é que era a atleta; ela quem influenciara a filha a praticar esportes. Seguindo os passos da mãe, era do vôlei que Quinn gostava. Tinha membros longos e velocidade. Não era a mais alta do time, mas saltava tanto que seu ombro alcançava o topo da rede. Os treinadores ficaram arrasados quando ela contou que não faria mais parte do time do colégio e que se mudaria para Kettle Springs. Eles tentaram fazê-la mudar de ideia — como se tivesse escolha. Até chegaram a se oferecer para conversar com seu pai.

O problema é que a mudança inteira aconteceu tão rápido que ela nem teve chance de recusar. Seu pai havia recebido a proposta em uma segunda e aceitado na sexta seguinte. Em uma semana já estavam empacotando tudo para partir. Ele não perguntou o que ela queria. Só contou um dia, depois da aula, como se uma mudança para o outro lado do país não fosse nada demais. Como se estivesse contando que tinha pedido comida sem perguntar o que ela queria.

Foi uma ótima oportunidade, uma grande oportunidade: o trabalho e a escritura da casa. Teriam como recomeçar com o simples virar de uma chave.

— Por favor, filha — disse ele quando finalmente teve coragem de *pedir*. — A gente precisa muito recomeçar do zero.

E talvez ele estivesse certo.

Para Quinn, essa era a única vantagem de sair da Filadélfia: um novo começo. Ou, se não fosse pelo recomeço, ela teria um lugar para fazer um detox de um ano e se restabelecer antes de tentar a Universidade da Pensilvânia, a Temple ou qualquer uma da região da Filadélfia.

Em Kettle Springs, conseguiria ficar na sua e evitar dramas. Ninguém aqui conhecia Quinn como a garota cuja mãe ficou estatelada nas arquibancadas durante os jogos escolares do ano passado com vômito até no queixo.

Ninguém em Kettle Springs sabia como Samantha Maybrook tinha morrido.

Quinn poderia recomeçar do zero.

Equilibrando o sofá, ela passou pela soleira da porta e, na sala de estar, abaixou o lado que carregava. O cheiro de suor rançoso e xixi de gato a fez ir correndo abrir as janelas.

— Credo, pai, que cheiro é esse?

— O último dono deve ter sido gateiro... — respondeu ele enquanto coçava o pescoço.

— E um recluso do cara... do caramba. Um recluso do caramba.

O pai soltou seu lado do sofá — o que deve ter deixado mais marcas de meia lua no chão de madeira já arruinado — e foi até a outra ponta da sala, para abrir o resto das janelas, na esperança de sentir uma brisa.

Deixa pra lá. Nem incomoda ele com essas coisas pequenas.

Com o ar mais fresquinho, não fresco, *fresco*, Quinn absorveu o lugar ao seu redor. Os dois vinham de um apartamento de três andares em Fairmount que estava mais para três cômodos minúsculos empilhados um no outro, onde só era domingo quando dava para ouvir os vizinhos brigando. No selo postal de lá havia a ilustração de um gramado, e sua mãe gostava de brincar dizendo que aquele era seu "jardim". Quinn nunca tinha morado numa casa de verdade e, mesmo assim, sentiu que conhecia o layout da casa na Marshall Lane por instinto. Vire aqui e, pronto, a despensa. Lá em cima ficam os quartos. O banheiro é ali, na segunda porta à direita.

Aquela familiaridade trazia um certo nível de conforto.

Quinn empurrou o sofá em direção à parede dos fundos. Precisariam de mais móveis, de mobília nova, para tirar a atenção tanto do tamanho do cômodo quanto do sentimento geral de solidão e abandono que dava para sentir quando se ficava ali.

Quando fossem comprar móveis, seria bom também pegar um maçarico e um pouco de querosene.

— Vou pegar mais uma caixa e depois dar uma olhada no meu quarto novo — disse Quinn. — Sempre quis morar num sótão.

O pai franziu o cenho, e ela ergueu a mão antes que ele pudesse começar a pedir desculpas por coisas que nem precisavam ser desculpadas.

— Não, é sério. Falei sério. Tem um quarto lá em cima com o teto inclinado, não tem? — perguntou ela, lembrando das fotos que o pai compartilhara. Em seguida, soltou mais um pouco de otimismo forçado. — Esse lugar até que é legal. Tem... personalidade.

— Que bom que você gostou — disse ele, enquanto se esforçava para abrir a última janela. Pareceu não perceber o deboche na voz dela. O pai bateu na moldura da janela com a palma da mão e puxou um pouco da tinta seca, para conseguir abrir uma brecha. — Vai dar trabalho, mas a casa promete, né?

Quinn deu um sorriso e assentiu. Com a quantidade certa de trabalho e amor, dá para salvar tudo.

Quer dizer, quase tudo.

Com um ruído que indicava que estava frouxa, a porta de tela bateu com tudo atrás de Quinn, e ela desceu os degraus da escada na frente da casa numa passada só, para pegar a caixa etiquetada como "tralhas da Quinn".

A casa não era tão intuitiva quanto havia pensado, mas, depois de dois closets e do lavabo, ela achou a escadaria. Os degraus eram estreitos, frágeis, rachados e inacabados. Pelo visto, não ia rolar nenhuma fuga no meio da noite. No mínimo, isso seria um pouco mais difícil.

Ela subiu os degraus. Como não havia sacada, Quinn teria que ser mais cuidadosa à noite. Depois de colocar a caixa no meio do chão de madeira rústica, começou a revisar suas coisas.

Bzzz.

Era uma mensagem de Tessa. Dizia: **vc vazou mas a gente n te esqueceu. Quinn p sempre em nossos <3**. Embaixo da mensagem havia um anexo, mas o celular estava demorando horrores para fazer o download. O círculo azul que indicava progresso estava só um quarto preenchido.

O cheiro de xixi de gato na sala de estar até tudo bem, mas era melhor seu pai se apressar e dar um jeito no Wi-Fi.

Houve um *BUM* lá embaixo, e Quinn correu para o topo da escada.

— Ó, pai, tá tudo bem aí?

— Aham... — gritou ele, em resposta. Era até desconcertante o quanto o som viajava bem através da casa vazia. — Mas a gente vai precisar de uma tela nova pra porta.

Quinn se obrigou a suspirar. Depois, com o coração ainda acelerado, respirou fundo. Glenn Maybrook já estava destruindo a casa. Pelo menos ele não tinha se matado. Ela não era uma órfã completa. Ainda não.

Lá fora, o Sol se erguia. Quinn abriu as venezianas da janela que dava para a Marshall Lane. O efeito foi imediato: o quarto se aqueceu sob a luz do sol.

Ela deu meia-volta para pegar a caixa que havia trazido e bateu a cabeça no teto inclinado.

Porra de teto inclinado.

Quinn murmurou algo terrível e, enquanto passava a mão na cabeça, se deu conta de que teria que engatinhar se quisesse tocar os extremos norte e sul do quarto.

Embaixo da inclinação do teto de um lado, havia uma cama de metal vintage e um colchão que parecia ter saído direto da Guerra Civil. O cômodo também contava com uma escrivaninha simples, encostada na parede embaixo da janela que dava para a rua na frente da casa. Só pelo brilho avermelhado da madeira, Quinn já soube que a mesa era um móvel de verdade, não MDF vagabundo.

O ex-proprietário da casa também era o antigo médico da cidade. Glenn Maybrook havia assumido seu consultório na avenida principal. Quinn não sabia que o pai tinha comprado a casa semimobiliada, se é que dava pra dizer isso por causa da mobília do quarto. Ela suspeitava que ele também nem soubesse. Não importava. Jamais tocaria aquele colchão com sua pele nua, mas ter algumas coisas deixaria a vida mais fácil. Não teriam que viajar até uma IKEA, isso se *tivesse* alguma IKEA no meio-oeste. Não teria que ficar até tarde da noite tentando montar uma cama só com uma chave de fenda e um manual com 27 passos em sueco. Por outro lado, também não teria as almôndegas veganas ou o molho de lingonberry. Mas não dava para se ter tudo nessa vida.

Quinn deu uma olhada no celular. O anexo tinha finalmente sido baixado. Tessa havia enviado um *boomerang* curtinho dela e de Jace esvaziando uma caixa de suco de maçã na lixeira da lanchonete. Estavam esvaziando uma por Quinn também. O texto parafraseava uma música do Boyz II Men; alguma coisa sobre o fim da estrada. Quinn deu um sorriso e se lembrou dos três dirigindo pela Filadélfia enquanto cantavam a plenos pulmões.

Ela assistiu ao vídeo mais algumas vezes e sentiu a visão ficar borrada. Não era a memória de passar pela South Street que deixava seu coração doendo, mas o fato de que começaria a receber cada vez menos mensagens como essa no decorrer das semanas seguintes.

Era uma merda, mas aqueles amigos estavam destinados a se separarem. Ela amava Tessa e Jace, mas a piada foi bem próxima da realidade. Logo mais, Quinn estaria morta para eles.

Quinn respondeu com um curto **kkkk** e deixou o autocorretor trocar pelo emoji rindo e chorando ao mesmo tempo. Chega. Não dava para passar o dia mandando mensagem para velhos amigos. Havia muita a coisa a ser feita. Ela tinha que se ocupar com seu recomeço.

Colocou o celular na mesa e olhou pela janela.

Seu pai estava no gramado da frente, conversando com um garoto que parecia ter a mesma idade que ela. O rapaz tinha um cabelo loiro escuro e vestia jeans e uma camisa de botão que o fazia parecer um lenhador. Pendurada em seu ombro, uma mochila camuflada que parecia estar nas últimas.

Mochila. Ele estava indo à escola.

Ah, merda! Meu pai tá conhecendo ele primeiro que eu.

O garoto estendeu a mão, o pai dela a apertou e riu de... Bom, vai saber do que é que Glenn Maybrook estava rindo. Quinn não sabia dizer.

Seu pai apontou para uma caixa, e Quinn viu os lábios do menino perguntarem:

— Precisa de uma ajuda?

Seu pai, contudo, dispensou a ajuda com um gesto e disse algo que deve ter sido:

— Imagina, eu e minha filha damos conta.

Glenn Maybrook deu meia-volta, apontou para a janela, e Quinn trocou um olhar com seu novo colega.

Glenn Maybrook acenou, bobo como sempre, e o garoto, reservado, acenou para ela. Quinn não retornou o cumprimento; só deu um grande passo para trás e desejou desaparecer por completo na escuridão. Ela ficou parada, sem respirar, fora da vista deles e contou até trinta. Quando teve coragem de voltar à janela, o rapaz tinha parado de olhar. Ele descia a rua com a mochila sobre os dois ombros.

Um instante depois, houve o barulho de seu pai brigando com a porta telada.

— Era o vizinho! — gritou ele. — Fica tranquila, não te fiz passar vergonha!

— Como se você fosse saber — respondeu Quinn, também gritando do canto do cômodo vazio.

As tábuas do chão rangiam quando ela atravessava o quarto. Parecia que tudo nessa casa rangia. E todos esses barulhos significavam que ela não teria como se esconder do pai. Não teria como ficar acordada até tarde, andando de um lado para o outro e enrolando com o dever de casa até o amanhecer. O que era uma merda, já que esse era o processo dela.

Quando foi para a janela do outro lado do quarto, a que dava vista para o jardim dos fundos, ela se desesperou. Não havia veneziana nem cortinas. Só que também não havia vizinhos ali atrás da casa.

O gramado estava irregular, muito crescido, tinha pontos com grama morta e uma banheira de passarinho tão inclinada que muito provavelmente não servia para mais nenhuma ave sequer.

Por outro lado, o gramado não era tudo o que se via.

A propriedade dava num milharal. Quilômetros de hectares de colheita. O que não deveria ter surpreendido

Quinn. Ela tinha visto a casa no Google Maps. A cidade inteira era cercada de milho.

Quinn olhou para o horizonte enquanto os pés de milho dançavam com a brisa. O milharal podia muito bem estar acenando, ou respirando. Como se o próprio estado do Missouri fosse um gigante adormecido sob a casa nova. Enorme e indiferente. Esse pensamento poderia ser reconfortante ou podia fazê-la pirar, pensando que morava nas costas de um monstro chamado Missouri. Era tudo uma questão de como ela escolhia enxergar as coisas. Perspectiva.

Quinn deu uma olhada à distância. O milho não era tudo o que tinha para ver. Lá, depois dos campos, cruzando o horizonte, pairando sobre tudo, como um aviso, ficava uma grande e dilapidada fábrica com um armazém. Mesmo pequena devido à distância, ela deduziu que a estrutura devia ter cinco andares de altura, isso sem incluir a chaminé que saía dos fundos. O telhado da fábrica estava cedendo, como um animal com as costas machucadas.

Na lateral da construção havia o que parecia um mural. Filadélfia tinha vários murais; tinha até um departamento da prefeitura exclusivo para eles. Quem sabe aquilo não fosse um bom lembrete de casa? Contudo, ele precisava de uma limpada; tinha escurecido e sido coberto de fuligem devido a alguma calamidade que destruiu toda a estrutura.

Ela pegou o celular, desbloqueou a câmera e usou o zoom digital para ver mais de perto.

Lá estava. Pintado na lateral da fábrica, havia um palhaço.

Um palhaço das antigas, com chapéu de palha e um nariz vermelho e bulboso. A maquiagem estava desbotada no queixo, e o nariz antes vermelho vivo estava cheio de bolhas que denunciavam onde a tinta havia descascado. O rosto pintado de branco tinha ficado cinza há muito tempo. Os olhos, por outro lado, pareciam mais ou menos intocados pelas labaredas. Além disso, algo no modo como haviam sido pintados fazia parecer que o palhaço estava olhando diretamente para a janela, para Quinn.

Sobre o topo da fábrica estava escrita a palavra "Baypen". Deve ter sido o nome da empresa, mas Quinn não sentiu muita vontade de pesquisar, não.

Embaixo do palhaço havia um slogan ilegível, a não ser pela palavra "TUDO" escrita em letras maiúsculas, numa grafia que parecia querer pagar de chique, mas estava mais para um garrancho. Quinn tirou uma foto do palhaço. Talvez mandasse para Tessa mais tarde. A amiga gostava de coisas assustadoras e ia ficar animada. Faria Quinn se sentir melhor a respeito de ter um palhaço pervertido espiando-a. Depois, diria para Quinn o que Quinn já sabia: a próxima tarefa era, pelo amor de Deus, encontrar cortinas para aquela janela.

DOIS

Quinn acordou com um despertador no celular que nem se lembrava de ter programado.

Ficou de barriga para cima e piscou por um segundo para o teto desconhecido. Depois, olhou para o pôster que tinha se soltado durante a noite e agora estava fixo por apenas três pontas; a nova mesa; as caixas que ainda precisava desempacotar…

Não. Kettle Springs não tinha sido coisa da sua cabeça.

Alguém bateu na porta, e o barulho repentino fez Quinn acordar de verdade.

— Fiz café da manhã — disse seu pai. Um instante de silêncio. — Tá lá embaixo. Tô indo pro consultório lá na cidade, pra ver o que vou enfrentar, tá bom?

Houve outro momento quieto, e Quinn se espreguiçou. Seu pai estava esperando uma confirmação de que ela tinha escutado.

— Beleza. Boa sorte no primeiro dia. — Por que não, não é mesmo? Não custava nada ser gentil. — Te amo.

— Também te amo — respondeu ele enquanto descia a escada que levava ao sótão. — E boa sorte pra você também, né?

Acontece que Quinn não precisava de sorte. Só um dos dois estava nervoso com o recomeço.

Com a casa só para si, Quinn foi para o chuveiro. Controlar a água quente e fria foi como um quebra-cabeça que ela só entendeu lá pela metade do banho, mas, no fim das contas, a sensação de ficar limpa após toda aquela poeira e mudança foi boa. Depois, se vestiu e secou o cabelo. Ela olhou para a chapinha e ponderou se iria começar o ano letivo com ou sem os cachos.

Levou quinze minutos, e, embora tivesse ódio da chapinha de vez em quando, hoje o calor e o movimento suave do aparelho a deixaram tranquila. Os cachinhos eram herança da mãe e ficariam com ela mesmo, pelo menos por enquanto.

Desceu as escadas e descobriu que o "café da manhã" que o pai mencionara era um pacote de cereal fechado por clipes. Ele tinha desempacotado só uma cumbuca e uma colher e as deixou no balcão da cozinha. Nada de leite. Era difícil dizer se era brincadeira ou se ele realmente achava que aquilo se qualificava como "fazer café da manhã". Antes do que aconteceu com a mãe de Quinn, Glenn Maybrook era um cara engraçado. Agora, porém, aquele humor tinha se tornado... sutil.

A aula começava em 45 minutos. Julgando pelo que dava para ver da cidade pela janela do quarto, ela calculou uma caminhada de 10 minutos até a escola. Podia ir com calma e mesmo assim chegar a tempo.

Quinn sentou no chão com sua tigela de cereal e deu uma olhada no celular. Não demorou muito para ficar irritada tanto com a internet lenta quanto com o fato de que, pelo visto, Tessa e Jace não mandaram nenhuma mensagem de bom dia. Isso sem contar que, graças ao fuso horário, já era uma hora mais tarde na Filadélfia.

Eles já te esqueceram. E ainda não faz nem 48 horas.

Ela pegou a mochila vazia e saiu cedo de casa, só para se pôr em movimento.

Havia dois cruzamentos que a levariam ao colégio, e Quinn escolheu o que parecia menos depressivo. As casas eram maiores, mais afastadas umas das outras, e todas contavam com uma vibe "idosa gateira" que ficava aparente na decoração e no estado da construção. E não eram apenas os sapos de porcelana desgastada que seguravam plaquinhas de "Deus abençoe esse lar", os fios de piscas-piscas amontoados nas calhas, ou os vasos de flores mortas tanto por desleixo quanto por não serem da estação. Nada disso. Também tinha muito dessa decadência onde ela morava antes, a diferença é que lá também havia vida nova sempre à espreita. A Filadélfia consumia o que apodrecia e vivia demolindo o velho, para abrir espaço ao novo. Olhando para essas casas, Quinn ficou pasma com o sentimento de que Kettle Springs tinha deixado seus melhores dias para trás. A cidade havia desistido.

Quinn estava tão perdida em pensamentos que não percebera o vizinho seguindo-a. O rapaz estava duas casas para trás, no lado oposto da rua. Ele percebeu quando ela olhou para trás e acelerou o passo para alcançá-la.

No jantar da noite passada, Quinn havia perguntado para o pai a respeito dele, mas Glenn Maybrook não conseguiu lembrar o nome do rapaz. Anos estudando medicina, memorizando cada um dos maiores ossos, veias e artérias no corpo humano e mesmo assim ele não conseguia guardar o nome do vizinho na memória por algumas horas.

— Era... algo como... Rodney?

— Pai. Se o nome *daquele* cara é Rodney, então tem *duas* pessoas nessa família prestes a ter um surto.

Os dois riram. Foi um momento legal, mesmo que a memória duvidosa do pai agora parecesse mais uma coisa com que ela devia se preocupar.

— Oi, e aí?

Quinn olhou para o outro lado da rua. Não-Rodney desacelerou, para ficar paralelo a ela. Ainda vestindo uma camisa de flanela, o rapaz acenou com dois dedos para chamar sua atenção.

— Oi — disse ela. Não estava muito a fim de conversar, mas agora não tinha escapatória. Ele atravessou a rua, passando entre carros estacionados sem nem olhar para os dois lados. Ninguém ia a lugar nenhum em Kettle Springs mesmo.

— Meu nome é Rust. Ruston Vance — disse ele, com uma voz amigável, mas com pitadas de... do quê? Um sotaque caipira do meio-oeste? — A gente é vizinho. Conheci seu pai ontem.

O rapaz estendeu a mão. Não costumava ser assim que ela cumprimentava o pessoal da escola, mas pegou a mão dele e apertou firme. Foi meio estranho. Ele tinha a mão cheia de calos, algo que Quinn nunca tinha sentido. Isso, somado a seu comportamento, passava a impressão de que ele era um adulto. Ou talvez fosse só por causa dos calos e do nariz — quebrado e colocado no lugar de volta, talvez? — torto. Ou quem sabe fosse a barba loiro-escura, agora de perto um tantinho mais castanha, mas ainda impressionante e mais cheia do que via na maioria dos caras da idade deles. Só que mesmo assim havia algo de bobo em Rust que o impedia de intimidar. Talvez fosse o sorriso largo ou as manchas pré-históricas na camisa de flanela. Talvez fosse a própria camisa camuflada que combinava com a mochila de mesma estampa. Será que ele queria se esconder ou se destacar?

— Meu nome é Quinn. — Ela indicou a escola, o prédio mais alto no horizonte, e acrescentou: — É meu primeiro dia.

— É, o Dr. Maybrook mencionou.

Que engraçado. Dr. Maybrook. Ela segurou a risada. Rust fechou a cara como se tivesse pronunciado o nome errado.

— Não, não, é que soou bem formal. Só penso nele como pai.

— É, ele parece gente boa. Deve ser... legal. Meu pai nunca usou um tênis na vida.

Quinn lembrou do tênis branco da Reebok e de como o pai estava empolgado para comprá-lo antes de se mudarem. Mais sinais de um recomeço. Nos últimos quinze anos trabalhando como médico de UTI, ele evitava usar tênis brancos. Esguichos de sangue não eram raros no serviço.

— Ele sabe ser gente boa de vez em quando mesmo — concordou.

— Ele também mencionou a Filadélfia. Foi de lá que vocês vieram?

Talvez fosse o jeito pé no chão de Rust, ou quem sabe o céu que havia clareado, mas falar com ele fez Quinn se sentir melhor, mais tranquila. Por um momento, ela esqueceu que estava em Kettle Springs, que não conhecia ninguém e que sua vida estava uma bagunça. Por toda a longa jornada dos últimos tempos, Quinn decidira que a vida era uma questão de perspectiva e atitude. Havia uma forma de olhar para qualquer coisa e fazê-la parecer não tão ruim assim. Ela tinha certeza, porque... bom, que outra escolha teria?

— É uma cidadezinha bonita — disse Quinn sobre a Filadélfia.

Era a mesma atitude que ela teria se estivesse falando com um turista, alguma jogadora de vôlei do time adversário de Nova York que falasse que Philly, a cidade onde Quinn cresceu, não era "tão ruim assim". Acontece que falar desse jeito para Rust fez Quinn sentir que a Filadélfia não passava de uma cidade que ela visitara uma vez, não o lugar onde morou por dezessete anos.

— Vai ser uma baita adaptação morar aqui... — disse Rust. Ele estava certo: o cruzamento por onde passavam tinha cercas brancas nos dois lados. As casas mais perto da escola eram melhores, pareciam menos negligenciadas.

— Pois é, mas eu decidi que uma mudança me faria bem — disse Quinn. Ela só percebeu que era isso que queria quando falou em voz alta.

Rust assentiu, concordando, e os dois ficaram em silêncio por uma quadra até atravessarem a rua que dava para a escola.

Adolescentes estavam amontoados à frente dela, aproveitando um último momento ao ar livre antes de passarem o dia todo lá dentro. Quinn viu um carro depois do outro entrar no que devia ser o estacionamento do colégio: um terreno de asfalto rachado, cercado por arame farpado.

Perto do corrimão, um garoto cuspia numa garrafa de água cheia de... Quinn sentiu a golfada chegando. Que nojo. Ele estava mascando tabaco.

— Então acho que vai levar um tempinho pra você se acostumar — disse Rust, retomando a conversa de onde tinham parado e provavelmente vendo que ela estava ficando verde de nojo. — Mas acho que você vai aprender a gostar. Só não vai sair por aí julgando pela aparência. — Ele deu um sorriso, que pareceu indicar a si mesmo, e acrescentou: — Não totalmente, pelo menos.

— O que é que tem pra fazer por aqui? — perguntou Quinn. — Tipo, pra curtir.

Ele pensou.

— Acho que não sou o melhor cara pra te responder isso. Aqui é ótimo pra pescar e caçar, se você gosta dessas coisas.

Ela piscou para ele. Pescou uma vez em uma viagem em família para a Flórida, mas caçar? Nunca. Nem em um milhão de anos...

— É época de pato... — completou ele, atrapalhado.

Quinn piscou mais uma vez e tentou não ter um siricutico, mas alguma coisa em sua expressão deve tê-la entregado.

— Putz. Acho que só tô colaborando com o estereótipo com essa resposta — disse ele. — Olha, tem também um cinema na avenida principal. O Eureka. Passa mais filmes velhos, mas de vez em quando tem umas coisas mais atuais. Às vezes tem até filme colorido. — Ele arregalou os olhos para mostrar que estava brincando. — Tinha um lugar que vendia *frozen* iogurte também. Mas isso foi antes da Baypen fechar. Se quiser ir num shopping, vai ter que ir de carro até Jamestown. Depois de pegar a rodovia, é só seguir reto, toda vida, por uns 30 quilômetros. É um lugar da hora pra dar um rolê... Pelo menos é o que dizem.

Quinn se lembrou da janela, da fábrica em ruínas e do palhaço.

— O que é essa tal de Baypen? Vi a fábrica da minha janela. O que é que faziam lá? Palhaços?

— Pior que não. Aquele é só o mascote, o Frendo. A Baypen fazia xarope de milho, mas... hum... a fábrica pegou fogo...

A voz de Rust foi enfraquecendo conforme ele olhava para a escola, onde uma multidão de adolescentes tinha se juntado para esperar o sinal tocar, mas também onde parecia que ninguém esperava por ele.

— É uma longa história...

— Sério?

— Eles vendiam pro país inteiro. Você até já deve ter comido nosso xarope e nunca nem soube. — Essa última parte soou carregada de um orgulho estranho, como se o xarope de milho fosse *dele*. — Meu pai trabalhava como segurança lá. Começou quando tinha a minha idade, inclusive.

— Até o incêndio?

— Não, eles fecharam antes disso — disse Rust enquanto subia a escada dois degraus de cada vez.

Quinn se apressou para alcançá-lo, mas então percebeu que Rust não estava correndo para ser mais rápido, mas para segurar a porta para ela.

— O incêndio aconteceu faz pouco tempo, na verdade — contou ele.

— Acho que vou ter que ouvir a versão longa dessa história outra hora — disse Quinn, apontando para o escritório da diretoria. — Tenho que resolver umas coisas.

— Claro, claro — disse Rust, sorrindo antes de estender a mão para mais um cumprimento. De algum jeito, cumprimentar Rust fazia Quinn sentir mais que tinha conseguido sua primeira entrevista de emprego do que feito um novo amigo. — Quem sabe a gente se vê na aula. Mas isso só se você se matricular em metalurgia.

Ela deu de ombros, tentou dar seu sorriso mais irreprimível e disse:

— Vai saber, né? Às vezes me matriculei mesmo.

Ela acenou, deu meia-volta e foi em direção ao escritório.

A mulher à mesa estava espremendo os olhos enquanto olhava para o monitor de um computador velho no qual as cores estavam desreguladas e desbotadas. Quinn pigarreou e a mulher, com cara de abatida e infeliz, olhou para ela.

— Como posso te ajudar, mocinha? — perguntou. Uma frase amigável, mas que acabou soando... não tão amigável assim.

— Oi. Sou Quinn Maybrook. Meu pai ligou. Sou nova.

A mulher não disse nada; em vez disso, puxou um envelope vai e vem de cima da mesa.

— Aqui o seu horário. Boa sorte — disse ela.

Depois de olhar Quinn de cima a baixo, ela fez uma careta que dizia *"você vai precisar"* e voltou aos e-mails.

Então tá bom, né. Quinn pegou o envelope e correu do escritório para abri-lo.

Não foi difícil achar o armário, mas a combinação que constava no arquivo não funcionava.

29... 6... e...

— Você ficou sabendo? — disse alguém que passava acompanhado pelo corredor.

Ah, não. Já estavam fofocando sobre a nova aluna. A nova menina da cidade. Devia ser mesmo — e ela não queria soar pretensiosa — a notícia da semana.

— Claro que fiquei! — gritou alguém em resposta. — Já tá todo mundo sabendo.

— Não acredito que deixaram ele voltar!

Espera aí. *Ele?*

— O que eu não acredito é que ele *quis* voltar, mas fiquei feliz mesmo assim — disse a primeira voz, que a esta altura tinha parado do outro lado do corredor. — Quer dizer, ninguém tem como provar que foi ele.

— Tenho certeza de que deve ter provas. Mas, como meu pai disse, quem é que vai registrar o BO? Cara, o pai dele era o *dono* do lugar. Ainda fiquei puto que ele pegou só três dias de suspensão.

— Nem me fala. Eu peguei dois dias só por causa de uma briga que ficou só no empurra-empurra.

Quinn estava tão investida na fofoca que nem percebeu que estava olhando para a porta do armário, parada que nem uma doida, até que uma voz ao seu lado disse:

— Tem que começar do zero.

— Como é? — Quinn se virou para quem tinha falado.

De repente, uma menina com um piercing no septo e cabelo joãozinho escuro na raiz e claro nas pontas estava perto demais. A garota pegou o papel com a combinação da mão de Quinn e começou a ler.

— Por algum motivo, todas começam do zero, mas ninguém põe instrução nenhuma nesse papel — disse. Ela vestia um moletom da Thrasher e bermudas cargo, aquelas feitas para serem mais funcionais do que fashion, mas nela, de algum jeito, pareciam chiquérrimas.

— Pronto — anunciou a menina. Ela puxou a maçaneta para baixo, o que fez um audível *CLAC*, e deixou a gravidade abrir a porta do armário.

— Ah, valeu — agradeceu Quinn, se dando conta de que não tinha nada para guardar ali, pelo menos não ainda. Só estava abrindo para ter certeza de que *conseguia,* para ter algo para fazer antes do sinal tocar. Mas ficou com vergonha de simplesmente fechar a porta de novo.

— Meu nome é Quinn — disse ela, sem jeito. A punk parecia supersatisfeita em encerrar a interação ali mesmo. Quinn, por outro lado, não tinha tanta certeza.

— O pessoal me chama de Ruivinha. — Antes que Quinn pudesse perguntar o porquê, a menina acrescentou: — Meu cabelo era mais claro.

— Ah.

— Você é nova aqui?

— Tá tão na cara assim? — respondeu Quinn, com um sorriso.

Ao contrário da mulher no escritório, Ruivinha não a olhou de cima a baixo e não parecia nem um pouco interessada em Quinn. Mal olhando-a nos olhos, disse:

— É uma cidade pequena.

Uau. Meio grossa, pensou Quinn. Mas Ruivinha a ajudou com o armário, o que tinha sido um gesto legal. Num corredor com adolescentes vestidos tão bem que pareciam parte de uma propaganda de roupa, Ruivinha oferecia uma alternativa intrigante. No mínimo, parecia vir de um comercial de *outra* loja do shopping.

Antes que Quinn conseguisse pensar em algo para responder, as portas no fim do corredor se abriram com tudo.

Todas as cabeças se viraram quando dois garotos entraram.

O da frente, embora fosse mais magrelo e baixinho, andava com tanta confiança que chegava a, de algum jeito, parecer até maior que o bobalhão cabeçudo que vinha um passo atrás.

Todo mundo ficou olhando os dois, inclusive o pessoal que tinha virado a cara para o armário ou para os amigos para fingir que *não estava* olhando.

Mas não. Não as duas. Elas ficaram só de butuca no garoto da frente. O outro, por maior que fosse, com um pescoço tão grosso que nem parecia pescoço, e sim uma extensão da cabeça, só servia para complementar o cenário.

— Cole... — sussurrou alguém.

Esse devia ser o nome dele. Por enquanto, nada de sobrenome. Apenas Cole. Ou talvez esse *fosse* o sobrenome.

No meio do caminho, Cole olhou para Quinn. Ele a captou sem nenhum esforço, no meio da multidão, e sustentou o olhar. Tinha um nariz arrebitado, um sorriso zombeteiro e um cabelo perfeitamente despenteado. As olheiras sob seus olhos podiam ser tanto devido a festas até à madrugada ou à falta de sono, mas, de qualquer jeito, ele usava a fadiga como se fosse maquiagem. Sua camisa estava desabotoada o suficiente para Quinn conseguir dar uma olhada na camiseta branca de gola "V" que estava por baixo. Quando ele passou, ela prestou atenção na calça jeans: desgastada ao redor dos joelhos, perto dos bolsos e com um caimento perfeito.

Parada no cortejo de Cole, Quinn ouviu alguém sussurrar:

— Minha mãe diz que nem acredita que ele não morreu.

Alguém acrescentou:

— Pois meu tio diz que ele devia ter morrido.

Pelo visto, o neandertal que vinha atrás de Cole ouviu o último comentário. O grandalhão fez uma careta para aquela direção. Seu trabalho era acabar com todas as críticas a Cole. Ele vestia uma camiseta velha de futebol americano com a foto de uma cabra toda trabalhada nos esteroides e mal encarada. Devia ser o logo da escola. Azul e dourado, as cores do colégio.

Quinn observou os dois partirem. Cole subiu veloz a escada no fim do corredor. Seu amigo/guarda-costas era mais devagar e se apoiava no corrimão, como se fosse grande demais para vencer a luta contra a gravidade sem se segurar.

— Uau. Quem era aquele? — perguntou Quinn, tentando chamar a atenção de Ruivinha, que, por sua vez, estava abrindo o próprio armário.

— Cole Hill. A gente era amigo. Na época que meu cabelo era mais claro — disse Ruivinha, antes de dar uma olhadela para o lado e sorrir com deboche. — E, sim, ele até que é bem gatinho... — Ela fez uma pausa antes de continuar: — ...para um incendiário.

TRÊS

Quinn se atrasou para a primeira aula. Não era um bom começo, mas como é que a sala 207 pode ficar no *primeiro* andar?

Segundo o horário, agora seria "ciências". Ela não fazia a mínima ideia de que tipo de ciência estava prestes a encarar. Do lado de fora da porta 207, Quinn respirou fundo, agarrou a maçaneta e...

Lá dentro, as luzes estavam apagadas, e um esquema de uma célula vegetal estava sendo projetado num telão, na frente da sala. Já tivera aula de biologia duas vezes àquela altura; no ensino fundamental e no médio. A transparência parecia que tinha a idade da vó dela, então ela duvidou que Kettle Springs High oferecesse aulas supermodernas e avançadas.

No escuro, rostos se viraram para ela. O plano era passar despercebida por hoje e continuar assim pelo resto do ano letivo até chegar a hora de fazer as malas para a faculdade. Era só o primeiro dia, e ela já estava fazendo tudo errado.

— Fecha a porta! — gritou alguém.

Por trás de Quinn, a luz do corredor invadia a sala.

— Como eu ia dizendo... — falou seu novo professor de ciências, de cara fechada.

Ele não pediu nenhuma autorização devido ao atraso nem perguntou o nome dela, então Quinn simplesmente foi toda atrapalhada para o único assento vago: na fileira da frente, ao lado da ventoinha empoeirada e baforenta do retroprojetor.

— Não é porque estamos na semana do Dia do Fundador que não vai ter prova — disse o professor, cruzando os braços sobre o peito.

Os alunos ao redor de Quinn grunhiram como se fossem uma coisa só.

— Mas professor Vern... — alguém murmurou.

— Parem com isso. Pode parando, gente — disse o professor.

Ele ficou na frente da projeção. Seu lábio superior, coberto por um bigode, tremia. O professor Vern não estava usando colete de lã, mas Quinn tinha certeza de que ele devia ter vários em casa. O professor descruzou os braços.

— Já faz um *mês* que as aulas voltaram. Provas fazem parte. Hora de vocês, tanto o pessoal do terceiro ano quanto os formandos, aceitarem isso e ponto final.

Espera aí, essa aula era *mista*? Quer dizer que tem gente em volta de Quinn que nem formando é?

O pessoal grunhiu de novo. Alguém lá no fundão, escondido no escuro, deixou um xingamento escapar, talvez em um volume mais alto do que o desejado:

— Que babaca...

— Então tá. — Não demorou muito para o professor Vern surtar. — Se é assim que vocês vão se comportar, podem ir tirando tudo de cima das carteiras, porque a prova vai ser hoje.

Suspiros e deboches tomaram a sala.

— Professor? — chamou uma voz mais alta que os murmúrios.

Quinn olhou para trás, viu uma mão erguida e, quando seus olhos se acostumaram com o escuro, percebeu as unhas feitas com esmalte rosa fosforescente.

— Diga, Janet — respondeu o professor Vern, sem paciência.

Não dava para ver muito bem, mas pela silhueta ela percebeu que Janet tinha pele macia e lábios brilhantes. Seria uma garota da Califórnia perdida aqui, onde o vento faz a curva?

— É que eu andei dando uma olhada no plano de aula — começou Janet. Ela fez uma pausa dramática, para abrir o enorme e organizado fichário com três argolas que tinha sobre a mesa. O negócio era tão bonito quanto sua dona. Um reflexo preciso. — E aqui diz que na primeira prova vai cair nutrição, e, hum, a gente nem chegou nesse assunto ainda. Nutrição fica no *capítulo doze* da apostila. Era pra gente ler fora de ordem mesmo?

— É que... eu... — o professor Vern começou a falar e gesticular como se tentasse pegar a resposta no ar, à sua frente. — Deve ser um erro de impressão. Você que deve estar com o plano errado.

— Ah, foi o que eu pensei mesmo. Só quis checar pra ter certeza — disse Janet, com um sorriso na voz, como se ela tivesse acabado de vencer a discussão. Sem mais perguntas,

Meritíssimo. Quinn suspeitava que o objetivo era mais deixar o professor desconcertado do que estar certa.

— Peraí — gritou outra voz, dessa vez atrás do ombro esquerdo de Quinn. Ela se virou e viu o bobalhão cabeçudo que mais cedo estava andando atrás de Cole. De algum jeito, ele parecia ainda maior na penumbra causada pela lâmpada do projetor. Parecia que ele e a carteira em que sentava tinham se fundido no escuro e virado um único borrão de tinta. — Professor, quer dizer, então, que a gente vai fazer prova de nutrição?

— Não — respondeu o professor, suspirando. — Não, Tucker, não vão.

— Não é justo! Eu tava estudando a coisa errada.

— Você não tava estudando coisa nenhuma! — gritou o professor Vern.

Pisando forte, o professor atravessou a sala e acendeu as luzes. Um sorriso cruzou seus lábios quando os alunos resmungaram ao mesmo tempo por causa da súbita claridade. Quinn pensou que ele tinha feito isso para parecer desafiador, mas, na verdade, foi mais como uma admissão de derrota, como luzes se acendendo depois de um show acabar.

— Professor! — disse Janet, sobressaltada. Na claridade, Quinn se surpreendeu quando viu que Janet não tinha nada a ver com o que havia imaginado a partir da voz. Para começar, ela era asiática — o primeiro ponto fora da curva no que, até então, parecia uma escola bem branquela. A maquiagem de Janet não era para esconder nada, e sim para acentuar sua beleza natural. O cabelo preto na altura dos ombros era mais claro nas pontas, o que podia ser por causa tanto de luzes quanto do Sol. O lindo rosto arredondado provavelmente a ajudava a se safar dessas provocações que fazia com os professores. — Você não pode dizer que ele não tá estudando! Você sabe que eu ajudo ele depois da aula.

— É verdade — disse a garota atrás de Janet.

O olhar de Quinn foi de Janet para a outra menina. Ela tinha cachos loiros e usava um rabo de cavalo. Estava mascando chiclete de um jeito barulhento. Vestia calça jeans branca e uma camiseta tão justa que parecia mais uma pintura corporal. Da voz ao batom, era como Quinn tinha imaginado que as garotas populares de Kettle Springs, inclusive Janet, fossem.

— Ronnie, faça o favor de não ajudar — disse o professor Vern, com um suspiro, antes de se voltar a Janet e Tucker. — Eu... tenho certeza de que você ajuda mesmo, mas a prova está no plano desde o começo do ano...

Manchas escuras haviam surgido embaixo dos braços do professor enquanto ele continuava sob a luz do projetor e penava para controlar a sala de aula. Era raro Quinn ter simpatia pelos professores, mas ela conseguia ver o pai refletido na ansiedade desse homem.

— É verdade — disse Tucker. — Professor, eu já tô craque em nutrição. — Coçando um dos lados da cabeça raspada, parecia que o garoto estava procurando pelo que dizer em seguida. — Aprendi tudo sobre... hum... o que é bom pra comer.

Tentando se recompor, o professor Vern desviou o olhar do aluno e da lâmpada do projetor.

— Ah, pelo amor de Deus — disse uma voz lá do fundão, para encerrar a conversa. — Só transfere essa prova de uma vez, professor. Daí a gente volta pra aula.

Lá atrás, em um canto atrás de Quinn, num assento escolhido para manter distância ou para que o aluno conseguisse ficar de olho em todos na sala de aula, estava ele: Cole Hill.

Quinn não o notara quando entrou.

Ele segurava uma caneta e estava com o caderno aberto à sua frente. Parecia pronto para estudar caso o mundo permitisse.

— Ah, é isso o que você acha, Sr. Hill?

— Só tô dizendo... — começou Cole, mas a frase foi cortada na metade quando ele percebeu que toda a sala estava prestando atenção. — Só tô dizendo — repetiu mais baixinho — que a gente tá perdendo tempo. Dava pra só tocar a aula.

— Bom, agora que tenho a sua *permissão*, quem sabe eu transfira mesmo — disse o professor. Logo em seguida, estendeu as duas mãos e apontou dedos acusatórios. — Mas você e seus amiguinhos não vão estar aqui para ver.

— O quê? — perguntou Janet, exasperada. Ela deixou transparecer uma rachadura na compostura de ferro e cheia de gloss.

— Pra fora, dona Murray. — O professor apontou para Janet. — Você está atrapalhando a aula de propósito com essa discussão sobre a prova. Você e Ronnie. Fora. E você também, Tucker. Peguem seus livros. Cole, você vai sair também. Pra sala de detenção. Já. Se divirtam desperdiçando o tempo de vocês, não o dos colegas.

— Eu tava tentando ajudar! Que palhaçada — disse Cole enquanto se levantava.

— Quer saber de uma... — O professor Vern se conteve. Estava com raiva e tremendo. No silêncio esbaforido da sala, Quinn jurava que dava para ouvir o professor rangendo os dentes. — Você *não vai* falar comigo assim. E o pior é que vocês... — ele tomou um instante para apontar para cada aluno que o havia interrompido — ...estão fora de controle. Ficam achando que o mundo foi feito para divertir *vocês*. E por anos nós aqui da cidade só aceitamos. Acontece que as pessoas estão acordando. Estão percebendo que vocês são uma p-p-praga nessa comunidade. — Ele respirou fundo e tentou acalmar a gagueira. — E chega de estragar minhas aulas.

Cole agora estava de pé, fechando o caderno e tampando a caneta.

— Então tá bom. A gente tá vazando.

Todos os quinze e poucos adolescentes que *não* estavam sendo expulsos da sala ficaram encarando Cole enquanto ele pegava a mochila e saía sem dizer mais nada, seguido de perto por Tucker.

A tensão era tão densa e palpável enquanto o restante do grupo se arrumava para sair que Quinn não conseguiu se aguentar: deu uma risada.

Só saiu. Uma risadinha. Uma resposta perversa, nervosa e involuntária.

— Ah, então você acha engraçado!? — O professor deu uma volta e apontou para Quinn.

A tensão, o surto absurdo do professor e o fato de que ela estava tão longe de casa que chegava a ser surreal não tinham graça. O som escapou antes que ela pudesse cobrir a boca.

O professor foi até a mesa, para consultar o que devia ser a chamada.

— Maybrook? Você acha engraçado, é? — Quinn sentiu quando empalideceu. Não sabia como responder, e nem se devia responder. — Não, não é engraçado. Não tem graça nenhuma. É loucura! Seus novos amigos são um impedimento para o aprendizado nessa escola, e isso só aqui na sala de aula. No mundo real, na internet, eles são uma p... p... — *Praga*, completou ela quando ele não encontrou a palavra. O professor Vern engoliu em seco.

Certo. Talvez Quinn tenha julgado a situação de forma errada. Isso ia muito além de alguns alunos preguiçosos incomodando um professor todo certinho e não querendo fazer prova.

— De uma vez por todas, eu tô por aqui com essas palhaçadas, esses videozinhos e... e... essa *filhadaputice*. — Pronto, ali estava, a palavra que ele claramente queria ter dito antes. O professor colocou três dedos sobre os lábios e sibilou: — Eles devem estar filmando agora. Não é, Janet?

Se estivessem, era o fim desse sujeito. A filmagem de um surto desse era o tipo de coisa que os pais levavam às reuniões.

— Não é, Janet? — repetiu o professor.

Janet e Ronnie estavam na porta. Cole e Tucker já tinham ido para o corredor.

— Pra detenção! Agora!!

— Tucker só fez uma pergunta — reclamou Janet.

— Uma pergunta! Ah, sim, sim, uma pergunta. Olha aqui, vocês pegaram *detenção*. Querem que seja *suspensão?*

Resignada, Janet ergueu as mãos e começou a sair.

— Espera. Pode voltando aqui. Me dá o celular. Agora! No fim do dia você pega.

— Você não pode fazer isso! — disse Janet, irritada. — É propriedade particular!

— A gente nem tava filmando! — apoiou Ronnie.

— E o seu também — ordenou o professor Vern, acenando para que Ronnie voltasse.

As duas garotas fumegaram, mas entregaram os telefones.

— E leve sua amiguinha nova junto. — O professor Vern bateu na ponta da mesa de Quinn. — E garanta que ela chegue à sala de detenção sem se perder. Vou ligar para a direção e dizer que vocês estão indo.

— Eu? — perguntou Quinn, ainda perplexa com a súbita reviravolta em sua manhã.

— Sim, você mesma, Maybrook. Vai rir com um pessoal *da hora* fora da minha sala. Na verdade... — Com cara de maníaco, o professor Vern pareceu ter uma epifania. — Janet! Ronnie! — chamou ele.

As duas pararam de braços cruzados sob a porta.

— Digam para os meninos, que sem sombra de dúvida estão me espiando bem aí fora... Pode dizer para eles que vocês estão todos banidos do Dia do Fundador — declarou o professor Vern. Ele se virou para o resto da turma com uma cara de *Sou cruel, não sou?*

A sala ficou em silêncio. Ninguém mais queria reagir e ser banido de... o que quer que fosse esse tal de Dia do Fundador.

— Como se você tivesse esse poder. É um evento público — retrucou Janet.

Não foi uma provocação, apenas uma simples exposição dos fatos. O celular dela era propriedade privada, o evento era público: Quinn já tinha conhecido meninas como Janet. Advogadas amadoras.

Quinn não sabia o que era o Dia do Fundador e, por enquanto, não dava a mínima. Estava sendo expulsa da aula.

Atônita e sem conseguir acreditar, repetiu o fato para si mesma. Pegou a mochila e, com braços e pernas que pareciam pertencer a outra pessoa, se levantou para sair. Ela nunca tinha se metido em problemas de verdade — nada manchava seu histórico no outro colégio, exceto matar umas aulas de Educação Física. E ela nem foi punida, porque era uma estrela do vôlei.

— Sim, sim, vai acreditando que não tenho — respondeu o professor Vern, com a voz mais estável do que antes. — Vou avisar ao xerife para ficar de olho em você e nos seus amiguinhos. Que vocês estão banidos. Que não são bem-vindos no "evento público".

— Dane-se — disse Janet, dando de ombros. Ela saiu da sala com Ronnie a reboque.

Ainda desacreditada, Quinn as seguiu.

— Vamos, novata — disse Cole, que as esperava do lado de fora da sala.

O professor Vern estava certo: Cole tinha mesmo ouvido e estava sorrindo. Ele não parecia nem um pouco preocupado com o que tinha acabado de acontecer.

O sorriso de Cole acalmou Quinn. Quer dizer, pelo menos a tranquilizou o bastante para que ela não sentisse mais que estava prestes a chorar.

— Vem — disse ele, diminuindo a distância entre os dois e deixando a turma para trás.

A mão dele tocou a lombar dela e a guiou com gentileza:

— A gente te mostra o caminho.

— Caralho! — disse Tucker. — Tipo, não tô nem aí pro Dia do Fundador, mas, se ligarem lá pra casa, minha mãe nunca que vai me dar o carro no sábado.

Quinn suspeitava que a sala de detenção não fora construída para ser a sala de detenção. Ao invés de parecer séria, era um ambiente vazio, um cômodo inutilizado. Eles pegaram cadeiras que estavam empilhadas nos fundos da sala para ter onde sentar. Apesar da ameaça do professor Vern de que "ligaria para a direção", não havia nenhuma supervisão adulta e, pelo visto, nem haveria.

Mal parecia ter segurança nessa escola, talvez porque, no colégio antigo de Quinn, havia detectores de metal em cada entrada e guardas com algemas de plástico nos bolsos de trás.

Mesmo sem uma infraestrutura disciplinatória, Cole, Janet, Tucker e Ronnie agiram como se soubessem como a detenção funcionava.

Levaram as cadeiras para a frente da sala e as organizaram em um meio-círculo.

— Você não pode perder a festa! — disse Janet para Tucker. — Vou de carona contigo.

— Eu também — disse Ronnie. Ela desfizera o rabo de cavalo lateral e estava no processo de refazê-lo do outro lado da cabeça, não com o amarrador neon de antes, mas com um dos outros que guardava no pulso. — Tipo, é a nossa festa...

— Olha, você só ajudou. A ideia foi da Janet — interrompeu Tucker.

— Eu sei — continuou Ronnie, se virando. — Vê se vira homem, então. Diz pra sua mãe que vai pegar o carro e pronto. O que é que ela vai fazer?

— Me matar — respondeu Tucker. — E você tá brava por quê, senhorita Queen? — Ele falou "senhorytah", com muito deboche, e Quinn não soube dizer se Queen era um sobrenome ou uma provocação. — O Matt te leva. Talvez. Isso se ele não acabou de reformar os bancos do carro.

Ronnie fechou a cara.

— Inferno. Eu tinha um look lindo pro Dia do Fundador.

Será que o banimento também se aplicava à Quinn? Ou será que sua punição seria apenas a detenção? Ela poderia perguntar ao professor Vern mais tarde, se passasse na sala dele para se desculpar. Por outro lado, devia ser melhor deixar por isso mesmo e recomeçar do zero na próxima aula.

— A gente vai mesmo assim. E os nossos celulares? — perguntou Janet.

— Ah — disse Ronnie, puxando um iPhone do cós da calça jeans branca.

— Arrasou, amiga!

Janet deu um sorriso.

— Tomara que o professor Vern se divirta com aquele 6s velho.

— Puta merda — disse Quinn. Mais uma vez, ela queria ter ficado apenas como observadora. Não tinha entendido se era para juntar sua mesa às dos outros nem sabia se queria, mas não conseguiu esconder como ficou admirada. — Vocês deixaram celulares falsos com o professor?

Ronnie sorriu por um momento, orgulhosa, mas então o sorriso desapareceu quando ela percebeu que Quinn era a menina nova.

— Peraí, eu por acaso tava falando com *você?*

— Seja legal com ela — disse Cole.

Foi a primeira vez que ele falou desde que tinham chegado.

Ronnie fez uma cara de *não me diz o que fazer*, mas acabou se virando para Quinn e pedindo desculpas.

— Foi mal. Foi bem infantil.

— Maybrook, não é? — perguntou Cole. — Expulsa da aula no primeiro dia. Um baita jeito de se apresentar.

— Temos uma fodona aqui... — murmurou Janet.

Não pareceu um elogio, mas também não pareceu um insulto.

Quinn a ignorou.

— É Quinn. E normalmente não é assim que eu gosto de começar as coisas. Mas o sujeito pirou. Ele devia ser demitido...

— Pois é, o professor Vern é meio neurótico — explicou Cole. Os outros assentiram. — Mas ele faz parte da tradição daqui de Kettle Springs.

— O cara é das antigas — incrementou Tucker.

— Ele cresceu aqui. Nunca saiu. Acha que tudo era melhor antes dos adolescentes começarem a usar jeans rasgado em, sei lá, 1983.

— Isso sem falar naquela música satânica que todos eles adoram — disse Janet.

Ronnie revirou os olhos em resposta. Qual era o lance dessas duas? Não eram carne e unha como a maioria das meninas malvadas, isso era claro. Será que competiam uma com a outra? Talvez até pelo Cole...

— Esse cara me expulsou da aula uma vez porque eu tava com um boné dos Vikings — disse Tucker, se intrometendo. — Num dia de jogo.

Bom... Aí já não era tão estranho para Quinn. Regra de vestimenta era regra de vestimenta. Ou será que isso é coisa de cidade grande? Afinal, não parecia ter muitas gangues em Kettle Springs.

— Você conseguiu pegar alguma coisa do surto? — perguntou Janet, apontando para o celular de Ronnie.

— Não! Eu nem tava filmando. O cara expulsou a gente por nada!

— Não gravou mesmo? — perguntou Cole. — E acabamos aqui mesmo assim. — Ele gesticulou, indicando a sala.

— Isso sem falar que, se a gente tá banido do Dia do Fundador, não vou comer churros — disse Tucker.

Ronnie parecia prestes a pedir desculpas, como antes, mas, em vez disso, Janet interrompeu, mais revoltada que antes.

— Ah, como se a gente não fosse. E como é que a gente ia saber que o professor Vern ia surtar por causa de algo tão nada a ver? — disse Janet. — Isso também ficaria legal no canal, né? Viu como ele ficou vermelho? Pensei que o homem ia cair duro...

— Você tem um canal no YouTube? — perguntou Quinn, finalmente admitindo para si mesma que seria impossível não entrar de cabeça nessa vida social. Agora estava envolvida. Até o pescoço. Os cinco estavam na detenção juntos...

— Aham, *a gente* tem um canal no YouTube — corrigiu Ronnie.

— Elas *tinham* um canal no YouTube — retrucou Cole. Mais uma correção. Ele estava se distanciando da história.

— Elas — zombou Janet. — *A gente* ainda tem. Mesmo que certas pessoas não gostem mais de aparecer na câmera como antes.

Janet assentiu para Cole. Os dois pareciam estar em níveis diferentes de exaltação.

— Que tipo de canal? — perguntou Quinn para Janet, dando fim ao momento estranho.

— Acrobacias, pegadinhas, a gente tem... tinha, sei lá, quase seis mil seguidores. Tinha uns vídeos com, tipo, 50 mil views. A gente tá crescendo. Ou pelo menos estávamos há pouco mais de uma semana. — Outra olhada para Cole. — Pelo visto agora acabou *mesmo*.

Enquanto Ronnie e Tucker pareciam comer na mão dele, parecia que Janet não dava a mínima. Quinn gostou disso.

— Dá uma olhada — disse Tucker, entregando o celular para ela. — Não tem Wi-Fi aqui, mas salvei o cache da página.

Quinn passou por vídeos com títulos como: "Salto do Teto Direto numa Moto — Imperdível!!:"; "Surto da Velhinha — Garçonete Fica Puta"; e "PALHAÇO ASSASSINO — ACROBACIA NO CELEIRO ASSOMBRADO TenTe Não rIR :-D".

A última miniatura mostrava um palhaço de chapéu que parecia familiar, segurando uma foice gigante de plástico, à espreita, saindo da porta de um celeiro.

— Esse palhaço — disse Quinn, reconhecendo o chapéu mais do que qualquer outra coisa.

— Você já viu ele antes? — perguntou Cole, surpreso e feliz.

— Já, eu queria até perguntar pra alguém sobre ele. — Ela pensou em Rust, mas não disse o nome dele, como se o garoto não se encaixasse nessa turma. — Já vi essa cara pela cidade. Em prédios e tal.

— Ah — disse Cole, aparentemente desapontado por ela não reconhecer o palhaço pelos vídeos. — A cidade ama o Frendo. É tipo nosso mascote. Mas ele é sem graça, então a gente tentou dar uma repaginada. Reabilitar a imagem dele. Deixar mais... assassino.

— O que me lembra — complementou Janet, abrindo um parêntese, para falar com Tucker de um jeito só um pouquinho distrativo e rude. — Seria uma boa falar com o Dave Sellers e ver se ele troca de turno com você amanhã.

— Turno? — Tucker pareceu confuso por um momento. — Ah, saquei — disse ele, entendendo o que ela pedira. — Acho que ele não tem celular, mas vou tentar achar o cara pela cidade. Cinco conto, e ele me entrega a fantasia.

— Não sei o que vocês tão planejando — disse Cole, apontando para Janet e Tucker —, mas me deixem de fora.

— E o que rolou? Por que pararam com os vídeos? — perguntou Quinn, tentando recuperar a conversa.

Quando Cole falou do canal, ficou óbvio que tinha orgulho do trabalho que faziam.

Ninguém respondeu.

Tucker, Ronnie e Janet ficaram sobressaltados e olharam para Cole enquanto ele pensava.

— Teve um acidente semana passada. — Cole fez uma pausa. — Bebi mais do que devia.

Tucker tossiu e colocou uma mão sobre a mesa de Cole.

— Até dá pra dizer isso, cara. Mas não foi de propósito. Todo mundo sabe disso.

Tucker tentou pôr a mão no ombro de Cole, mas ele se desvencilhou.

— Tô de boa — disse Cole para o grandão.

Tucker parecia a postos para levantar e fazer até uma massagem em Cole, caso fosse requisitado. Era demais, até mesmo para uma relação entre atletas, e Quinn foi obrigada a se perguntar se Tucker fazia ideia de como era deprimente essa adoração ao herói.

— Ele botou fogo na fábrica — disse Janet, acabando com a neblina da mimação de Tucker.

Os pedacinhos de fofocas da cidade que Quinn conseguira com Rust e depois com Ruivinha estavam começando a se juntar, formando uma visão melhor do que estava acontecendo.

— Era a fábrica da *minha família* — corrigiu Cole, como se por causa disso não tivesse sido um crime. — Do meu pai, pelo menos. E tava vazia já fazia um ano. Quando rolou o incêndio.

Ele até que é bem gatinho para um incendiário. As palavras de Ruivinha voltaram à tona para Quinn.

— Ninguém se machucou nem nada — disse Tucker, defendendo o amigo. — A coisa só saiu do controle, mas, pelo jeito que todo mundo tá reagindo, parece até que as pessoas da cidade nunca deram uma festa que saiu do controle.

Tucker estava claramente acostumado a defender Cole, não importavam as circunstâncias.

Cole ergueu o olhar para fazer contato visual com o grandalhão. Mesmo abatido e triste — e com aquele ar nada atraente de *eu que mando aqui* —, Quinn conseguia ver que Cole tinha capacidade de ser bondoso. Ou pelo menos ela esperava, assim como esperava que não estivesse desenvolvendo um crush e prestes a dar mais moral para alguém que... talvez tenha acabado de admitir que cometeu um crime hediondo.

— Cometi um erro — disse Cole, com a voz suave. — Fiz merda. Mas, em minha defesa, a fábrica tava abandonada

há tempo demais e só ficava lá, apodrecendo devagar. Era um lembrete estúpido de como as coisas eram. Não fiquei triste por ela vir abaixo.

— Quase vir abaixo — corrigiu-o Janet.

Verdade. O interior pode ter sido incinerado, mas a estrutura continuava de pé. Quinn quase contou que dava para ver a Baypen da janela do seu quarto.

— Pode falar o que for de Kettle Springs... — complementou Ronnie. — Mas os bombeiros voluntários são bons.

— Que seja, *quase* vir abaixo — disse Cole, encarando Janet.

— Entendi — concluiu Quinn, tentando mudar de assunto e achar um jeito de entrar nesse grupo, o que ela não tinha certeza se era uma boa ideia. — Então... Onde foi que vocês filmaram esse vídeo sinistro do palhaço?

— No celeiro dos Tillerson... — Cole parou no meio do raciocínio, sem nem concluir o que estava dizendo, estalou os dedos e apontou para Janet.

— Nem vem, o convite é aberto.

— Que amigável, Janet — disse Tucker.

— Ela tá querendo dizer que passou a maior parte dessa semana tentando organizar uma festa — explicou Cole. Pareceu que um pouco de vida foi injetada nos olhos de cachorro triste dele. — E você com certeza vai.

Ela olhou para a sala ao redor. Todo mundo parecia pronto para o que viria a seguir, para sua resposta, cada um com níveis diferentes de envolvimento no rosto. Todo mundo exceto Ronnie, que estava se esforçando horrores para parecer que não estava nem aí.

— Vou? — perguntou Quinn, numa tentativa de arrumar tempo para pensar melhor.

O convite de Cole saiu como uma ordem, mas, de alguma forma, parecia um desafio.

— Pode apostar que vai. No dia depois do Dia do Fundador.

Dia do Fundador. Para começo de conversa, ela queria perguntar o que era isso. E se eles achavam que o professor Vern tinha banido Quinn do "evento público" formalmente, assim como fez com os outros, mas não dava tempo.

Cole olhou para Janet com ternura e assentiu.

Pode falar.

— Você viu um pouco na aula. De como as coisas são por aqui — começou Janet. — Tem tanta gente, e olha que o professor Vern é o último da lista, tentando tirar nossa voz, tentando fazer a gente ser o que *eles* querem que a gente seja. Tentando tapar nossa boca e nos amarrar em plástico-bolha.

— Mas por uma noite a gente vai mandar eles pra puta que pariu — disse Cole, agora mais animado. — Vai ser num lugar onde não vai ter ninguém pra nos parar. Lá no milharal. Vamos beber, fumar e fazer...

— Tudo o que faz Kettle Springs ser ótima — acrescentou Ronnie.

— E Kettle Springs é ótima? — debochou Tucker.

— Poderia ser — disse Janet, melancólica de repente. — Vai ser por uma noite.

— E você — disse Cole, com uma piscadela para Quinn. — não pode perder. Nem se for a última coisa que você fizer.

QUATRO

— É tudo tão barato, parece até que a gente vive nos anos 50 — disse o pai de Quinn enquanto fechava o cardápio de novo para voltar à primeira página. — Bife *Salisbury* por cinco conto! E ainda vem com acompanhamento.

— Qual acompanhamento? Diabetes? — perguntou Quinn, testando o terreno.

Ficou aliviada ao vê-lo sorrir. Tinha sido uma tarde difícil desde que chegou em casa. A escola ligou para o pai e contou que ela ficou na detenção por causa de "problemas de disciplina". Ele não recebeu a notícia muito bem e começou a pressioná-la. Mas depois que Quinn recontou a história, explicou tudo sobre canais no YouTube, garotos famosinhos, um incêndio na fábrica, o surto do professor de ciências e um convite misterioso para uma festa, Glenn Maybrook só deu um sorriso e disse:

— Bom, só não vai transformar isso em hábito.

A pessoa que ligou da escola, seja lá quem for, não mencionou nada sobre o Dia do Fundador, então Quinn também não abriu a boca.

Quinn olhou ao redor para o Restaurante da Avenida Principal. Sim, esse era o nome do restaurante. O estabelecimento era uma mistura das colheres gordurosas que povoavam o sul da Filadélfia e as lanchonetes decentes do outro lado do rio Delaware, em Jersey. Eles estavam sentados em um dos reservados perto das janelas e observavam o fluxo do fim de tarde em Kettle Springs.

Quinn puxou uma crosta de ketchup seco da mesa. A mancha saiu fácil em sua unha. Tirando aquilo, o lugar era limpo o bastante, mas não antisséptico. Não estavam em uma lanchonete de franquia, o negócio não apareceu pronto em apenas um final de semana. As bugigangas nas paredes tinham ganhado seu espaço por merecimento. Uma placa de vice-campeão do "Melhor Chili do Missouri, 1998" pendia orgulhosa ao lado de fotos de décadas de times locais que o restaurante patrocinara.

Enquanto analisava a decoração, ela percebeu que, por mais estranho que fosse, nada parecia ser de depois dos anos 2000. Era como se o tempo tivesse parado ali, logo depois da virada do século. Esse efeito fazia parecer que o restaurante estava mais preservando artefatos de um passado longínquo do que celebrando seus feitos na comunidade.

O pai de Quinn estava de olhos baixos, sorrindo de um jeito particular e abobalhado, ainda avaliando o cardápio.

— Tem filé de frango empanado. Não como filé de frango empanado desde... — E a frase morreu na metade.

Quinn sabia mais ou menos onde aquele raciocínio terminaria. Glenn Maybrook tinha comido filé de frango empanado pela ultima vez com a mãe dela. Em algum lugar. Quem sabe numa viagem de carro. Provavelmente antes de

Quinn nascer ou de ela conseguir se lembrar. Se ele conseguisse segurar o choro, contaria como estava gostoso, mas que os dois ficaram acordados a noite inteira com dor de estômago.

— Enfim — disse ele, batalhando para continuar e meneando a cabeça —, esse prato tem cara de que vai ser bom pros meus negócios. Um belo entupidor de artéria.

Ele prosseguiu:

— Você acha que tem problema pedir um acompanhamento do café da manhã *junto* com alguma coisa do almoço?

Concentrado no cardápio, ele parecia estar em seu melhor momento em semanas.

— Acho que aqui nos anos 50 eles deixam viajantes no tempo terem tudo o que quiserem — brincou Quinn.

Ele merecia esse mimo. Samantha Maybrook podia ter roubado qualquer otimismo que os dois viessem a ter a respeito do futuro, mas lampejos ocasionais de felicidade movida a comida frita não era pedir muito.

A garçonete se aproximou com cara de preocupada. A mulher estava com o cabelo para cima, num estilo que Quinn só vira em fotos e filmes antigos: a colmeia. Apesar das rugas de preocupação e de falhas na maquiagem, o penteado estava impecável. Ela estava com brincos largos de escama de sereia que davam ao seu rosto um desagradável ar reptiliano quando combinado com a sombra azul nas pálpebras.

Com gentileza e profissionalismo, a mulher respondeu as perguntas do pai de Quinn sobre o cardápio. Quinn deu uma olhada pela janela para evitar ficar encarando a verruga que, pelo excesso de base, saltava no rosto da garçonete.

Do outro lado da rua, a menina viu um grupo de homens na esquina. Um deles segurava um cartaz que ia até os pés, e os outros dois apontavam para o enunciado. Era uma placa dando as boas-vindas a todos para o Dia do Fundador. Os sujeitos pareciam ter tudo sob controle, então Quinn deixou os olhos navegarem até o fim da rua. Havia muitos adesivos de para-choque interessantes pela cidade, mas ela não conseguiu deixar de notar a caminhonete com suporte para armas, o ímã de "EUA acima de tudo, Deus acima de todos", e o adesivo da bandeira estadunidense com uma das listras azul-escura, que representava apoio às forças policiais. Lá onde ela morava, aquele carro nunca pertenceria a alguém da Filadélfia, já que o adesivo era coisa típica de gente caipira, mas ali, em Kettle Springs, já estava se tornando comum.

Um garoto que Quinn não reconheceu passou pela janela, e Quinn virou a cabeça, para evitar encará-lo.

Com um novo olhar, Quinn percebeu que a clientela daquele restaurante era bem mais velha do que nos lá da Filadélfia, onde a maioria dos lugares assim servia como ponto de encontro no começo da noite, depois que as aulas acabavam. Ela lembrava como as garçonetes odiavam esses montes de adolescentes. Às vezes, para tentar matar a ressaca, eles lotavam três ou quatro mesas por horas a fio, pediam milk-shakes, fritas e exigiam refis grátis de Coca-cola. E ainda davam *péssimas* gorjetas.

Na verdade, Quinn se deu conta de que não havia nenhum outro adolescente sequer no estabelecimento. Ao contrário da cidade, que parecia sonolenta demais para uma noite que acabara de começar, o restaurante estava lotado de gente. Era um mar de cabelos brancos, barulho de pessoas tomando sopa e cheiro de naftalina.

Depois de escolher seu pedido, o pai de Quinn se inclinou sobre a mesa e anunciou:

— Vou tirar uma água do joelho antes da comida vir.

— Obrigada pela informação.

Quinn puxou o celular. Normalmente, pegar o telefone era um movimento mecânico, mas agora ela tinha um objetivo. Ia procurar os novos colegas — seus queridíssimos parceiros de detenção — no Instagram.

Desbloqueando o telefone, ouviu o pai dizer:

— Oi, querido, meu nome é Dr. Maybrook. Vai me desculpar, mas me parece que você está usando uma bengala aí, não é? Dá uma passadinha lá no consultório que eu dou uma bela olhadinha. É lá onde o Dr. Weller atendia.

Glenn Maybrook conduziu uma versão dessa mesma conversa com três clientes diferentes, tentando vender seu peixe, mas nenhum dos pacientes em potencial parecia disposto a falar com ele. O que não era surpresa alguma: imagine só, um homem estranho se aproximando e perguntando há quanto tempo tinham aquela mancha escamosa debaixo do cotovelo. Talvez tivesse a ver com o fato de Quinn ser uma bisbilhoteira sem escrúpulos, mas, toda vez que ela olhava para fora do reservado, via olhos velhos e apáticos encarando-a de volta.

O problema não era os cumprimentos esquisitos de seu pai. Nada disso. E não era sua imaginação e muito menos paranoia. Os idosos no restaurante não estavam falando com seu pai por causa dela. Os fregueses respondiam as gentilezas do pai dela encarando Quinn de cima a baixo.

Em vez de assustá-la do jeito que aqueles olhos velhos e reumáticos provavelmente deviam fazer, tudo o que conseguiam era deixá-la com raiva. Quinn quase chegou a pensar em mostrar os dentes e rugir, assim meteria medo neles, mas se conhece e ficou brincando com a gotículas de água condensada no copo.

— Público difícil — disse seu pai quando voltou à mesa.

A comida chegou um instante depois. Seu pai pigarreou para fazer uma pergunta à garçonete e, por um segundo assustador, Quinn ficou com medo de que ele perguntasse se a moça já tinha feito uma biópsia naquela verruga. Em vez disso, porém, ele perguntou se tinha melado.

— Gosto de colocar no bacon — disse, como se precisasse se explicar e, em seguida, deu uma piscada completamente injustificável. A garçonete sorriu e piscou de volta, mesmo que fosse apenas um reflexo de gentileza.

Quinn precisava admitir que a comida era boa. Desconsiderando os preços dos anos 50, lascas de carne com torrada tinha lá seu charme.

— Não pode ser toda noite assim — disse ela, entre uma mordida e outra. — A gente tem que comer menos fora, pedir menos comida pronta. Deve ter um mercado decente aqui por perto. A gente tá no interior, não é? Cadê as feiras e as banquinhas fofas de beira de estrada?

— Não sei, meu amor, mas... — Seu pai não concluiu a frase. Ela ouviu os guizos fixados na porta do restaurante tilintarem.

Por favor, que não seja o Cole. Foi a primeira coisa em que pensou, o que a surpreendeu.

Quando se virou para ver, porém, não era Cole. Era um sujeito com o que Quinn sempre definiu como "bronzeado de policial rodoviário". Havia uma estrela em seu peito. Não se tratava de um distintivo, como aqueles que os policiais na Filadélfia usavam no cinto, mas, por mais surpreendente que fosse, era uma estrela com mais pontas do que parecia necessário. Era um homem enorme, com aqueles poros avermelhados e visíveis de alguém que era velho, mas que, *ao mesmo tempo*, envelhecera prematuramente. Seu bigode grosso, retangular e grisalho combinava com o cinto, as algemas e o cassetete. Quinn tentou imaginá-lo dez ou vinte anos mais jovem, mas não conseguiu de jeito nenhum. Suspeitava que ele sempre fora exatamente assim.

O agente da lei tocou o chapéu para cumprimentar o pai dela e depois o removeu. Ele deu uma piscadela para Quinn e em seguida se sentou no reservado atrás dela, sem esperar por uma mesa, como dizia a placa na entrada. Quinn sentiu o vinil do assento esticar quando o homem sentou de costas para ela. Dava para ouvir as esporas das botas dele se assentando conforme o sujeito sentava, o problema era que ele provavelmente nem usava esporas.

— Xerife Dunne, o que vai ser hoje? — perguntou a garçonete. Ela passou a mão pelo penteado-colmeia, à procura de uma caneta que deve ter sumido no começo dos anos 80.

— O de sempre. Obrigado, Trudy — respondeu ele.

— Café preto e batata assada com queijo, saindo num instante. Você não muda mesmo, né, George? — disse ela, com uma animação juvenil na voz.

Esse diálogo revelou duas coisas: que o xerife George não entendia o conceito de refeição e que o nome da garçonete era — é claro — Trudy.

Depois que o xerife fez o pedido, o Restaurante da Avenida Principal soltou um suspiro coletivo. Não pareceu exatamente medo, mas o mesmo tipo de poder que Cole exibira na escola, só que agora para uma audiência diferente. Com o retorno do ruído costumeiro de mãos com artrite mexendo em talheres, Quinn se sentiu confortável o bastante para fazer a pergunta que estava segurando desde que tinha chegado da escola.

— Você tá nervoso?

— Com a minha garotinha indo numa festa?

71

— Não, pai — disse ela, de repente sem vontade nenhuma de fazer brincadeirinhas sobre a festa, ainda mais com o xerife atrás deles. — Tô falando de atender os primeiros pacientes.

Seu pai fez uma pausa e refletiu sobre a pergunta.

— Não tô nervoso, só com um pouquinho de frio na barriga pelo primeiro dia. Nunca é fácil ser a criança nova... mesmo não sendo mais uma criança. Por quê? Tô com cara de nervoso?

— Quando tava indo no banheiro, você ofereceu um exame da pélvis para aquela mulher.

Quinn apontou com o mindinho para o outro lado do salão.

Seu pai conseguiu dar uma risada e um olhar reprovador ao mesmo tempo. Era um olhar no qual ele andava trabalhando desde que ela começara a tentar navegar em mares conversacionais mais adultos. Depois que a mãe morreu, Quinn precisou amadurecer bastante, e rápido. E, apesar de o pai precisar que ela fosse uma amiga, confidente e de vez em quando um ombro no qual ele pudesse chorar, ela sabia que ele também sentia saudade de vê-la como — em suas palavras — sua filhinha.

— A pergunta então é se eu vou surtar?

— Aham. Acho que é.

— Eu te amo, Quinn. Você sabe disso, né?

— Sei.

— Eu tô bem. Num momento bom. Kettle Springs é... — Ele buscou a palavra, mas acabou optando por algo diferente. — O que eu precisava — concluiu. Ele colocou uma mão sobre a dela e se corrigiu: — O que *a gente* precisava. E não é como se eu já não tivesse passado o dia inteiro no consultório.

— Sim, sim, mas não atendeu nenhum paciente.

— O Dr. Weller foi embora muito do nada. É esquisito. Ele literalmente deixou uma receita pela metade na mesa, deixou lá com o raio-x do quadril de alguém. Eu tinha cancelado todas as consultas de hoje, mas acho que nem precisava. — O pai ficou brincando com os frascos de sal e de pimenta que não combinavam: o sal ficava num vidro claro, e a pimenta, num frasco de cerâmica moldado como o rosto de um palhaço. — A boa notícia é que o consultório ficou com todo o equipamento dele. Pensei que fosse precisar encomendar algumas coisas, começar operando aos poucos. Fiquei surpreso por ele também não ter vendido a casa mobiliada, já que precisou sair daqui tão rápido.

— Nem acho tão estranho assim. Seja lá pra onde ele for, provavelmente vai precisar de cadeiras — disse Quinn. Pela primeira vez desde que desempacotaram as coisas, pareceu que caiu a ficha de que aquela casa pertencia a outra pessoa no começo desse mesmo mês.

Quinn achava isso esquisito, não importando o ponto de vista. A impressão era de que o Dr. Weller podia dar a volta de carro, usar chaves reservas para entrar enquanto eles estivessem em casa à noite e dizer: "Foi mal, gente, mudei de ideia. VAZEM DAQUI".

— Enfim — ele continuou falando e recuperou a atenção da filha —, é bem empolgante assumir uma clínica, mas o consultório também parece meio...

— Não se preocupe. Daqui a pouco vai ficar do seu jeitinho. Vai atender quantas pessoas amanhã?

— Tem três pacientes na agenda. Era pra serem quatro, mas um ligou pra cancelar hoje de manhã. Não faço ideia se o pessoal ficou sabendo que a cidade tem um novo xerife.

Depois dessa frase, Quinn sentiu o xerife *de verdade* se mexer atrás dela no banco.

— Digamos assim — complementou seu pai, erguendo as sobrancelhas e dando uma olhada por cima do ombro de Quinn bem na hora que Trudy veio perguntar como estava o jantar.

Seu pai falou sem parar da comida e depois ficou ovacionando e comentando sobre como os preços são muito mais sensatos do que na Filadélfia. Era uma resposta maior do que Trudy esperava. O pai estava se esforçando demais para ser amigável. E a investida não ia nada bem. Ele não era o tipo de médico que se destacava por conversinha fiada ou por ser supersimpático. Não era de sua natureza. Ele era um cara quieto, com um coração enorme e sensível. Se importava muito, mas não verbalizava isso. O que era um dos grandes motivos da mudança para Kettle Springs. Trabalhar num hospital enorme que pertencia a um dos maiores conglomerados de planos de saúde tinha cobrado seu preço. Ele tivera de contar a famílias demais que algum procedimento ou medicamento não seria coberto pelo plano de saúde. Vira crianças demais chegarem com ferimentos à bala e irem embora com contas que não teriam como pagar. O estresse o pegava de jeito, mas, depois que a esposa sofreu a overdose, ele não aguentou mais. Simplesmente se esvaziou. Ficou um ano no automático, com medo de estragar a rotina, sem ter certeza de que o chão a seus pés não se abriria de novo. Sua mente, porém, estava em outro lugar. Ele não conseguia manter a cabeça no lugar. Não dormia. Essa comida do restaurante era o máximo que ela o vira comer. Mais de uma vez, Quinn acordou no meio da noite e o encontrou sozinho, sentado, no escuro, discutindo com um fantasma, com a mãe dela. Então, quando a oportunidade de Kettle Springs apareceu, Quinn não se opôs. Um recomeço era exatamente do que precisavam; mesmo que não fosse o que ela quisesse.

— Já que você falou disso... Acho que me decidi. Acho que vou na festa — revelou Quinn, depois que Trudy finalmente conseguiu escapar dos elogios do pai.

— Que bom, filha, você devia ir mesmo — respondeu ele. — Aquele vizinho nosso vai? Gostei dele. Não me parece o tipo de cara que é expulso de muitas aulas.

— Não faço a menor ideia — admitiu Quinn. — E é *Rust*. O nome dele é Rust, pai — disse ela, na esperança de que a repetição ajudasse a informação a se firmar, a se consolidar no cérebro de Glenn Maybrook.

Seu pai pegou uma torrada enorme cheia de lascas de carne e assentiu, distraído.

— Que nome esquisito.

Do outro lado da Avenida Principal, mais para o fim da rua, Quinn viu Janet e um pessoal se preparando para atravessar a rua. Janet estava segurando o telefone, rindo para Ronnie, que, com uma nova configuração de rabo de cavalo, tentou pegar o celular. Ao lado de Ronnie, havia um cara que Quinn nunca tinha visto. Era mais baixinho que as duas, mas ninguém no mundo o chamaria de pequeno. O corpo dele era como um hidrante, atarracado e sólido. Mantinha os braços ao lado do corpo como se tivesse acabado de sair da academia e ainda estivesse aproveitando o arder dos músculos. Janet liderava a comitiva enquanto os três disparavam entre os carros estacionados.

Será que atravessar a rua sem nem olhar para os lados era outro indicativo de que Janet e sua companhia não estavam nem aí, ou simplesmente não havia muito trânsito com que se preocupar em Kettle Springs?

Quinn percebeu que passou muito tempo encarando-os e que seu pai estava tentando falar com ela. Em seguida, veio o pavor de que seus colegas pudessem muito bem estar a caminho do restaurante para comer alguma coisa.

Ela encarou descaradamente sua torrada quase toda comida e se concentrou em pensamentos invisíveis.

— Aquelas meninas fazem aula de biologia comigo — disse ela, interrompendo a conversa fiada do pai.

— *Aquela* aula de biologia? — perguntou ele.

Atrás dela, Quinn sentiu o xerife Dunne se remexer mais uma vez no assento. A atenção de seu pai se desviou da janela quando o policial se levantou da mesa. Quinn não se virou, mas ouviu os passos do xerife no assoalho. Ao isolar esse barulhinho de nada, ela percebeu que outro momento de silêncio tomara conta do restaurante.

Quinn ergueu o olhar. Viu o xerife no reflexo de um espelho embaçado que ocupava a parede dos fundos que dava nos banheiros.

Ele deixou o chapéu sobre a mesa para reservar o lugar, como se dissesse *"Não vou demorar"*.

No caminho, parou à porta da lanchonete e esperou. Janet e seu grupo pararam do lado de fora e o encararam. Sem precisar de palavras, se comunicaram com o homem através do vidro.

E, naquele momento de quietude, Quinn se deu conta: a porta de vidro era como um espelho mágico de um filme. De um lado havia recortes amarelados de jornais sobre tortas de abóboras gigantes feitas com abóboras gigantes vencedoras de competição, velhinhas com suéteres de tricô que elas mesmas tricotaram e, sobre aquela cidadezinha delicada, o grande e velho xerife que protegia a lei e a ordem. Do outro lado — no que parecia outra dimensão —, ficavam os jovens com seus iPhones, captando o mundo atrás de olhos elétricos, um gigabyte por vez; havia jovens usando camisetas de gola V e garotas usando bermudas masculinas. Esse mundo era liderado por Janet, um vislumbre que Norman Rockwell nunca pintou: cabelo preto perfeito com mechas rosas para combinar com as unhas, que pareciam um chiclete novinho em folha.

Será que foi imaginação de Quinn, ou a mão direita do xerife se moveu sutilmente até a arma enquanto ele encarava os adolescentes? Não, não podia ser; o homenzarrão estava só ajeitando o cinto.

Seja lá o que tenha feito com a mão, foi o suficiente para acalmar a situação. Janet deu um sorriso de "é só brincadeira", e os adolescentes passaram reto pela porta.

O xerife deu um show ao se alongar; era tão alto e tinha braços tão longos que os dedos quase roçaram no teto de cimento. Em seguida, deu meia-volta e partiu rumo ao banheiro masculino nos fundos do restaurante. Os murmúrios e sons de talheres tilintando contra porcelana recomeçaram.

— Ah, espera aí — disse o xerife, voltando.

Ele colocou uma mão enorme no ombro do pai de Quinn. Glenn Maybrook ficou desconfortável na mesma hora. O xerife deu um sorriso largo e caloroso como se não tivesse acabado de passar por um impasse mexicano com um trio de alunos do ensino médio.

— Você é o médico novo! — exclamou o xerife, praticamente anunciando para todo o salão, como se ninguém soubesse.

— Pois é, sou eu. Olá, meu nome é Glenn Maybrook — disse o pai, assentindo com a cabeça para afugentar o desconforto e tentando voltar ao modo profissional.

Os dois se cumprimentaram e a mão de seu pai desapareceu dentro da do xerife, como se o homenzarrão estivesse vestindo uma luva de beisebol. Glenn não se levantou, então o policial pairava sobre ele, tendo todo o poder.

— Sou o xerife Dunne. Seja bem-vindo à cidade, doutor. — Seu pai manteve o sorriso idiota enquanto assentia. — Não vou interromper a refeição de vocês, só queria dar um oi mesmo. Estamos muito felizes pela chegada de vocês. E bem a tempo.

— Pois é — respondeu ele, todo atrapalhado. — Estamos felizes. É uma bela cidadezinha essa sua.

— Claro que é... — O xerife olhou para cima ao se lembrar de alguma coisa, ou fingindo que lembrou, pelo menos. — Na verdade... — Ele colocou a mão no bolso de cima da camisa, atrás do distintivo, e tirou um pequeno papel dobrado. — Já devem ter te contado, mas amanhã é o Dia do Fundador. — O policial olhou para baixo e reconheceu a presença de Quinn pela primeira vez. — Aposto que você tá animada por não ter aula na sua primeira sexta-feira na cidade, não é, meu docinho? Espero te ver lá.

— Eu... — *Não sou seu docinho, filho da puta.* Ela não sabia de onde a raiva viera, se fora sua bela educação feminista ou simplesmente uma resposta ao jeito que o homem tinha falado. Mas, até onde o xerife sabia, pelo menos ela não estava banida. — Nem sabia que amanhã não tinha aula.

Quinn deu um sorriso e apertou a própria coxa embaixo da mesa, para se controlar.

— E não tem mesmo — disse o xerife Dunne, antes de se virar de volta para o pai. Pelo visto, não era mais hora de falar com criança.

— Acho que isso explica por que meus pacientes estão cancelando — comentou o pai dela, mas o xerife Dunne pareceu não ouvir ou não se importar e simplesmente continuou seu discurso ensaiado.

— A cidade está passando por uma pequena transição no momento, e, como você é nosso médico, eu adoraria te ajudar a se envolver de forma positiva na comunidade. Sei que é em cima da hora, mas vai ter uma reunião de moradores hoje à noite — anunciou o xerife, dando ênfase nas palavras ao apertar o ombro do pai. — Seria legal se você conseguisse ir. Vai ter comida, caso ainda sobre algum espaço aí.

Ele riu enquanto olhava para o prato vazio do pai de Quinn.

Glenn se levantou. Pelo visto tinha cansado de falarem com ele de cima para baixo.

— É legal por demais da sua parte me convidar.

Quinn estremeceu perante a tentativa de seu pai de soar caipira. *Legal por demais.* Pelo amor de Deus.

— Com certeza vou tentar ir.

— Você vai ou não, doutor? Não tem essa de tentar. — O xerife deu um sorriso largo. Aparentemente, ninguém em Kettle Springs usava meias palavras.

— Humm. É que tem muita coisa pra desencaixotar. Não sei se...

— Relaxa. Só tô tirando uma com a sua cara, doutor. Mas eu entendo. Na próxima você não escapa — disse o xerife Dunne.

Ele deu um tapa nas costas de Glenn Maybrook forte o bastante para fazê-lo bater na mesa, o que fez os copos d'água dos dois respingarem.

— Trudy — chamou o xerife Dunne, antes de assobiar entre os dentes —, uma fatia de torta pro doutor e pra filhinha dele. Qualquer sabor que eles queiram, mas tem que ser de cereja.

— Que gentileza — disse o pai enquanto Quinn continuava presa ao fato de que tinha sido chamada de docinho e filhinha.

— E uns guardanapos.

O xerife assentiu com firmeza e seguiu para o banheiro.

O pai se virou para Quinn.

— Onde a gente tava mesmo? Ah, sim, você falou que ia na festa — relembrou ele.

Mas Quinn não estava ouvindo. Ela viu a garçonete passar pelo xerife, agarrar-lhe o braço e dizer:

— Obrigada. Aquela menina e a amiga dela, elas...

O xerife ergueu uma mão peluda e grisalha e a dispensou: *deixa isso pra lá.*

O pai de Quinn pigarreou.

— Isso. A festa — disse Quinn, voltando ao presente. — Não precisa se preocupar... E, sim, prometo que, se minha carona beber, eu chamo um Uber.

— Uber em Kettle Springs? — bufou ele.

— Ah, verdade. Acho que não deve ter Uber aqui ainda. — Ela meneou a cabeça.

Seu pai olhou para a própria mão. Desdobrou o papel que o xerife tinha entregue a ele. Curvou os cantos da boca de um jeito familiar, um jeito que Quinn reconheceu do tempo anterior à morte de Samantha Maybrook, que os deixou sozinhos.

— Mas sabe o que já tem aqui?

— O quê? — perguntou Quinn, quase com medo da resposta zombeteira que seu pai daria em seguida.

Glenn Maybrook manteve o sorriso travesso, virou o flyer para ela e deixou o texto à vista.

O papel dizia:

"Em defesa da moral e dos bons costumes de Kettle Springs."

CINCO

— E como é que a gente vai fazer isso, Harlan?

— Pois é, com que dinheiro?

As perguntas acertaram Harlan Jaffers como se fossem ondas. Estavam jogando-o para lá e para cá, afogando-o. Essa gente, seus constituintes, precisavam lhe dar a porra de um segundo para que ele pudesse *pensar*.

Devia ter mandado sua assistente colocar mais alguns aperitivos na mesa de comes e bebes. Quem sabe uns biscoitos a mais tivessem acalmado a multidão.

Pronto. Era isso. Tinha algo que Harlan podia tentar fazer para que ficassem quietos. Ou pelo menos para ganhar algum tempo.

— Silêncio, gente, por favor! — disse Harlan. Ele sentiu uma gotícula de suor escorrer por suas costas e chegar até o elástico da cueca. Como é que podia estar calor ali dentro? Com as janelas abertas? Em pleno outubro?

Calor humano. De humanos com raiva. Era essa a resposta.

— Antes que vocês fiquem gritando pra eu cancelar o Dia do Fundador, quero que saibam que esse evento vem sendo organizado com toda a dedicação do mundo pelos seus vizinhos há semanas. E com só um quarto do orçamento de sempre! Sei que são tempos de vacas magras e que temos que fazer mais com menos, mas, com toda a sinceridade, fazia *anos* que os carros alegóricos e as fantasias não ficavam tão lindos. Reduzir o tamanho da feira não foi de todo mal, não. — Ele fez uma pausa e secou a testa com o lenço. Por enquanto, tinha a atenção de todo o recinto e estava determinado a não perdê-la. — Sério, gente, vamos ajudar a dona Murray, que pintou à mão todos os estandartes dos Shriners e do Clube 4-H. Muito mais do que um rostinho bonito, ela é uma artista.

Harlan gesticulou para a mulher de ascendência asiática na segunda fileira. Ao lado dela, seu marido descruzou os braços e bateu palmas, mas com cara de irritação. Murray. Harlan odiava aquele merdinha. Esse sujeito insuportável que mais parecia uma bola de boliche já deu o que tinha que dar.

— Os estandartes estão ótimos, mas e o carro dos bombeiros, que estragou quando foi apagar o fogo do filho dos Hill? Não vai ficar pronto até o desfile! — berrou Fred Vassar, com as mãos ao redor da boca, mesmo que não fosse necessário naquele galpão lotado.

— Exatamente, e não vamos nem pensar no que vai acontecer se tiver *outro* incêndio — gritou Grady Lidle, colocando mais lenha na fogueira.

— A gente devia ter colocado um outdoor na I-44 como eu sugeri — berrou Helen Mars. — Atrairia mais gente de fora da cidade. Eles iriam no centro, o que ajudaria os negócios locais.

— Minha gente. Me ouçam. A gente distribuiu panfletos no shopping St. James. Muitas pessoas vão vir. Quanto aos outros problemas financeiros, tenho tudo sob controle — disse ele e, então, fez uma pausa. Bom, era isso. Agora não tinha mais volta. — Arthur Hill está pensando em ir no desfile. — O povo parou de gritar. Isso os fizera fechar a matraca, pelo menos temporariamente. — Não quero falar por ninguém, mas, se ele gostar do que vir na Avenida Principal, talvez reinvista aqui. Reabra coisas.

Uma quietude tomou conta do salão. Fazia um ano que ninguém via Hill pela cidade. A única pessoa que entrava e saía daquela mansão chique era o garoto, que quase sempre causava confusão e dor de cabeça por onde passava.

Os moradores olharam uns para os outros. Agora ouviam-se sorrisos e cochichos, não mais ordens rugidas a respeito de como consertar problemas e no que investir o orçamento municipal inexistente.

Harlan ficou satisfeito. Pelo visto, tinha acalmado os ânimos. Mas as coisas mudaram quando uma voz nos fundos arruinou tudo:

— Tem certeza de que isso aí é verdade, Harlan?

Era o xerife Dunne, que mal tinha levantado a voz enquanto caminhava, de bota, pelo corredor central. Harlan nem o tinha visto à espreita, lá atrás. Se bem que, pensando bem, onde mais aquele filho da mãe estaria agora?

— Claro que é verdade — respondeu Harlan, na hora. — Eu não teria dito se não fosse. Eu... eu acabei de falar com ele no telefone.

O xerife pareceu ponderar a resposta, mexeu no chapéu que segurava e, por fim, reergueu o olhar. *Aquilo era um sorrisinho debochado no rosto dele?*

— Ora, mas então são *ótimas* notícias — disse Dunne, mais para o conjunto de moradores do que para Harlan.

83

Ufa. Harlan expirou, aliviado.

— Xerife? — chamou uma voz apreensiva da multidão.

Dunne virou o rosto para encarar a pergunta e deu um jeito de roubar o holofote de Harlan. Tirou toda a autoridade do prefeito simplesmente indo para a frente do povo.

— Não quero incomodar nem nada — continuou Cybil Barton. Era uma mulher tímida, que tinha tanto respeito pelo xerife que não sobrava nada para o prefeito. — Mas como anda a investigação do incêndio na Baypen? As acusações contra Cole Hill foram removidas, mas...

O xerife Dunne ergueu uma mão para interrompê-la. Não foi um gesto grosseiro, mas, sim, tranquilizador.

— Infelizmente, não posso fazer comentários sobre uma investigação que ainda não foi finalizada, dona Barton — disse Dunne. — Mas estamos fazendo todo o possível pra levar os culpados à justiça.

Uma leve aura de decepção emanou da multidão.

— Mas o que posso dizer — continuou Dunne — em *off*, é claro... — Ele assentiu em direção à Janice Perry, ocupada escrevendo o que mais tarde seria a ata da reunião. Ela soltou o lápis.

Dunne levantou o cinto, e todo mundo se inclinou para frente, desesperados por notícias, por fofoca, por justiça.

— Pessoalmente, acho que estamos cara a cara com uma situação em que o que é *legal* e o que é *certo* são duas coisas diferentes. E olha que eu já falei disso com alguns daqui, mas acho que vai chegar uma hora em que os poderes da justiça não vão bastar para fazer com que Kettle Springs continue sendo a cidade que a gente conhece e ama. Acontece que estamos todos nos unindo como comunidade pra dizer um "não" bem firme pra esse tipo de comportamento. Hoje mais cedo, nosso querido professor de ciências, o seu Vern, me contou como desencorajou certos alunos de irem ao evento de amanhã.

Harlan deu meio passo em direção à beirada do palco. Abriu a boca para interromper, para trazer a reunião de volta ao problema que tinha que resolver, mas, com o xerife Dunne à sua frente, ninguém parecia lhe dar a mínima.

— Agora, Arthur Hill é um dos meus amigos mais antigos, mesmo que a gente não converse muito nesses últimos tempos — continuou Dunne, sem nem dar uma olhada para Harlan a fim de deixar claro que sabia o que estava fazendo. — Não sei se o Arthur vai aparecer no Dia do Fundador, mas sei que, caso apareça, a cidade perdeu o amor de um de nossos mais importantes moradores. Ele não investe mais na gente, nem emocionalmente nem financeiramente. E dá pra culpar ele? Depois do que tiraram dele? Do que tiraram de nós?

Dunne deixou essas perguntas retóricas gerarem impacto por um instante e depois continuou:

— Ano passado, ele perdeu uma filha. Semana passada, sua fábrica pegou fogo. Não é nada fácil. Muito luto. Sei que, antes do incêndio, todo mundo estava esperando, na expectativa de que a refinaria reabrisse as portas. É lá que queremos que Arthur ponha dinheiro. Mas sei muito bem que ele não vai fazer nada disso com Kettle Springs do jeito que tá. Com a população diminuindo e o território sendo dominado por adolescentes que tão se lixando pra nossa história ou pra nossa herança, caramba. Vocês me perdoem a boca suja.

Os membros da Associação de Pais e Mestres, do Conselho Municipal e da Guarda de Vizinhos assentiram em resposta. Nem um único fiel que frequentava a igreja fez questão de fingir se horrorizar com a vulgaridade moderada do xerife, algo que Harlan nunca tinha presenciado.

George Dunne. Harlan o odiava. E o amava. Mas a inveja era maior que esses dois outros sentimentos.

Quando a filha dos Hill morreu ano passado, houve muita culpa e raiva pela cidade. Os bisbilhoteiros, os caipiras e os donos de pequenos comércios de Kettle Springs não concordavam em muita coisa, mas parecia que todos acreditavam que Harlan Jaffers tinha falhado no que dizia respeito à filha de Arthur Hill.

— Essa nova geração... — continuou Dunne, meneando a cabeça e sugando os dentes — ...eles precisam ser colocados de volta na linha. E o povo nessa sala não é inocente, não!

Houve um suspiro teatral que Dunne ignorou. Com fogo na voz, ele continuou:

— A gente tem que parar de ficar se lamentando, de ficar achando que alguém vai vir nos resgatar. Precisamos agir.

— Isso aí! — berrou Fred Vassar, mas ainda não era a hora certa para se manifestar.

Dunne ergueu um dedo e continuou:

— Precisamos trazer essa cidade de volta à vida. Precisamos trazer de volta o que fazia essa cidade... — Ele buscou a palavra: — O que fazia essa cidade ser *decente*. E tudo isso vai começar...

Foi nesse momento que Dunne olhou para Harlan e deu um sorriso que dizia *vai, continua a reunião*.

Ah. Tudo isso tinha sido para que Harlan se desse bem. O prefeito não esperara algo assim.

— Amanhã! Começa amanhã, no desfile — vociferou Harlan Jaffers.

A audiência irrompeu em aplausos. Estavam aplaudindo as palavras do xerife Dunne, não o desfile em si, mas Harlan não ligava. Já era o suficiente.

Harlan Jaffers estava na política há tempo suficiente para saber que não se deve deixar nenhuma vitória passar.

SEIS

Naquela manhã, Quinn estava relutante em comparecer, mas não conseguia pensar em nenhuma boa desculpa que pudesse dar ao pai para justificar o porquê de *querer* deixar o festival para lá. Já fazia uma hora que estavam ali, e ninguém tinha se aproximado para mandá-la embora ou informar de seu banimento.

No fim das contas, o Dia do Fundador era maior do que Quinn imaginava.

Comida, música e uma multidão que deve ter sido reforçada por visitantes das cidades vizinhas. Havia até um pequeno parque de diversão com algumas atrações e jogos de fliperama no estacionamento da escola.

Bi! Bi!

Atrás de Quinn, um som parecido com o grasnar de um ganso raivoso ecoou alto e do nada.

— Merda!

Ela saiu do caminho e quase foi atropelada por um palhaço gigantesco que pedalava uma bicicleta minúscula. Não, não era um palhaço qualquer, era *o* palhaço. O palhaço da cidade. Aquele que encarava toda noite a janela de seu quarto, à espreita, na lateral da fábrica queimada da Baypen. *Pervo? Mervo? Frendo? Isso, Frendo.* Era isso mesmo.

Frendo passou voando, mais rápido do que parecia possível; um homenzarrão sobre rodinhas. Com pompons no guidão e apertando a buzina, o palhaço ia ziguezagueando entre pedestres.

— Presta atenção, cara! — gritou Quinn.

Ele parou com uma derrapada e se virou no assento. No processo, quase bateu com tudo em uma família com criancinhas.

— Presta atenção você, novata — gritou o palhaço em resposta, morrendo de rir. — Aproveita o show.

Credo. Pareceu até um enigma.

Quinn ficou piscando enquanto tentava identificar a voz. Levou um instante, mas ela teve quase certeza de que era o guarda-costas de Cole, Tucker. O grandalhão estava mais agitado atrás da máscara de palhaço do que na detenção. E, pelo visto, não tinha levado a sério o banimento do professor Vern.

Lá no fim da Avenida Principal, as festividades do Dia do Fundador incluíam barraquinhas de comida frita na calçada que se intercalavam para esconder todos os comércios falidos.

— Tadinho do Tucker — disse alguém que se aproximava de Quinn. — Fica tão empolgado com essa fantasia.

A garota ao lado de Quinn vestia uma máscara de papelão, mas o nariz e os olhos de palhaço não ajudavam muito no disfarce. Janet deu um sorriso; a máscara de Frendo, o Palhaço, não cobria seu queixo e boca.

A garota passou a mão pela curva do braço de Quinn. Pareceu um gesto familiar até demais, como se fossem melhores amigas. Mesmo assim, Quinn não a afastou.

Tucker havia parado a bicicleta e estava encarando as duas. Usava uma máscara de plástico do Frendo amarelada nas bordas devido ao tempo e suor. Ele não só tinha o macacão completo; a máscara era muito mais elaborada e "oficial" do que a de Janet.

Tucker assentiu para Janet, fez um sinal de "beleza" e apertou a buzina. Depois, desapareceu em meio à multidão.

— Isso aí é, hum... sancionado? — perguntou Quinn.

— Com toda a certeza. O Tucker até *recebe* pra ser o Frendo às vezes, quando a prefeitura tem dinheiro. Nem tinham contratado ele pra hoje, mas não foi nada difícil convencer ele a colocar a fantasia. O Tucker ama ser o Frendo. E as crianças amam quando ele é o Frendo, o que é ainda mais estranho, porque, sem a máscara, eu tenho a impressão de que ele não devia poder nem *chegar perto* de criança nenhuma.

— Que esquisito — disse outra garota de máscara, se metendo na conversa.

Devido à máscara, Quinn não percebera Ronnie Queen chegando. O distinto rabo de cavalo balançava sobre a lateral de uma máscara barata. Mais uma vez, ela estava espremida em outra camiseta apertada demais. Essa, inclusive, devia até ser de tamanho infantil, e fazia propaganda da "Corrida Maluca dos Brownies de Kettle Springs — 2007".

A estampa era uma versão de desenho animado de Frendo correndo de bermuda e segurando o chapéu.

Esse deve ser o "look lindo" que ela mencionara.

— Ele é, tipo, o mascote idiota da cidade — disse Janet. — Tô falando do Frendo. Mas o Tucker também é, eu acho.

— É bom ter pelo menos um amigo que *não* seja odiado por todo mundo — disse Ronnie.

Ainda que a máscara escondesse seu rosto, deu para perceber, pela voz, que ela revirava os olhos.

Janet não mordeu a isca da observação de Ronnie, não importando o objetivo do comentário.

De perto, como estava, Quinn percebeu que não era só o *visual* de Janet que tinha sido cuidadosamente elaborado. Ela cheirava a sobremesa. De uma daquelas fragrâncias que vendem na Forever 21 ou na Claire's. Bolo de Abacaxi Invertido ou Caramelo, algo que Quinn diria ser destinado a meninas mais jovens. Em Janet, porém, dava certo.

Quinn percebeu que havia um carimbo no canto de todas as máscaras de papel que dizia "Primeiro Banco de Kettle Springs". Estavam sendo distribuídas como algum tipo de promoção. Havia mais máscaras do Frendo pela multidão que as cercava. E Frendo não ficava só nas máscaras, não, ia além da fantasia de Tucker e da camiseta de Ronnie. O palhaço estava em toda parte hoje. Quinn notou o rosto dele desenhado em uma placa, em um manequim na frente de um dos brechós e em chapéus de transeuntes aleatórios que esperavam pelo desfile.

— E o que o Frendo tem a ver com o Dia do Fundador? — perguntou Quinn, olhando para trás para se certificar de que seu pai, que tinha ido procurar pela "barraca perfeita de comida", não estivesse voltando, pronto para envergonhá-la enquanto segurava um prato de Oreos fritos.

— Porque *ele* é o Fundador — respondeu uma voz.

Quinn se virou e viu que Cole — com uma máscara que mal escondia seus traços bem marcados — e outro garoto atravessavam a multidão, para se aproximar. Essa gente tinha que parar de aparecer assim, do nada; Quinn já estava quase tendo um ataque. Ainda mais sabendo que todo mundo ali tinha sido banido do evento.

Cole e seu amigo seguravam copos de refrigerante de máquina. Não havia marca nenhuma neles, só uma estampa xadrez vermelha e branca. Quinn achou estranho, mas então se lembrou de que não vira nenhuma lanchonete de franquia em Kettle Springs.

O menino atarracado e desconhecido que chegou com Cole não estava de máscara. Ele foi para frente, passou um braço ao redor de Ronnie e lhe deu um beijo no pescoço. Com isso, Quinn conseguiu identificá-lo. Era o cara que ela vira pela janela da lanchonete na noite passada.

— Para com isso, Matt. Seu fedorento... — reclamou Ronnie.

Ela o empurrou, e o que começou como brincadeira acabou virando um empurrão de verdade. Matt, era isso mesmo, Tucker falara algo a respeito de um amigo que se preocupava demais com os bancos de couro do carro que tinha.

Quinn deu uma fungada e percebeu que, por causa do fedor de bebida de Matt, não conseguia mais sentir o perfume de Janet.

Quinn voltou o olhar para Cole.

Se Cole Hill também havia bebido, estava disfarçando melhor. Mas ela não achava que ele estava bêbado. Será que ele era mais controlado? Mais tolerante a álcool? Por que é que ela estava indo tão longe para tentar ver apenas o lado positivo de Cole?

— É, ele é o Fundador — explicou Cole, com olhos meio vítreos por trás da máscara.

Quinn percebeu que agora estava *procurando* sinais de que o garoto estava embriagado.

— É a história que a cidade conta. Que Frendo era um cara de verdade que se apresentava pra crianças daqui, durante a Grande Depressão. Na época em que todo mundo tinha que comer areia ou sei lá o quê. Frendo estava por aí, ajudando as pessoas a não desanimarem.

— Que legal — disse Quinn, incerta de qual seria a resposta adequada.

Voltou a analisar a multidão à procura do pai, preocupada que ele fosse retornar e ela tivesse que apresentá-lo a seus novos amigos, vestidos como se estivessem prestes a fazer um trabalho importante para um banco.

— Pois é, seria legal... se fosse verdade — disse Cole, dando um gole na bebida.

Quinn o observou falar. Mesmo com a máscara cobrindo parte do rosto, sua linguagem corporal indicava que ele não ficava confortável falando em público, como se a qualquer momento fosse ser reconhecido e inundado de pedidos de autógrafo. Ou fosse dar no pé por causa do banimento de um professor de ciências.

— O Frendo foi inventado — disse Cole. — É uma propriedade. Minha família é dona dos direitos. Meu avô gostava de desenhar. Desenhou um palhaço de chapéu e colocou ele nos primeiros rótulos da Baypen.

Matt deu uma risada, foi empurrado para longe por Ronnie e tentou se apoiar em Cole, que o afastou.

— Isso foi nos anos 40 — continuou. — Naquela época, palhaços eram divertidos. Não sei se foi o vovô que inventou a história depois, sobre a Grande Depressão e o início da cidade, mas o povo acredita no que quer acreditar. Porque parece que a Baypen e Kettle Springs são a mesma coisa.

Ficou mais difícil prestar atenção na voz de Cole quando Quinn avistou Glenn Maybrook. Seu pai estava parado no outro lado da rua. Tinha um cachorro-quente apimentado em uma mão, o que significava que a jornada atrás de comida foi um sucesso. Ele olhou Quinn nos olhos, deu um toque no nariz com um dedo e sussurrou *boa sorte*. Apesar de todo o comportamento neurótico do Dr. Maybrook, ele ainda era capaz de ler a situação bem o bastante para saber quando dar espaço à filha.

Ela voltou a prestar atenção bem a tempo de ouvir o *grand finale* de Cole.

— O Frendo morreu — acrescentou ele, com um sorriso desanimado que fez as bochechas empurrarem o papelão fino. Ficou claro que Quinn perdera algumas partes do discurso. Ele ergueu a bebida. — Então vida longa ao Frendo!

— Ennnnfimmm — disse Matt. — Falando no Frendo. É o Tucker ali? — Com a cabeça, ele indicou Tucker, que estava parado ao lado da bicicletinha, do outro lado da rua, algumas lojas à frente.

— Acho que é. Por quê? — perguntou Ronnie.

Em resposta, Matt exibiu quatro garrafinhas de bebida presas entre os dedos. Na palma da mão, carregava um isqueiro. No braço de Quinn, Janet apertou os dedos por um instante.

— Porque ele tem o do bom, e eu quero dar uma negociada. E ele mandou mensagem dizendo que esqueceu o isqueiro...

Matt olhou para Janet e mexeu as sobrancelhas de modo conspiratório. Nada sutil.

— Me dá isso — sibilou Ronnie. Ela ignorou o isqueiro, pegou uma garrafa em miniatura de vodca de baunilha e a guardou no bolso de trás dos shorts.

Quinn deu uma olhada lá para o fim da rua. O desfile virara a esquina e estava começando a subir a Avenida Principal. Não que ela esperasse algo gigantesco, mas o Desfile do Dia do Fundador era ainda pior do que a menor de suas expectativas. A escola de ensino médio não devia ter nem banda marcial, porque uma gravação de John Philip Sousa começou a tocar nas caixas de som que ficavam nos postes da rua.

— Segura aí — disse Matt para Ronnie, apontando para o copo. — Mas não toma nada.

Ronnie respondeu tomando uma golada. Uma gota da bebida escorreu pelo papelão quando ela soltou o canudo. Matt estreitou os olhos, e ela tomou outro gole. Era uma provocação entre namorada e namorado que, Quinn tinha que admitir, até que era meio fofa.

Matt começou a se retirar, mas Janet o agarrou pelo punho. Ela soltou o braço de Quinn por um instante, o que estranhamente causou uma sensação de perda. Quinn se sentiu sozinha na multidão.

— Peraí — disse Janet. Ela se virou para Cole. — Não tem problema mesmo?

— Não tem problema o *quê*? — Cole deu de ombros e fingiu coçar um olho devido ao sono, mas sem tocar na máscara. Foi um movimento exagerado, mas ressaltou o quanto ele *realmente* parecia cansado e a forma como sua mandíbula estava tensionada, e suas bochechas, fundas. Quão assombrada e sem dormir uma pessoa tem que estar para ficar assim. — Não vi nada, não ouvi nada. Seja lá o que vocês estão planejando, não tô envolvido. Vocês não precisam da minha permissão.

— É só uma brincadeirinha — disse Janet, ainda segurando Matt. O garoto bêbado parecia impaciente. — E você vá pra puta que pariu por ter tentado deixar a gente de lado.

— Ai, pelo amor de Deus. Tá demorando já — resmungou Ronnie.

A garota parecia preocupada e ocupou a mão tentando trocar o amarrador do cabelo, mas, sem querer, puxou por engano o elástico da máscara, o que acabou revelando seu rosto por um segundo antes que ela conseguisse ajeitar o disfarce novamente. Quinn não entendia o porquê daquilo. Até parece que alguém que os conhecesse não saberia quem eram eles, mesmo com os olhos e os narizes cobertos.

— Só não machuquem ninguém — disse Cole, com a voz séria de repente. Os olhos sombrios por baixo da máscara foram de Janet para Matt.

— Nem sonhando, chefe. Essa parte de machucar os outros é contigo — respondeu Matt. Ele deu um sorriso bêbado e maldoso, e isso foi a última coisa que Quinn viu antes de o garoto sair correndo para a rua.

— Quem sabe vocês não deveriam deixar pra lá... — começou Cole, tentando alcançar o amigo. Mas era tarde demais. Matt já estava descendo a rua à toda velocidade e se aproximando do desfile.

Janet franziu o cenho e olhou para Cole.

— Relaxa. Nunca que eu ia deixar eles fazerem algo doido demais. Muito menos agora que tá todo mundo de olho.

Acontece que Janet não soava muito convincente. A preocupação na sua voz era óbvia.

Cole assentiu. Ele deu um tapinha no ombro de Quinn e indicou o lugar para onde Matt corria.

— Dá pra acreditar que o Trent é o melhor atacante que o time teve em uma década? — perguntou Cole, com a ansiedade roendo as extremidades de sua compostura. Quinn sabia muito bem como reconhecer essas coisas. Semelhantes se reconhecem.

Os quatro ficaram vendo o menino bêbado se desviando da multidão do outro lado da rua.

Matt Trent, atacante. Tucker Lee, *linebacker.* Será que Cole fazia parte do time de futebol americano? Cole Hill, *quarterback?* Completaria o clichê: o bonitão que passa *touchdowns* para os amigos. Mesmo assim, Quinn não conseguia visualizar. Mesmo com a melhor defesa do mundo, Cole parecia frágil demais para sofrer uma pancada, o que era sexy... de um jeito meio "emo".

Na calçada, do outro lado da rua, Frendo-Tucker tinha mudado de lugar. Estava ajoelhado em frente a um grupo de crianças, amarrando um balão rosa em formato de espada — quer dizer, pelo menos Quinn esperava que fosse uma espada — para uma menininha que parecia meio aterrorizada e meio fascinada pelo palhaço enorme.

Com toda a discrição que conseguia, Matt Trent se aproximou de Tucker e sussurrou algo em seu ouvido. Tucker assentiu sem nem olhar para trás, deu a última volta no balão, entregou a espada à criança e se levantou para pegar as garrafinhas de bebida e o isqueiro de Matt. Ele os guardou em uma das dobras do macacão. Em seguida, Matt pegou algo em troca.

Com o câmbio finalizado, Matt deu um tapinha nas costas do grandão e atravessou a rua de volta. Por pouco Matt evitou ser atropelado por uma caminhonete que rebocava uma espiga de milho gigante feita com papel machê e fibra de vidro. Ao longo da linha superior de grãos e em vermelho, ficavam os dizeres "Feliz Dia do Fundador". Logo abaixo, em tinta fresca e com uma fonte diferente, havia "Kettle Springs!". Quinn percebeu que tentaram cobrir as palavras "de Baypen", mas nem o amarelo do milho ou o vermelho do novo slogan eram opacos o bastante para sobrepor o nome da empresa.

Matt voltou ao seu lugar na calçada, ao lado dos amigos mascarados.

Ronnie devolveu o copo e limpou a mão molhada atrás da camiseta dele, o que, aparentemente, ele nem percebeu.

— Tá meio fraco isso aqui — disse ele, balançando o gelo, mas Ronnie o ignorou.

— Eles vivem fazendo isso — sussurrou Janet, não com um sussurro de mentirinha, mas com palavras destinadas apenas à Quinn que mal podiam ser ouvidas por causa do toque patriótico de pratos e tubas pré-gravados. — É tipo uma preliminar sabor milho.

Janet pegou o braço de Quinn mais uma vez e as duas riram juntas, o que deixou Quinn levemente animada, achando que, de algum jeito, já era mais importante que Ronnie.

— Ai, meu Deus — disse Ronnie. — Olha. Aquilo.

Quinn e Janet olharam para o desfile.

— Só ignora eles — sugeriu Cole, com um leve apertar no ombro de Janet.

Ele se posicionou do outro lado da garota.

— Por quê? — perguntou Janet.

Quinn seguiu o olhar de Cole para onde Ronnie estava apontando.

O segundo bloco estava começando a aparecer, e Quinn sentiu de longe o cheiro de diesel. Na carroceria de outra picape, havia um enorme trono de veludo dourado e carmesim, todo amarrado para evitar que tombasse.

Sentados no trono havia um rei e uma rainha. A rainha era uma mulher de ascendência asiática supermagra já com seus 40 anos, ou talvez 50, que tinha uma semelhança quase sobrenatural com Janet. Ela vestia uma faixa sobre um ombro que proclamava "Miss Kettle Springs".

E o rei ao lado dela era... Frendo.

Ou, melhor dizendo, *outro* Frendo. Quinn confirmou quando olhou para onde Frendo-Tucker estava e o viu terminando alguns truques de mágica em frente a um novo grupo de crianças. Ele entregou uma rosa a uma delas e começou a acenar em despedida.

O Frendo ao lado da Miss Kettle Springs também estava com a fantasia completa, máscara oficial e tinha uma coroa do Burger King sobre o chapéu.

— Bom dia, pessoal... — começou Ronnie, de costas para o desfile e com o celular lá no alto em modo selfie. Com a outra mão, ela se certificava de que a máscara continuava simétrica. Estava tentando filmar alguma coisa que estava atrás dela, e Quinn ficou com o coração na mão ao imaginar como e o quanto isso seria vergonhoso para Janet.

— Boa tarde — corrigiu Matt, que enfiou a cabeça no enquadramento.

— Sai daqui — disse Ronnie, empurrando-o para longe. — Ignora o trouxa, gente. Oi, pessoal, eu sou a Frendo sexy, e esse é o desfile do Dia do Fundador de Kettle Springs. Estamos na presença da *realeza* neste momento.

— Dá pra parar? — pediu Cole, do outro lado de Janet. Ele levantou a máscara e olhou em direção a Ronnie e Matt, para que vissem a seriedade em seu rosto. — Será que dá pra gente ter só um dia normal?

— Ah, Ronnie, deixa ele pra lá — disse Janet, brava, pegando o próprio celular. — Só continua filmando o desfile.

Quinn olhou para o aparelho e viu uma única palavra escrita na tela:

Vai.

— A mãe da Janet tá tão linda, né, gente? — disse Ronnie ao telefone, narrando. Será que ela estava fazendo uma live? Parecia que sim. — E quem é que tá naquela fantasia do Frendo do lado dela? Será que é o seu Murray? Pode ser. Ah, acho que os próximos são os bombeiros voluntários. Meu bloco favorito. Como eu amo um homem de uniforme. O Matt usava uniforme antigamente, não sei se vocês lembram daqueles vídeos de...

De repente, vindo lá de longe no desfile, deu pra ouvir um assobio alto e estridente.

Para marcar o fim do barulho de artilharia, houve um estouro alto.

As pessoas da multidão em volta pareceram se assustar como se fossem uma coisa só, um recuo em massa que se deu como uma onda.

O familiar farfalhar de faíscas de pólvora no céu pareceu acalmar a multidão, que não esperava fogos de artifício. Não durante o dia.

Ah, claro, eram fogos de artifício. Quinn sabia que eram só fogos de artifício. Tinha que ser.

Ao redor, o povo pareceu olhar uns para os outros, mães para filhos, pais para avós, sorrindo e rindo.

Janet se virou para Cole.

— Viu só? Coisa de criança. Uns foguinhos de nada.

Cole coçou o pescoço.

— Como é que vocês... — Ele se interrompeu e fez um sinal de "deixa pra lá" com a mão. — Esquece, não quero saber.

Ouviram-se mais sibilos, o que fez a multidão voltar a atenção para o fronte do desfile. Assim como Cole, Quinn queria saber *como*. Como foi que Tucker acendeu fogos de artifício ao longo de toda a rota do desfile sem que ninguém percebesse? Pavios compridos? Algum tipo de feitiço do meio-oeste?

Uma chuva de faíscas eclodiu dos quatro cantos da plataforma que levava a espiga de milho gigante.

— Ahhhh — disse Ronnie para a live. Ela ainda sorria para a câmera, enquanto capturava a comoção no fundo. — Que cheiro de pipoca.

Mais assobios e estouros vieram do fim da rua. Os bombeiros olhavam uns para os outros, confusos. Não sabiam exatamente o que fazer.

Agora a multidão aplaudia e comemorava. O povo achava que os fogos e estouros ao longo do desfile faziam parte do show, e, mesmo que Quinn soubesse que nada disso era programado, ela sorriu também.

Aquilo pode até ter sido um ato provocador arquitetado por Janet Murray, mas ainda assim estava agradando as pessoas.

Ainda era *divertido*.

Por Deus. Seus novos amigos iam se ferrar *muito*. Será que ela se daria mal junto com eles? Quinn tentou afastar a ansiedade e aproveitar o momento. Era uma boa garota, mas nunca tinha sido *tão* anarquista assim.

Por outro lado, quem quer que fosse o sujeito na fantasia de Rei Frendo não estava feliz, não. O palhaço na caçamba da caminhonete se levantou, tentou se equilibrar com os braços e gritou:

— O que é que tá acontecendo, caramba? — A máscara abafou seus berros.

O motorista que levava o trono freou com tudo quando a espiga de milho enguiçou, e uma única faísca fez a estrutura inteira pegar fogo de uma vez só. Os fogos estavam perto demais da escultura. De repente, a espiga era uma bola de fogo rolando rua abaixo pela Avenida Principal.

— Ah, não — disse Janet, o que foi um eufemismo.

A mãe de Janet caiu esparramada do assento. O Rei Frendo tentou agarrá-la, mas se mexeu tarde demais, e tudo o que conseguiu foi rasgar a faixa dela.

— Ai, porra, não — disse Ronnie ao vivo. Em seguida, suplicou para a câmera: — Eu falei pra eles que avacalhar com o desfile não era uma boa ideia! Isso aqui *não é* culpa minha!

Os bombeiros saíram correndo, e o terceiro carro alegórico bateu na traseira da caminhonete e chicoteou Frendo e a mãe de Janet para longe. Os dois voaram na direção oposta. O terceiro carro alegórico levava os escoteiros da cidade no que parecia ser, de certa forma, uma truta gigante.

Alguns dos bombeiros foram rápidos e já estavam usando extintores na espiga, mas pareciam totalmente alheios ao fato de que um acidente em câmera lenta continuava se desenrolando atrás deles!

Em cima do peixe, a maioria dos escoteiros estava chorando, e alguns deles tropeçaram e caíram para fora da plataforma, tudo isso enquanto a multidão estava chocada, sem poder fazer nada para impedir o que acontecia.

Houve mais estouros e sibilos quando os últimos fogos de artifício estouraram mais para o fim da rua. Uma adição tardia ao caos. *Não tem mais ninguém se divertindo aqui!*

Os espectadores na calçada, incluindo Quinn, seguraram a respiração em coletivo enquanto assistiam, temendo pelas crianças presas no meio do acidente.

Mas estava tudo bem. A tragédia estava começando a se acalmar. Todo mundo ao redor expirou quando percebeu que as crianças estavam em segurança. Houve risadinhas inquietas quando tudo na Avenida Principal parou por completo. Ninguém foi atropelado por um pneu de caminhão ou por um peixe gigante.

Contudo, *podia* ter sido muito pior. Alguém podia ter morrido.

Quinn viu seu pai correr em direção ao caos. Sempre o primeiro a socorrer, ele parou para ajudar uma das crianças. Mais pais correram para a estrada, para pegar seus escoteiros.

— É você? — Quinn se virou. — Foi você? — perguntou mais uma vez a voz raivosa.

O xerife Dunne tinha agarrado Cole pela camiseta. O homem estava com a cara vermelha. Ele passou a mão enorme sobre a cabeça de Cole e removeu a máscara. O disfarce não funcionava com o xerife. É bem provável que ele tivesse passado o desfile inteiro observando o garoto em meio à multidão. Esperando por um deslize. O homenzarrão continuou gritando sem parar. — Foi você? Foi *você?* — Ele literalmente ergueu Cole do chão pela camiseta. O tecido começou a rasgar. O xerife chacoalhava o garoto como se fosse fazer uma resposta cair dali.

— Não fiz nada. — Cole estava engasgado.

— Xerife, não foi ele! — gritou Janet, de repente não mais ao lado de Quinn, mas, sim, batendo no braço gigante de Dunne, tentando fazê-lo soltar Cole.

Ao lado, Ronnie Queen continuava filmando.

— Eu vou *acabar* contigo! — exclamou o xerife Dunne, entredentes. — Você e seus amiguinhos foram avisados que não deviam vir pra cá!

— Eu não fiz nada! — gritou Cole, se contorcendo.

— Solta ele. O Cole não fez nada! Não foi nossa intenção...

— Papo furado! — gritou o xerife para ela. Gotículas de saliva voaram de sua boca quando ele empurrou Janet para a calçada com violência enquanto continuava focado em Cole. No meio da confusão, a máscara de Janet se dobrou e cobriu os olhos. De joelhos e atordoada, ela apalpou a venda.

— Acabou pra vocês! Entenderam? Acabou pra vocês aqui em Kettle Springs.

— Mas que porra, cara — disse Cole, tentando se soltar do aperto do sujeito. — Janet, você tá...

Houve uma explosão altíssima, um som diferente dos outros. O estouro veio de bem longe, lá do fim da quadra, perto do Cinema Eureka. O povo segurou o ar, em choque mais uma vez, mas apenas por um segundo, até que o som se transformou em gritos.

— Rojão não! — gritou Janet enquanto, toda atrapalhada, tentava se levantar da calçada ainda com a máscara sobre seus olhos.

105

O pânico se espalhou.

— Cuidado! — gritou alguém.

Ouviu-se metal rangendo, e Dunne soltou Cole, para sair correndo contra a maré crescente de pessoas. O xerife podia até ser um babaca, mas, assim como o pai de Quinn, escolhera correr em *direção* ao perigo.

Seja lá o que tenha explodido, acabou arrebentando o pneu da frente da caminhonete que levava o carro alegórico da Fraternidade dos Idosos: um elaborado espécime de alce feito de papel machê com 3 metros de altura.

Ajoelhada na calçada com um braço protetivo sobre Janet, Quinn observou.

O veículo desviou e não atingiu os ocupantes descolados do segundo e terceiro carro alegórico, mas foi direto para onde seu pai estava ajudando os escoteiros feridos.

O pai de Quinn se levantou e puxou um garoto da rota do carro desgovernado no último segundo.

A caminhonete passou e colidiu de frente com um poste no lado sul do quarteirão. O impacto freou o veículo, mas o movimento empurrou a escultura de alce de cima de sua plataforma.

De algum lugar em meio à multidão, ouviu-se um último grito de horror digno de um filme de terror enquanto a galhada gigante do alce era fatiada.

A espiga de milho fumegante foi partida, o que separou em duas partes as palavras "Kettle Springs".

SETE

— É uma fraternidade de idosos, Francine — berrou Harlan Jaffers. — Duvido que saibam o que é Wi-Fi.

Ele estava errado. Alguém no fundo do salão passou uma senha para Francine Chambers que, para Harlan, mais parecia uma sopa de letrinhas.

— Senhoras e senhores, ordem — disse Harlan, com toda a educação, uma vez, depois outra. Até que gritou com toda a força daqueles pulmões que fumavam um maço de cigarro por dia: — ORDEM!

Mesmo assim, ninguém respondeu.

Havia menos gente nessa reunião de emergência da cidade do que na da outra noite que foi planejada, contudo, o público parecia duas vezes mais hostil.

Harlan desejou que tivesse uma tribuna, porque aí poderia tirar a bota e bater com o salto como se fosse um martelinho de juiz. Mas fazer o quê, né? No fim das contas, era só mais uma coisa que nunca conseguiria atingir na sua lista de conquistas como prefeito. O mandato terminaria no fim do ano. Faltavam apenas dois meses para as eleições. Ele já tinha passado tempo o bastante na política para saber que, depois do que aconteceu no desfile, estava acabado. Perderia a eleição até para um peru congelado se alguém desenhasse olhos nele e preenchesse a papelada.

— Vocês me escutem aqui que eu ainda sou o prefeito! Ei! Eu mandei *calar a boca* e prestar atenção.

Rostos se viraram, pescoços estalaram. Alguém sussurrou alto o suficiente para que ele ouvisse:

— *O que foi* que ele falou?

Harlan respirou fundo e fechou os pulsos dentro dos bolsos.

— Todo mundo quieto — disse o xerife Dunne, dando cobertura para Harlan antes que o povo perdesse a cabeça.

Dunne olhou para Harlan e assentiu. O xerife estava sentado na primeira fileira com o uniforme limpo e passado depois de toda a ação do dia. Por um instante, Harlan ficou se perguntando quantas calças daquelas será que George Dunne tinha. Nem lembrava da última vez que o vira vestindo jeans.

— Deem um momento do seu tempo pra ele. O prefeito Jaffers quer dizer alguma coisa...

A multidão ficou quieta, e quem estava zanzando pela mesa de comida se sentou.

— Obrigado, xerife — disse Harlan enquanto forçava um sorriso.

— Imagina. — George Dunne assentiu e se reclinou. Ainda tinha algo mais a dizer. — Mas, antes que você comece, Harlan, acho que todo mundo aqui tem o direito de saber alguma coisa. Tenho motivos que me levam a crer que os explosivos lá do desfile foram armação de alguém menor de idade. Por enquanto, não vou falar o nome do menino, ou menina, até que as acusações sejam oficializadas, mas tenho certeza de que a maioria aqui já deve ter chegado às suas próprias conclusões.

— Fala, xerife! Todo mundo sabe! — gritou Bill Stevens, o assistente do diretor da escola, lá dos fundos.

Outra pessoa, uma voz feminina, disse:

— Você não falou que eles tinham sido *convidados* a não comparecer? Pelo visto não adiantou.

Dunne se levantou, agora o recinto era dele. Os ânimos se acalmaram quando o xerife ergueu os braços.

— Para aqueles que sempre vêm nas Reuniões para Evolução da Comunidade de Kettle Springs não vai ser surpresa nenhuma, mas quero que todo mundo que tenha vontade, condições físicas e idade o bastante entre na nossa guarda. Precisamos nos unir como cidade e tomar providências. Por isso, vou pedir que quem *não está* disposto a agir com as próprias mãos saia.

Houve murmúrios de empolgação e entusiasmo entre a multidão.

Harlan estremeceu.

— Você tá de brincadeira, né, George? O que que é isso? O Velho Oeste?

Jurar amor à pátria? Num momento como esse? É de se enfurecer, e não só porque a reunião foi de oito a oitenta tão rápido e saiu do controle pela segunda noite seguida.

— E você tem ideia melhor, Harlan? — Dunne se virou, ergueu as sobrancelhas e ficou à espera. A multidão atrás dele estava pronta para ebulir.

109

Mas e se... agora fosse a hora de Harlan tentar uma nova tática?

Se não pode com eles...

— Pois eu topo! — gritou Harlan. — Eu me junto a essa guarda alternativa, xerife. — Ele não tinha ido a nenhuma daquelas reuniões idiotas, mas, se era isso que precisava fazer para reconquistar pelo menos um pouco da confiança de seu eleitorado, então que seja.

Dunne franziu o cenho.

— Bem que eu queria.

— Mas... mas você acabou de falar disso.

— Não tem como um prefeito se juntar a uma coisa dessas, Harlan — disse Dunne, em um tom conciliatório. — Você sabe muito bem.

— Sei coisa nenhuma. Como assim eu *não posso*? Não faz sentido nenhum — respondeu Harlan, já odiando o tom suplicante com que falou.

— Regras são regras — disse Dunne, enquanto encarava o restante da multidão. — Caso você queira voltar pro escritório e dar uma olhada na constituição, a gente te espera aqui.

Harlan parou e tentou pensar por um instante. Estava suando de novo.

— Mas...

— Pelo amor de Deus, será que dá pra você sair de uma vez, Harlan? — perguntou lá de trás alguém que nem se deu ao trabalho de levantar muito a voz. O silêncio tomou conta do resto do salão.

— A gente tem coisa pra fazer — complementou outra pessoa.

Harlan olhou para Dunne e desejou, por um instante apenas, que tivesse como tirar no soco aquele sorrisinho de papa-merda do rosto dele na frente de todo mundo. Acontece que Dunne tinha 15 centímetros e uns 20 quilos a mais que Harlan, isso sem nem falar da arma no coldre e os corações e a devoção de toda a cidade que levava no bolso. Quando percebeu que não tinha outra opção, Harlan Jaffers começou a pegar sua maleta da lateral do palco.

— Agora, o negócio é o seguinte, minha gente: eu tenho umas informações internas, direto de uma fonte segura, uma fonte que eu conheço, de que vai ter uma... — Dunne parou e deu uma olhada para Harlan. Sua expressão deixou claro de que aquela era uma informação privilegiada. Apenas para pessoas da guarda.

— Tá bom. Entendi. Tô saindo — disse Harlan, se sentindo patético.

Com as passadas ecoando alto nos próprios ouvidos, Harlan se dirigiu para a porta dos fundos.

Sabia muito bem quando tudo tinha ido pelos ares. Três mandatos, encerrados por alguns fogos de artifício. Um engavetamento de quatro veículos no qual o único prejuízo foi um poste e uma escultura de papel. Teria que voltar a ser advogado de cidade pequena e lidar com disputas de propriedade e processos insuportáveis. Provavelmente faria mais dinheiro como advogado do que como prefeito, mas essa não era a questão. Ele amava ser prefeito, e era ótimo nisso, inclusive. Claro, a cidade tinha passado por poucas e boas durante seu tempo, mas ele não tinha culpa. Os moradores nunca saberão como podia ter sido muito pior se ele não estivesse ali, cuidando do povo.

Ele empurrou a porta dos fundos e saiu para a noite fria.

— Eu devia ter comprado um chapéu — disse em voz alta para ninguém.

Não havia uma vivalma sequer no estacionamento escuro. Ninguém nas sombras.

Harlan Jaffers estava transtornado de sentimentos. Fora expulso de sua própria reunião. Seus olhos marejaram, e ele engoliu uma fungada. Mexeu nas chaves no bolso, se atrapalhou com o chaveiro e deixou tudo cair numa poça de óleo.

Que beleza.

O prefeito se abaixou e mal ouviu os passos silenciosos que vieram por trás. Devia ser mais alguém deixando a reunião pela porta dos fundos, cansado das táticas violentas do xerife Dunne.

Foi o reflexo que o deixou em alerta. Uma sombra trêmula no asfalto molhado.

Um borrão prateado e vermelho. Cores familiares. Uma cara pintada de tinta branca oleosa com uma barba estilo lenhador.

Ele se virou, principalmente pela curiosidade em descobrir por que alguém fantasiado de Frendo o teria seguido até o estacionamento. Mal teve tempo de sentir medo.

O cortador de gelo não acertou a têmpora de Harlan Jaffers, onde o palhaço tinha mirado, mas entrou na parte de cima do pescoço do prefeito e só parou de cortar quando atingiu a vértebra.

Harlan Jaffers caiu de joelhos, ao lado das chaves, na poça. O palhaço empurrou com mais força, partiu nervos e cartilagem para enterrar a arma até o cabo no pescoço do prefeito. O palhaço nem precisou cobrir a boca da vítima com uma mão enluvada para tapar o som. Instantaneamente fraco devido ao cortador de gelo, o prefeito não foi capaz de dar um só grito.

Jaffers deitou no pavimento. Uma marionete cujas cordas foram cortadas; encarando o poste de luz mais próximo, se debatendo por dois minutos antes de perder sangue o bastante para ficar inconsciente.

Frendo o transferiu para a parte de trás de uma van, onde, sozinho, na escuridão, o último pensamento de Harlan foi: "O prefeito ainda sou eu."

OITO

Não tinha sido a intenção de Tucker. Não aquilo tudo.

Ele estava bêbado. Mais bêbado do que pensava. Admitiria a culpa. Mas foram aquelas garrafinhas. Ele tinha lido em algum lugar que continham uma dose e meia, e era difícil manter a conta quando casas decimais entravam em cena.

Os rojões eram para mais tarde. O Dia do Fundador era uma celebração. Como a Janet tinha dito: que tipo de celebração não tem fogos de artifício? Não foi difícil armar tudo: negociou uns dias antes com Dave Sellers e depois escondeu os explosivos. Acontece que não fora sua intenção transformar o desfile em um múltiplo engavetamento.

Agora, envolto numa névoa pós-cochilo, ele já nem tinha mais certeza de que era o *culpado*. Sabia que tinha começado certo quando usou a bicicleta para acender os pavios em tempo recorde. Mas será que tinha escondido direito os rojões...

Que seja. Ninguém daria a mínima para o seu lado da história. Isso tinha ficado óbvio pela nota que sua mãe passou por debaixo da porta do quarto:

Admite agora e eu consigo te ajudar

Pelo amor de Deus, mãe. Quanto drama. Ele compraria um pneu novo para a Herman Lacey. Tucker tinha um dinheirinho guardado de suas performances como Frendo. E a criança que caiu do carro alegórico nem se machucou sério... foi só um pulso torcido e uns arranhões de nada. Ele pagaria a conta do médico também, se fosse necessário.

Virou o bilhete. No verso, dizia que estava de castigo. Que papo furado. Será que a ressaca e a bronca já não tinham sido o suficiente? Ela sabia muito bem que a festa era naquela noite e que ele não deixaria de ir. Sua mãe não tinha como impedir que ele fosse, mas podia *muito bem* não emprestar o carro.

Precisava garantir uma carona.

Tucker deu uma olhada no celular. Muito embora a tela tivesse um rachado diagonal que ia do botão *home* até o meio do canto direito e a parte de cima estivesse toda trincada, o aparelho ainda funcionava. Quer dizer, funcionava quando o sinal de merda da cidade deixava.

Com o dedão sobre a tela, Tucker pensou em mandar uma mensagem. O carro do Cole provavelmente já estava cheio, mas Matt conseguiria um espacinho para ele. Isso se a Ronnie deixasse.

Puta merda, já era sete e pouco? Antes de ter caído no sono, a intenção era jogar um pouco de Fortnite para dar uma aliviada na ressaca. Não percebeu que já estava tão em cima da hora. Tinha que se apressar. Nunca que o Matt daria meia-volta para buscá-lo caso já estivesse a caminho.

Tucker se reclinou na cadeira e avaliou as opções. O encosto do móvel começou a rachar, e ele se levantou assim que percebeu. Tucker já tinha quebrado três cadeiras esse ano. Essa aqui era do jogo de jantar. Sua mãe tinha reclamado quando ele a trouxe, mas quando foi a última vez que receberam visita no jantar, afinal de contas? Nunca. Ela e o namorado otário do mês nunca comiam em casa. Foda-se.

Com uma leveza ensaiada, Tucker deslizou o dedo e desbloqueou o celular.

Preciso d carona. Vem me buscar?

Ele parou por um instante antes de enviar.

Peraí. Cadê minha mãe?

Ele olhou pela janela. Nenhum carro à vista. Será que ela estava em uma daquelas reuniões insuportáveis da cidade ou tinha simplesmente estacionado o carro do outro lado do quarteirão para esconder o veículo? Já tinha acontecido antes. E ela também já tinha ameaçado ligar para o xerife caso Tucker pegasse o carro sem pedir.

Ele destrancou a porta do quarto e gritou lá para baixo:

— Mãe!

Esperou. Nada.

Olhou de volta para a tela trincada: 7h29. Não era do feitio dela sair assim e deixá-lo sozinho sem dizer para onde estava indo ou quando voltaria.

Só que, por outro lado, Tucker tinha uma festa, então por que se importar se ela não estava nem aí? Tucker suspeitava que o idiota do namorado dela tinha feito uma surpresa, e os dois provavelmente estavam se comendo em algum motelzinho de beira de estrada nesse momento. Ele chegou a se arrepiar só de imaginar e apertou o botão para enviar a mensagem a Matt.

Apareceu como entregue e, alguns momentos depois, como "lida às 7h31".

Só que não veio resposta nenhuma. Então ele mandou outra:

É melhor vir me buscar porra.

A mensagem foi entregue e, mais uma vez, lida. Nada de resposta.

O Matt consegue ser otário, né, pensou Tucker. Devia ter falado com Cole primeiro. O problema é que agora Cole ficaria puto se desse meia-volta para vir pegar Tucker e, no fim das contas, Matt *também* aparecesse. E Tucker não podia se dar ao luxo de estragar seu lance com Cole. Os outros membros do grupo podiam até ser uns otários com Tucker Lee, mas não fazia diferença. Cole Hill era o cara mais da hora de toda Kettle Springs e seu melhor amigo. Uns até brincavam dizendo que Tucker era o guarda-costas de Cole, mas Tucker sabia que era bem mais do que isso. Cole se importava com Tucker tanto quanto ele se importava com Cole. Agora, pensando bem no assunto, era *dever* de Tucker ir no Tillerson. Ele que desse um jeito. Cole não devia precisar acabar com seus planos com a novata e atravessar metade da cidade só para dar uma carona para Tucker. Além disso, ele já era bem grandinho e não estava nem um pouco a fim de ficar de vela no banco de trás do carro de duas portas de Cole.

Então, se Matt fosse continuar com essa merda de não responder e dar o bolo em Tucker, tudo bem também. Ele e a Ronnie que fossem para a puta que pariu. Tucker lhes daria mais um minuto e depois começaria a ligar para o pessoal do time. A vontade era mandar mensagem direto para a Ronnie. Afinal, não fazia tanto tempo assim que ela entrava de fininho aqui, pela porta dos fundos, uma ou duas vezes por semana. Ela sempre exigiu sigilo — ele achava um saco não poder contar pros caras que os dois estavam transando —, mas parecia um preço pequeno a pagar.

Quando foi a última vez que se curtiram? Há meses. Agora ela estava levando Matt mais a sério. Mesmo assim, se Matt não respondesse de uma vez, Tucker entraria em contato com Ronnie. E daí se ela estivesse com o Matt? Não seria tão ruim assim se os dois terminassem. Não é como se eles se amassem ou algo assim. Os dois só gostavam de exalar aquela... "energia de casal poderoso". Pelo menos era como Ronnie descrevia.

Tucker deixou o celular de lado e pegou o notebook.

Depois que o pai zarpou, sua mãe insistiu que precisava se sentir segura e encomendou duas câmeras de segurança sem fio. Com a ajuda de Tucker, instalou uma na porta da frente, perto da lâmpada, e outra virada para o pátio dos fundos. O sensor de movimento da câmera da frente era acionado sempre que os guaxinins vinham mexer no lixo. Tucker deixava um rifle de *airsoft* na entrada de casa.

Ele limpou o suor da palma da mão na calça e atualizou a câmera. Queria que as pestes aparecessem. Atirar em alguma coisa o faria se sentir melhor.

Conectando. Aguarde, por favor.

A imagem revelou sua varanda e...

Mas que porra é essa?!

Tucker quase caiu da cadeira.

Na tela de seu notebook havia um palhaço. A figura estava imóvel, com os pés sobre o capacho.

Na imagem sem saturação e escura da câmera, Frendo parecia um fantasma. Os botões de pompom eram pontos de escuridão infinita que escorriam pelo seu peito. Havia um brilho reluzente nos cantos do sorriso pintado sobre a máscara. O leve efeito olho de peixe da câmera distorcia as feições do palhaço e deixava o nariz ainda mais redondo do que o normal.

Puta merda. O coração de Tucker estava a mil. Por mais que amasse assustar idiotas desavisados, ele odiava passar medo.

Com um movimento espasmódico capturado pela câmera, o palhaço na porta da frente ergueu uma mão enluvada, levou-a até a campainha e tocou.

Ding dong.

Tucker precisava dar o braço a torcer: tinham pegado ele. Se não fosse pela câmera de segurança, o plano, qualquer que fosse, teria dado certo. Analisou a tela e tentou encontrar o lugar onde Ronnie estava se escondendo. Ela devia estar filmando para conseguir capturar a reação dele. Mas não conseguiu vê-la. Ah, mas também não fazia diferença. Estava perdendo tempo. Seus amigos não sabiam que Tucker os tinha visto.

Ele se levantou da mesa. Era hora de dar uns socos. Desceu as escadas enquanto estalava os dedos. De certa forma, era melhor do que um guaxinim: ia dar para desestressar ainda mais.

Passando longe das janelas, Tucker se esgueirou até a entrada da casa, virou a maçaneta silenciosamente e, por fim, abriu a porta com tudo. Esperava dar de cara com o palhaço.

Quando pulou para a varanda, porém: nada.

Não havia palhaço nenhum. Nem amigos rindo nos arbustos. Nada além do som fraco de grilos cantando pela vizinhança deserta e gelada. Ainda mais deserta que o normal, inclusive. Foi então que ele se lembrou do porquê de tamanha quietude. Todo mundo já estava no Tillerson.

— Ô — disse Tucker. A voz ecoou pela rua. — Bom trabalho, gente, vocês me pegaram. Agora apareçam pra levar porrada de uma vez. Vamos facilitar.

Ele esperou, mas apenas o silêncio respondeu. Olhou para o capacho: *Quando entrar, que Deus te abençoe. Quando sair, vá com Deus.* Sua mãe era viciada demais em comprar coisas daqueles programas de TV.

— Tá bom — disse, exasperado. — Que se foda. Deixa pra lá. Não vou dar porrada em ninguém. Mas agora dá pra gente, por favor, ir pra porra da festa?

Nenhuma resposta.

Ele olhou para cima.

Do outro lado da rua, a casa da dona Olsen estava no escuro, assim como todas as outras até o fim do quarteirão. Kettle Springs era uma cidade quieta e sossegada, mas havia algo na vibe daquela noite que parecia quieto *demais*, sossegado *demais* e escuro *demais*.

Tucker começou a fechar a porta, mas então parou.

Quem quer que estivesse ali, provavelmente devia ter ido de fininho para os fundos da casa. A pessoa só não esperava que seria seguida.

Ele deu um passo para o lado de fora e olhou para o rifle de *airsoft* que ficou dentro da casa, mas pensou melhor e continuou andando até o gramado. Não era nada fácil ser discreto para alguém do tamanho de Tucker, mas ele tentou ficar nas sombras.

O pátio estava úmido. Tucker Lee se arrepiou com o frio. Por reflexo, levou uma das mãos até o bolso, para se certificar de que estava com as chaves de casa e não tinha se trancado na rua.

121

Arbustos roçaram em seu corpo e deixaram a camiseta cheia de pontinhos de umidade enquanto ele tentava ao máximo se manter colado à escuridão provida pela casa.

Abriu o trinco do portão que levava ao pátio dos fundos e tentou ouvir alguma coisa. Nada.

Ah, mas ia ter muita porrada hoje à noite, sim. Ele deu um sorriso.

Havia uma passarela de concreto que levava à porta dos fundos. Se ele saísse da lateral da casa bem rápido, daria para assustar qualquer um que estivesse ali e ainda ficaria perto o bastante para agarrar a pessoa antes que ela conseguisse escapar.

Acontece que só tinha uma chance para fazer dar certo.

Ele se espremeu contra a construção, respirou fundo e deu um pulo.

Mas não havia ninguém ali e muito menos nos degraus que levavam à porta dos fundos. Só o brilho difuso da luz ali de trás e o pequeno LED vermelho da câmera de segurança que o observava.

Que porra era essa? Ai deles se tivessem começado uma pegadinha, desistido no meio e deixado Tucker para trás...

Ele pensou em como seria constrangedor e no quanto isso representava a consideração que seus amigos — tirando Cole — *realmente* tinham por ele.

Ah, mas esses filhos da puta iam ver só.

Ele destrancou a porta da varanda e voltou para dentro de casa.

Enquanto atravessava a cozinha, desbloqueou o telefone, tomando muito cuidado com a tela trincada.

Bela tentativa, seu bando de trouxa.

Tucker entrou na sala de estar e terminou de mandar a mensagem sem nem se dar ao trabalho de acender as luzes. Estava tão focado no celular e na ideia de roubar uma cerveja da geladeira do porão que levou um momento até que percebesse que havia mais alguém ali.

— Porra — disse Tucker, dando um pulinho e colocando o aparelho sobre o coração, para enfatizar a surpresa.

Frendo estava na sala com as mãos atrás das costas. O palhaço estava entre a mesinha de centro e o rack de TV. Até mesmo no escuro, deu para ver que Frendo tinha sujado o carpete todo de lama. Ele devia ter entrado pela porta da frente enquanto Tucker deu a volta por trás.

— Tá bom, pode ir tirando a máscara, seu otário — disse Tucker. — Vamos ver quem merece levar uma surra.

Enquanto falava, Tucker se aproximou e percebeu que, quem quer que fosse a pessoa na fantasia, era maior que ele.

Ué. Que esquisito.

Tinha que ser o Ed. Matt era pequenino demais. Que estranho. Matt e Ed não costumavam sair juntos. Por que será que Matt ia dar carona para ele também? Como é que o Tucker ia caber no carro dele, porra? Não fazia sentido, mas que se foda.

— O Matt que te trouxe? Hoje tô numa vibe mais de boa, então vou deixar essa pra lá. Mas limpa essa sujeirada do caralho e vamos de uma vez.

Em vez de responder, Frendo inclinou a cabeça. Foi um movimento sutil, como um passarinho observando uma migalha, mas ainda incerto quanto a levantar voo.

Então, Frendo revelou o que segurava atrás das costas.

A faca era tão longa que nem parecia ser de verdade. Parecia aquelas exageradas, que só existem em videogames.

— Ah, que legal, hein — disse Tucker. — Que bom que você se divertiu no trenzinho do terror.

O palhaço não disse nada, mas estendeu o braço, ou seja, a faca, em direção a Tucker.

— Ah, faz o favor de tirar essa merda da minha frente. Tem desinfetante pro tapete e pano de chão lá no armário do corredor.

Tucker deu um tapa na faca, esperando que o brinquedo voasse para o outro lado da sala, mas ela permaneceu firme. O palhaço estava segurando firme.

Em seguida, Tucker olhou para a mão e viu que a pele entre o dedão e o indicador se partiu. Na meia-luz do cômodo, o machucado pareceu, por um instante, como cera de vela cortada, mas não demorou para um sangue escuro começar a escorrer.

— Tá de brincade...

Frendo ergueu a ponta da lâmina e gentilmente a pressionou na área ao lado do umbigo de Tucker.

Um frio escaldante se espalhou pelo seu estômago.

O celular caiu, bateu no chão e quicou. A tela se acendeu e iluminou a sala por um segundo antes de o aparelho escorregar para debaixo do sofá.

A faca não é de mentira.

Levou um momento, mas a sensação era diferente de tudo o que ele já tinha sentido.

Não doeu. Não de verdade. Foi mais como... um molhado.

Um segundo depois, porém, quando a faca começou a ser puxada para fora, o ferimento doeu para caramba.

Zzzzslip.

Frendo se agachou para ouvir o som, e foi isso que despertou Tucker e o levou a agir.

Tucker deu um tapa com as costas da mão em Frendo. A pancada pegou bem na mandíbula do palhaço. O chapéu nem chegou a sair do lugar, mas o molde de plástico da máscara se moveu apenas um pouquinho. Com sorte, o necessário para tapar a visão dele. A pessoa na fantasia, quem quer que fosse, era pesada, mas foi pega desprevenida. Frendo tropeçou em direção à TV. O rack inteiro chacoalhou sob o peso do palhaço. As decorações e a coleção de cristais finos da dona Hummel fizeram barulho no armário.

Tucker colocou uma mão firme sobre o estômago. Todos os programas diziam para colocar pressão sobre o ferimento. É mais fácil falar do que fazer... Os lábios enrugados do corte gritaram. Tucker pressionou e o frio da perda de sangue se transformou no fogo de uma queimadura química.

Ele deu um berro. O sangue escorria de seus dedos e ensopava a camisa.

O celular. Tucker precisava de uma ambulância.

Ele semicerrou os olhos em meio à escuridão e conseguiu visualizar o celular de cabeça para baixo, sob o sofá, na mesma hora que Frendo.

Não, espera aí. Dava para tentar o telefone fixo.

Os dois iam partir para o celular, não para o aparelho com fio na mesa ao lado. Ainda havia uma chance.

Tucker rugiu, estendeu a mão livre e agarrou Frendo pelo macacão. Os botões de pompom tremeram, e Tucker empurrou com tudo. A força cinética do corpo de Frendo mandou os dois para o chão, bem onde ficava a mesinha de centro. Era um movimento de luta extremo, algo que teria sido foda se não tivesse doído tanto e se vidro não fosse tão afiado.

Na posição em que caíram, Tucker estava muito mais perto do celular do que do telefone fixo.

Pedaços de vidro foram pisoteados, e corpos se contorceram enquanto Tucker se movia em direção ao aparelho, na esperança de que a queda sobre o tampo da mesa tivesse deixado Frendo atordoado pelo menos por um instante.

Uma mão forte agarrou o tornozelo de Tucker. Ele recuou e começou a dar coices que aterrissaram no ombro do palhaço, não no rosto, mas ajudaram mesmo assim.

Não dava tempo de olhar para trás.

O sangue era tanto que foi difícil segurar o celular. Tucker esfregou a mão livre no tapete enquanto a outra continuava pressionando o estômago.

Com o dedão limpo do sangue gelatinoso, Tucker desbloqueou a tela e abriu o aplicativo de chamadas.

1.

Um farfalhar do vidro logo atrás. Frendo ainda se mexia. Estava em seu encalço.

9.

O escorrer do sangue, de seu próprio sangue, encharcava o carpete da sala de estar. O tecido, por sua vez, bebia o líquido como se estivesse morrendo de sede. *Glub glub*.

2.

Dedos puxaram seu couro cabeludo. Dedos envoltos em luvas brancas; luvas do tipo que não facilitavam na hora de fazer balão em forma de animais. Tucker nunca conseguiu fazer nada além de espadas de balão por causa da porra daquelas luvas.

Com o dedão a postos para apertar o botão verde, Tucker sentiu a cabeça ser puxada para trás. Sua pele ficou toda esticada e dolorida.

A faca percorreu seu pescoço, e, simples assim, Tucker Lee já não sentia mais nada.

NOVE

— Você tá bem? — perguntou Cole, dando uma olhada em Quinn enquanto trocava a marcha com firmeza.

Ela não estava bem.

Estava em um *muscle car* preto, desconhecido, a mil por hora, numa estrada escura, com milharais de ambos os lados...

— Ela tá de boa — respondeu Janet do banco de trás estreito enquanto batia as cinzas de um cigarro em um potinho de bala. — Essa aí não é fraca, não, viu? Você escolheu bem, Cole. Eu sei dessas coisas. Olha como ela é focada.

Janet continuou fumando enquanto mantinha o cabelo impecável, mesmo com todo o vento que entrava pela fresta de uma das janelas da frente. Usar vape e fumar maconha até que não era novidade, mas Quinn não conseguia pensar em um único colega da Filadélfia que fumasse cigarro *de verdade*.

Cole fez um gesto passando a mão pela garganta. Janet fez uma careta pelo espelho retrovisor e ficou quieta.

Quinn se segurou na alça de segurança, para ajeitar a postura e tentar acalmar o estômago, que já estava mais pra lá do que pra cá devido ao balanço suave gerado pela suspensão do carro.

Fizeram uma curva fechadíssima sem desacelerar, e Quinn pensou que fosse vomitar de verdade. Para evitar o enjoo, resolveu prestar atenção em Janet, que continuava olhando de cara feia pelo espelho. Será que Janet era sua nova amiga/inimiga? Ou será que só inimiga mesmo? Era difícil dizer; o comportamento dela era errático, e suas atitudes, às vezes, doces, mas, em outras, eram agressivas. Acontece que Quinn vira como Janet quis morrer quando Ronnie começou a fazer piadas sobre sua mãe, e simplesmente não conseguia odiá-la.

Quinn não conseguiu evitar perceber que Janet estava usando um gloss rosa igualzinho ao seu. Por que ela se importava? Porque sim. Fora os lábios, Janet tinha uma leve camada de maquiagem sob os olhos para esconder... esconder o quê? Exaustão? Alguma emoção? À Quinn só restava tentar adivinhar. Janet deve ter se ferrado legal depois do desfile. A surpresa era nem Janet nem Cole terem ficado de castigo. Ou talvez tivessem ficado e fossem o tipo de gente que ignora ordens desse tipo.

Cole ajustou o rádio. Era um daqueles sons antigos que não tinham cabo auxiliar ou entrada USB, só AM/FM, e era preciso ficar girando o botão até encontrar alguma coisa. Nesse caso, Cole vagava entre estações antigas e sucessos da Billboard. *Free Bird* era uma música enorme, então as duas estações meio que viraram um *mashup* improvisado em que Kendrick Lamar cantava, de vez em quando, por cima de alguns acordes de um rock típico do Sul. Quinn deu uma olhadinha para o lado. No breu das luzes do painel, Cole estava um gato. Era esguio, magro e pálido, mas ainda assim atraente. Quase um Jared Leto. Ele provavelmente nunca ficaria *feio*, mas parecia um pouco triste, mais sério do que quando se conheceram. Os acontecimentos do desfile e as acusações do xerife Dunne devem ter lhe tirado do sério.

— Falta pouco — disse ele, falando baixinho, como se não tivesse mais ninguém no carro. — E desculpa a gente ter que levar ela. — Cole meneou em direção ao banco traseiro. — Pensei que fosse ser só nós dois. Mas é que o Matt levou a Ronnie, e o Tucker... — Ele se virou para o banco de trás. — Peraí. Por que você não foi com o Tucker?

— Eu tentei! Devo ter mandado umas vinte mensagens — respondeu Janet num tom que deixou Quinn com raiva. — Tentei ligar também, mas foi direto pra caixa postal.

— A mãe dele deve ter pegado o celular. — Cole revirou os olhos e reduziu a marcha enquanto fazia uma curva que Quinn nem conseguiu ver direito na escuridão. Não havia nenhuma sinalização lá fora, nada além de um paredão de milho sem fim.

— Quando que o milho é, hum... — Quinn olhou pela janela enquanto pescava a palavra certa — colhido?

— Nunca — respondeu Janet, rindo. — Não colhem mais.

— Não desses campos, é isso que ela quer dizer. Tem um auxílio do governo pros fazendeiros que plantam milho. Eles recebem quando *semeiam*, mas não quando colhem.

— E agora que não tem mais a Baypen e seu papai pra comprar, limpar essas plantações nem valeria a pena, né, Cole? — perguntou Janet.

O questionamento soou como uma acusação. Quinn queria perguntar à Janet o que a família *dela* fazia, mas não disse nada. Queria ficar sabendo, mas não queria ser a novata metida.

O carro mergulhou em silêncio quando Cole não respondeu.

Sem iluminação na estrada, os verdes, amarelos e marrons do milharal pareciam engolir o brilho da Lua e das estrelas e não deixavam nada para trás além de um vácuo.

— Você dirigia lá na Filadélfia? — perguntou Cole, se esforçando ao máximo.

— Não — respondeu Quinn. — Até tenho carteira, mas ninguém tem carro na cidade.

— Que cidade era mesmo? — perguntou Janet.

— Filadé...

— Ah, a gente sabe. — Janet deu um chutezinho de leve no banco de Quinn. — Calma, cara, eu tava brincando.

Quando deu por si, Quinn estava encarando Janet com um olhar mortal pelo retrovisor, mas a outra garota se recusou a entrar na brincadeira e não olhou de volta. Qual era a causa daquela mudança tão brusca? Por que foi que Janet passou praticamente o desfile inteiro de braço dado com Quinn e agora agia daquele jeito? Será que estava de mau humor por causa da brincadeira que acabou mal? Será que estava agoniada no espaço pequeno do carro?

Quinn não estava nem aí. Ia tirar leite de pedra dessa situação:

— E o que vocês gostam de fazer nos...

— Puta que pariu! — gritou Janet, dando uma joelhada nas costas de Quinn, mas *dessa vez* sem querer.

No meio da pista, iluminado pelo brilho gélido dos faróis de Cole, estava Frendo. O palhaço aparecera do nada, pelo visto, com um olhar morto enquanto encarava o carro que vinha acelerando, sem nem se encolher.

Quinn ouviu um grito. Não de Janet, não de Cole. Foi sua própria voz, seu próprio grito. Estavam indo rápido demais. Frendo não saía do caminho, provavelmente não conseguia. Iam bater nele.

Iam bater...

Cole pisou fundo nos freios.

Quinn agarrou o painel, para se manter firme enquanto segurava a maçaneta. Os pneus traseiros cantaram. Cole virou o volante, e o carro patinou. A traseira do veículo ficou perpendicular à estrada, o que deixou Frendo diretamente na reta da janela do passageiro... da janela de Quinn.

Ela viu de camarote quando o carro bateu em cheio no palhaço, o que o tirou do chão e fez com que seu corpo coberto por um macacão de bolinhas batesse no teto com um baque surdo.

O carro tremeu e, por fim, desligou.

— Merda, merda, merda — disse Cole para si mesmo. Não muito alto, mas de um jeito desanimado e desolado, como se aquilo fosse a última gota d'água em uma sucessão de desgraças que Quinn não testemunhara desde o princípio.

Foi o som dessa afirmação tenebrosa que a fez abrir a porta e sair para o asfalto enquanto o fundo da garganta queimava com ácido estomacal.

Com as mãos no chão e começando a sentir ânsia de vômito, Quinn percebeu o que começou a cair ao seu redor...

Palha?

Ela pegou um pouco, encarou a palma sob a luz da lua e viu que um único fio de palha dourada cobria as linhas de sua mão. Se ajoelhou e pegou outro no ar.

133

Confusa e hesitante, ela se levantou e viu Cole sair do banco do motorista e chutar a cabeça do palhaço com raiva.

O crânio de Frendo explodiu numa imensidão de palha.

— É um espantalho — disse Janet, abaixando o banco da frente e saindo pela porta esquerda. — Frendo, o espantalho.

— Que porra é essa?! Quem fez isso?! — gritou Cole para a noite, com a voz trêmula.

Matt saiu do milharal, rindo tanto que mal conseguia respirar. Vestia um suéter grosso e o que na escuridão parecia uma calça de veludo. Parecia um atleta profissional, o tipo de cara que se vê num jornal local pedindo desculpas pelo comportamento fora de campo, decepcionado por ter desapontado os fãs.

— Sério, mano, as caras que vocês fizeram... — disse Matt. — Foi a melhor pegadinha até hoje.

A palavra *mano* com aquele sotaque caipira... não soava certo para Quinn.

— C-cadê a Ronnie? — perguntou Janet.

Quinn achou a raiva na voz dela reconfortante. Estava feliz que Janet não fizera parte daquilo. Pelo menos a garota tinha noção para dar um intervalo de umas 24 horas entre uma pegadinha e outra.

— Tô aqui, vadia! — respondeu Ronnie Queen, saindo do meio do milharal no outro lado da rua. As luzes traseiras deram ao seu cabelo loiro um demoníaco brilho vermelho.

Janet se aproximou da amiga com cara de quem queria dar na cara dela. *Por favor, dá na cara dela*, pensou Quinn. Mas, então, a meio passo de distância, Janet mostrou o dedo do meio.

— Seus dois bostinhas — xingou Janet. Em seguida, para a surpresa de Quinn, ela suspirou e disse: — Pelo menos deu pra pegar com a câmera?

— Claro que deu, né! — gritou Matt, que puxou uma cerveja sabe-se lá Deus de onde e a abriu.

Quando começou a beber, jogou outra lata para Cole, que pegou, mas não bebeu. Em vez disso, jogou a bebida, o mais longe que conseguiu, em direção ao milharal e apontou o dedo para a cara de Matt.

— A gente podia ter morrido.

— Mas não morreram — respondeu Matt.

— Mas a gente podia ter morrido.

— Mas não morreram — repetiu Matt, com mais determinação e chocando o peito contra o de Cole. — Então relaxa aí. Olha em volta, cara. A gente tá vivo. E tamo na fazenda dos Tillerson, porra! A Janet deu o sangue pra organizar isso aqui.

Matt deu uma golada, afastou a cabeça, borrifou cerveja no ar noturno e deu um grito lupino que teria tirado Quinn do sério se seus nervos já não estivessem tão à flor da pele.

Quinn ficou observando os dois se encararem. A dor nos olhos de Cole, a ferocidade da brincadeira nos de Matt. Ela nem conseguia imaginar todas as coisas não ditas que pairavam entre eles. Cole era a estrela. Matt era um reserva, mas tinha ambições, estava fazendo suas jogadas. Cole determinava o clima. Matt seguia. Ronnie era claramente apaixonada por Cole, mesmo que *estivesse com* Matt. Janet também. E, pela tensão no ar, Quinn achava que Matt *também* podia muito bem estar apaixonado por Cole, só para equilibrar aquele triângulo amoroso atrapalhado. Ela não ficaria nem um pouco surpresa. Dava para ver Cole abrindo e cerrando os punhos.

Será que a violência era inevitável?

Todos se encolheram quando Cole fez um movimento súbito.

Ele agarrou a lata de cerveja da mão do Matt e bebeu o que restava.

— O Frendo que vá pra puta que pariu — disse Cole, com desdém. — Como eu odeio esse palhaço de merda.

— Como que alguém odeia o Frendo? O Frendo é Kettle Springs — disse Ronnie, e Quinn podia jurar de pé junto que não sabia se ela estava brincando ou falando sério.

Cole não hesitou em erguer um dedo para interromper Ronnie e concluir:

— Sei muito bem o que ele é e sei muito bem o que eu acabei de falar.

Próximo à Quinn, Janet se moveu. Ela deu uma tragada em um novo cigarro e depois o jogou, ainda meio aceso, no milharal. Era com certeza um risco de incêndio.

— Bom, já que tá todo mundo confessando coisas chocantes, aí vai: odeio todos vocês. A maior festa da noite rolando, e a gente aqui, em pé, na beira da estrada, brigando pra ver quem é mais infeliz... vão se foder.

— É, vão se foder — concordou Ronnie.

— Simbora! — gritou Matt. Ele deu um arroto alto e continuou: — Vai todo mundo se foder! Hoje é dia de putaria. Te amo, cara — disse para Cole enquanto o envolvia num abraço.

Cole ficou tenso a princípio, mas depois acabou dando tapinhas nas costas do garoto atarracado.

Independente do que tinha acabado de acontecer, aquela gritaria, a bebida e os abraços funcionaram meio que como um exorcismo.

Quinn sentiu a urgência de gritar *Mazel tov!* para comemorar, mas não parecia que ela tinha espaço para tal. Ou que esse grupo de caipiras do meio-oeste que vinham de famílias evangélicas saberia o que ela estava tentando dizer.

— Pega a cabeça do Frendo — disse Matt para Cole, assentindo para o palhaço demolido.

Com o chute, Cole amassara a lateral da cabeça. A máscara de plástico fora deformada: os lábios ficaram erguidos em um sorriso malicioso, e um olho saiu para fora. Parecia o Frendo, mas numa versão mais assustadora e distorcida, se é que isso era possível.

— Pra quê? — perguntou Quinn. — Ele tá todo destruído.

— Nunca se deixa um Frendo pra trás — respondeu Matt. — Essa é a regra número um, dois e três.

Ele deu um sorriso enquanto cambaleava para a estrada, onde pegou a cabeça de Frendo, que continuava presa ao torso estofado. Ele jogou o palhaço estripado e vazio para Ronnie, que o agarrou pelo pescoço.

Estrangulando Frendo como se fosse um pedestal de microfone, Ronnie sorriu e cantou:

— Uma *gotchênha* de Baypen deixa tudo bem melhor.

Levou um minuto para que Quinn raciocinasse, mas aquele slogan não estava pintado na lateral da fábrica?

Tudo. Ela lembrava da única palavra legível.

— Cole, espera aí. — Matt já estava no fosso ao lado da estrada, provavelmente voltando para o próprio carro, mas deu meia-volta e perguntou: — Por que você não deixa o carro estacionado aqui? Falta pouco pra chegar, dá pra andar o resto do caminho.

Janet respondeu por ele:

— Não. Se você quer ficar andando por aí no escuro, pode ficar à vontade.

— E eu falei contigo, por acaso? — perguntou Matt.

— Deixa eles pra lá, amore — disse Ronnie.

Eles deram a volta no carro. Janet subiu primeiro e foi para o banco de trás, depois Quinn entrou.

— Deixa tudo melhor mesmo? — perguntou Quinn, ainda meio perturbada pela adrenalina, o enjoo e o medo. — Uma gotinha de Baypen?

Cole fechou a porta do motorista. Os três observaram Ronnie e Matt desaparecerem em meio aos pés de milho.

— Xarope de milho é só açúcar. Então no mínimo deixa tudo mais gostoso — respondeu Cole. Em seguida, ele parou para pensar a respeito. — Mas com certeza não deve ser grandes coisa pra *você*.

Antes que ela pudesse perguntar o que Cole quisera dizer com aquilo, Matt deu partida no carro e por pouco não bateu no espelho de Cole.

Matt acelerou e gritou pela janela:

— Simbora!

Depois, partiu em direção à noite, e eles não tiveram outra escolha a não ser segui-lo.

DEZ

Quinn abriu a porta do carro e saiu para o campo. O solo sob seus pés era esponjoso e irregular; havia espigas de milho entrecruzadas embaixo de seu par de Chuck Taylors.

Cole tinha deixado a rodovia para lá e dirigia direto pelo meio do milharal. Os pés de milho eram empurrados para baixo do para-choque como num videogame ou como se estivessem fazendo um desenho no campo. Com os faróis a toda, chegaram numa pequena clareira depois de alguns hectares e se aproximaram de outros carros e caminhonetes. Cole explicou que estavam escondendo os carros da estrada para o caso de algum policial mal-humorado passar por ali e decidir dar um fim na festa.

Ronnie e Matt já tinham estacionado, e Matt, por algum motivo, estava saindo de dentro do veículo pela janela do motorista. O *muscle car* de Cole podia até ser apertado, mas o possante vermelho-cereja com só dois lugares de Matt chegava a ser quase ridículo de tão pequeno e inútil.

Parecia mais um carro de adolescente rico do que o de Cole, que *já era* um carro de adolescente rico.

Já fora do carro e de pé sobre o milho pisoteado, Matt esticou o braço pela janela que ficava atrás do banco do motorista e puxou duas fantasias de Frendo em cabides e ensacadas num plástico transparente de lavanderia. Jogou uma para Ronnie.

— Pra quê? — perguntou Quinn à Janet enquanto assentia para o casal que destruía os sacos de plástico.

Janet deu de ombros, como se não fizesse ideia de por que seus amigos idiotas faziam as idiotices que viviam fazendo.

Matt puxou o macacão sobre as calças de veludo e pelas botas da Timberland com cadarço frouxo. Juntou as mangas e as amarrou ao redor da cintura como se fossem um cinto tosco. As calças largas de Frendo eram ridículas. Para terminar, passou o elástico da máscara pelas orelhas, e o rosto plástico de Frendo virou um chapéu.

Na frente dele, Ronnie descobriu um jeito de fazer um sobretudo de poliéster de palhaço parecer pornográfico. Tinha deixado os ombros de fora, e a parte da frente do macacão ficou desabotoada até o umbigo. Sem deixar a fantasia chegar até a cintura, ela tinha achado um jeito de tirar a camiseta. Era um bocado de pele para ficar mostrando a noite inteira. Ainda mais numa noite fria como aquela.

Para com isso, você não é mãe dela. E você nem teve um bom modelo pra seguir também...

— Tá, vamos indo, gente. Alguém me ajuda com a cerveja — disse Matt, abrindo o porta-malas de repente.

Quinn agarrou um engradado com doze latinhas de Bud Light quente. Matt se aproximou, com cara de quem queria ajudar, mas então puxou uma lata só.

Cole se aproximou com um sorriso forçado nos lábios. Ergueu um barril cheio pela metade e o colocou sobre o para-choque.

— Não se preocupa. Você não tem que ficar com esses esquisitos a noite inteira.

Cole ajustou a pegada, apoiou o barril na cintura e saiu na frente.

Assim que saíram da clareira com carros estacionados e pés de milho amassados, o milharal se transformou num breu ao redor deles. Quinn conseguia ver rostos e mãos flutuando que refletiam a luz das estrelas, mas todo mundo ali parecia existir numa vasta imensidão de nada. Os únicos indicativos de algum tipo de silhueta fora a deles eram raios de luar e de estrelas que refletiam no lado brilhoso das folhas, não nos versos opacos.

— Como vocês sabem pra onde ir? — perguntou.

— A gente só sabe. A estrada fica lá atrás, então o celeiro e a festa têm que ficar em algum lugar aí pra frente — respondeu Cole, indicando o caminho com o queixo enquanto fazia força.

Não dava para ter certeza se Matt ia ajudar a carregar o barril, nem se pedissem.

Não havia marcas no chão nem placas. Iam achar a festa por instinto. Quinn não gostava da ideia de depender de alguém para conseguir voltar para casa, mas agora já não tinha mais o que fazer. Estava ali.

— A maioria do pessoal tem família que trabalha na fazenda. Alguns inclusive ajudam nessas fazendas. Todo mundo já fez essas coisas pelo menos algumas vezes. — Ele deu um sorriso suspeito. — Se não fizerem, vão se perder no milharal e...

— ...morrer! — gritou Matt, dando um pulo nas costas de Cole como se fosse um doido. Cole caiu para frente, e a parte de baixo do barril amassou alguns pés de milho.
— Eu te protejo, novata, se você precisar de alguém com um pouquinho mais de testosterona.

Cole o empurrou, se levantou e lançou um olhar para Matt que Quinn não conseguiu decifrar direito sob a luz da lua.

— Vamos de uma vez, seus otários. A festa é pra cá.

— Babaca — murmurou Cole.

Seu humor, porém, parecia estar ficando mais tranquilo.

— E ele tem orgulho ainda — disse Ronnie com um sorriso.

Ela se aproximou de Matt e passou um braço ao redor dele. As fantasias gêmeas de Frendo faziam com que os dois se tornassem os adolescentes mais visíveis do milharal.

— Preciso de uma bebida — disse Janet. — Quer ajuda com isso aí?

Quinn respondeu que não, e os três seguiram em frente. Depois de um instante, Matt e Ronnie desapareceram entre os pés de milho.

Marcharam cada vez mais a fundo, em direção ao oceano de milho. O caminho era iluminado pelas estrelas e por um adolescente ou outro com a lanterna do celular ligada. Depois de um tempinho, o som atonal que reverberava nos ouvidos de Quinn acabou virando música. Mais à frente, caixas de som tocavam uma familiar, embora ainda abafada, música de Kid Cudi. Sobre o topo dos pés de milho, dava para ver o alaranjado acalentador da luz de uma fogueira. O pestanejar das chamas era iluminado por luzes estroboscópicas que ou estavam sincronizadas com a música ou tão próximas do compasso que nem importava.

Estavam chegando perto.

Gritos e vivas pipocavam ao redor. Tinha mais gente chegando. Pés de milho estalavam, se dobravam e quebravam.

Quinn vislumbrou mãos e pés dos adolescentes que corriam. Alguns dos braços pareciam cataventos, nadando entre as folhas. Tinha pessoas carregando engradados e até um ou outro com tochas sobre os ombros.

E então, quando parecia que a fogueira não tinha como ficar mais brilhante, e as batidas de hip-hop, mais altas: eles chegaram.

Quinn, Cole e Janet ficaram ombro a ombro no limite da clareira. O espaço composto de terra e grama tinha quase o diâmetro de uma pista de corrida de uma escola, talvez fosse até um tiquinho maior. Na extremidade oposta havia um celeiro com as portas da frente e dos fundos abertas. Quinn conseguia ver o milharal sob o breu da noite lá do outro lado.

Próximo ao celeiro ficava um silo com uma fraca tinta vermelha já descascando devido à idade. O cilindro parecia ter pelo menos 1,5m a mais de altura do que o celeiro, que já tinha dois andares. Quinn não fazia a mínima ideia de qual era a função dos silos, não sabia nem se ficavam cheios de alguma coisa ou vazios, mas, de onde estava, dava para perceber que a estrutura não era mais usada. O silo estava claramente inclinado, e o teto do celeiro tinha afundado no meio. Se não passassem por uma reforma pesada, nenhuma das construções continuaria de pé quando o pessoal da escola se formasse.

— É... perfeito! — gritou Janet bem na cara de Cole.

Em seguida, ela saiu correndo até a festa. Quinn e Cole continuaram afastados, absorvendo os detalhes enquanto as cervejas já não pareciam mais pesar em seus braços.

— Tipo, pelo visto ela nem ajudou a organizar ou algo assim, mas... acho que tá orgulhosa de si mesma — disse Cole.

Quinn deu um sorriso.

Longe do celeiro, mas ainda próximas o bastante para que algumas fagulhas talvez apresentassem perigo, ficavam as duas fogueiras. Uma estava num fogareiro de metal corrugado, enquanto a outra era só um buraco de alguns centímetros no chão. Sobre uma delas, pendurado num ângulo em que algumas labaredas lambiam seus pés, mas não o incendiavam, havia uma efígie de Frendo.

Alguém roubou umas bandeiras vermelhas, brancas e azuis da Avenida Principal e as colocou ao redor da cabine do DJ, que ficava dentro do celeiro. A impressão era de que a festa era uma versão inversa e pulsante do Dia do Fundador.

Perto das fogueiras, mas distante o suficiente para que o plástico não derretesse, havia algumas piscinas de bebê. Barris flutuavam como boias, enquanto latas de cerveja e chás gelados e limonada misturados com álcool marcavam presença sob a superfície. Quinn nunca dera muita bola para cerveja. Aprendeu havia muito tempo que sua bebida de festa era suco de laranja com vodca. Se misturado direitinho, nem dava para sentir o álcool, e era fácil montar o drink de um jeito que a deixava tontinha, mas sem perder o controle. Então, Quinn e Cole jogaram a cerveja em uma das piscinas, e ela entrou no celeiro, atrás de alguma "bebida de verdade".

Em vez de álcool, encontrou a pista de dança, o coração pulsante e em ebulição da festa. Devia ter cerca de trinta ou quarenta pessoas com os copos erguidos, dançando com a batida (ou tentando) e cantando as músicas que espiralavam dos iPads do DJ.

O DJ, por sua vez, uma figura encapuzada, magrela e pequena demais para ser grandes coisas além de um aluno do segundo ano, se balançava e embalava em cima da mesa. Luzes estroboscópicas saíam dos dois lados de seu equipamento; alto-falantes enormes e pesados formavam a base da plataforma que o colocava acima dos outros festeiros.

Cole chegou por trás dela e gritou mais alto do que a música:

— E aí... gostou?

— Acho que tô beeem longe da Filadélfia — berrou Quinn em resposta, com um sorriso. Ela queria que tivesse sido engraçado, uma referência ao contrário de O Mágico de Oz, mas, pela expressão de Cole, deu para ver que ele entendeu como uma ofensa.

— Aqui é muito melhor — acrescentou. — Foda pra caramba.

— A gente tenta — gritou Cole, sorrindo.

Ele estava com um bigodinho fraco de bebida que Quinn queria limpar mais do que tudo.

— Como vocês fazem essas coisas? Aqui não é o quintal de alguém?

Afastaram-se das caixas de som, mas tiveram que continuar berrando.

— Na real, não. A casa fica a, tipo, uns 2 km daqui. Foi a Janet que fez o trabalho braçal, na verdade. Ela planejou pra festa rolar durante a exposição dos fazendeiros. O Tillerson leva a família inteira de trailer. Eles tiram férias e ficam vendo tratores e equipamentos pro campo enquanto a gente aproveita.

Ele ficou lá, sorrindo.

— Se a gente for caprichoso e limpar tudo depois, nunca vão saber. É um crime sem vítima.

O cabelo dele caiu sobre os olhos de um jeito que o deixou parecendo triste. Lindo, mas triste. E Quinn sabia lá no fundo que, se sua mãe estivesse viva, ela a alertaria. Ele era encrenca de todas as formas possíveis que um garoto pode ser. Cole Hill estava despedaçado. E Quinn já queria salvá-lo de si mesmo. O pior é que ela conseguia ouvir a voz de sua mãe dizer: *"Ah, boa ideia. Olha como deu certo pro seu pai."*

Quinn desviou o olhar quando o DJ mudou a música de uma daquelas canções cheias de sintetizadores que tocam o coração para alguma coisa chiclete, mas ainda meio medíocre, da Cardi B.

— Amo essa música — gritou bem na cara de Cole. Uma mentirinha inofensiva, mas necessária. — Vamos dançar.

— Ah, eu vou dançar, sim — disse ele, parecendo desconfortável e já procurando por alguma desculpa típica de garotos. Quinn franziu o cenho. — Eu *vou* dançar. Mas preciso beber antes. Quer alguma coisa? Do que você gosta?

— Vodca com suco de laranja — respondeu Quinn. — Vou contigo.

Ela o seguiu conforme Cole atravessava o celeiro até uma mesa num canto que abrigava o que parecia ser um acervo interminável de garrafas plásticas de bebida e coqueteleiras. Quinn podia até confiar em Cole, mas confiar e ser trouxa eram duas coisas bem diferentes. Glenn Maybrook nunca dera muitos discursos sobre as "coisas da vida", mas, quando dava, as conversas eram normalmente a respeito de coisas que ele vira em primeira mão na UTI. Um desses papos que ela nunca esquecera terminou com as palavras: *"E é por isso que você nunca deixa os outros fazerem sua bebida."*

Do outro lado do celeiro, Quinn conseguia avistar mesas de *beer pong*. Um cara grandão arrotou e se abaixou enquanto erguia os braços, em triunfo, quando Matt Trent, ainda com o macacão de Frendo dobrado na cintura, dava-lhe tapinhas nas costas e se afastava, cambaleando. Na ponta oposta da mesa, Ronnie, também com a roupa de Frendo, sorria. Ela cheirou o copo e pescou a bola de ping-pong com o dedo de unha feita antes de beber o conteúdo.

Janet tinha achado um lugar para sentar. Estava de pernas cruzadas e com um copo em mãos. Parecia a Rainha de Copas, já entediada com seu reino enquanto vasculhava a multidão e decidia quem seria o próximo a perder a cabeça.

Quinn viu a expressão de Janet mudar e seguiu o olhar dela até a porta dos fundos.

Ruston Vance era a última pessoa de Kettle Springs que Quinn esperava ver na festa. Tudo nele, inclusive o boné amarelo e verde da John Deere e a camisa xadrez vermelha, pareciam deslocados.

Rust a viu encarando e começou a se aproximar. Ela colocou um pouco de vodca de uma garrafa plástica e um pouco de suco de laranja num copo sem prestar atenção na quantidade de nenhum dos dois.

Ao lado dela, Cole mexia nas garrafas e julgava as marcas.

Quinn não sabia por que ver Rust ali fazia seu estômago revirar. Não sabia o motivo de não querer que ele se aproximasse para conversar. Mal o conhecia — e, no fim das contas, ali era mais lugar dele do que dela.

Cole se abaixou, provavelmente procurando por um abridor de garrafa que tinha deixado cair.

Rust chegou, parou em frente à Quinn e mexeu no boné em vez de dar oi. Tentou sorrir, mas deve ter se sentido tão estranho quanto parecia estar.

— Quinn. Não esperava te ver aqui.

— Porque você não me convidou, talvez? — respondeu Quinn. Ela não quis ser grossa, mas foi mesmo assim. Agora, falando sério, se ele sabia da festa e planejava ir, o que custava tê-la convidado?

— É que eu... hum... não venho muito nesse tipo de coisa.

Cole voltou e, pelo visto, ficou surpreso ao ver que seu lugar ao lado de Quinn fora tomado. Deu um tapinha nas costas de Rust. Foi um cumprimento agressivo, e seu humor mudou. O que será que Cole estava sentindo? Ou será que ele ficava o tempo inteiro fingindo, e o papel mudava dependendo da companhia?

— Rusty — disse Cole. — Como você tá, cara?

Cole fez menção de estender a mão, mas Rust manteve as duas ao redor de uma garrafa de cerveja, aquecendo-a como um filhote de passarinho. Os dois não se cumprimentaram. Em vez disso, Cole abriu a própria cerveja de uma marca local que Quinn não reconhecia. — Já foi pescar esse ano? O Thompson disse que pegou um robalo de 1,3 kg.

— Papo furado — disse Rust e deu um longo gole. — O recorde é de uns 900 gramas só.

— Foi bem isso que eu falei — acrescentou Cole, enquanto brindava com Rust. — Mas você conhece ele. Sempre compensando o que não tem com peixe...

Cole olhou para baixo, e o garoto de camisa xadrez riu com educação. Quinn ficou ali, sorrindo, bebericando seu copo e pensando que os garotos são idiotas em todo canto.

— Vocês dois se conhecem? — perguntou Cole, apontando para ela e dando uma golada.

— O Rust é meu vizinho — explicou Quinn. — Ele foi comigo pra escola.

Cole ergueu as sobrancelhas e então assentiu, para mostrar que estava surpreso.

— Só tava sendo educado — disse Rust. — Não é fácil ser novo num lugar que nem Kettle Springs. Não ter amigo nenhum.

O olhar que fixou em Cole deixou claro para Quinn que não havia mais naquela fala do que uma simples observação.

— Eu e esse cara aqui — disse Cole, dando uma pausa para tomar um gole, e depois apontou para Rust —, a gente era carne e unha. Dois demoninhos que viviam correndo pra lá e pra cá.

Cole girou o dedo livre para fazer uma mímica de como corriam.

— Faz um tempão — disse Rust, com uma voz profunda de repente.

— Ah, é mesmo? E o que rolou? — indagou Quinn. Os dois pareciam querer que ela soubesse.

— A gente cresceu — respondeu Cole, antes que Rust conseguisse responder. — O Rusty aqui ficou legal demais pra andar comigo.

— Pois é — disse Rust, sem expressão nenhuma. — Fiquei *tão* legal. — Depois, quando percebeu que Quinn estava ficando cansada de todo aquele papo passivo-agressivo, ele explicou: — A gente se afastou. O Cole começou a jogar futebol, e eu não era muito bom.

— Sinto muito. Que droga — disse Quinn.

— Pois é — concordou Rust. Ele respirou fundo e tomou outro gole. — Um saco.

— Em que posição você jogava? — perguntou Quinn.

Rust sorriu e respondeu:

— *Quarterback*.

— Ah. Você ainda joga, Cole? — Quinn quis saber, mas então percebeu que os garotos não estavam mais escutando. Ela tomou um longo gole para disfarçar.

Putz. Tinha ficado forte demais.

— Você ainda tem o Ford? — perguntou Cole, mudando de assunto graciosamente.

— Você sabe que tenho — respondeu Rust. — Os bancos são praticamente só fita isolante agora, mas o bichinho ainda corre. Na maioria das vezes, pelo menos.

O rosto de Cole se iluminou.

— Se você não ficar muito louco hoje à noite — disse Cole. — A gente bem que podia dirigir até o Covil do Macabro antes do Sol nascer e tentar caçar um pato ou dois. Quem sabe até um coelho que dê azar.

Rust riu, meio desconcertado com a sugestão.

— Eu... hum... Sei lá, acho que é melhor não.

— Vai ser legal. Sei que você trouxe umas armas. Se ela estiver no clima, a gente pode mostrar pra mocinha da cidade aqui como é que se faz. Aposto que ela nunca atirou. — Cole fingiu uma expressão superséria. — A não ser que ela fosse de uma gangue. Você fazia parte de uma *gangue*, Quinn?

Mas ela não conseguia responder. Estava perdida demais pensando:

Ruston Vance trouxe armas pra uma festa do pessoal da escola.

Quinn ergueu uma sobrancelha, começou a falar alguma coisa, mas Cole ergueu uma mão para silenciá-la. Ainda estava fingindo um pouquinho.

— Fazer arminha assim — ele moveu os dedos até fingir que eram uma arma invisível — não conta. — Um dos braços de Cole tinha se mexido como uma serpente em volta dos ombros de Rust. O gesto deixou o vizinho de Quinn visivelmente desconfortável.

— Acho que vou passar essa, mas valeu — disse ela, quando percebeu que Cole estava sendo pelo menos um pouco sincero a respeito da caça.

— Ah, vamo lá, vai ser legal — resmungou Cole. Ele definitivamente não estava acostumado a receber não como resposta.

— Deixa, Colton — disse Rust. Ele se mexeu para sair debaixo do braço de Cole.

Colton. Aquilo soava... como se os dois tivessem *mesmo* sido amigos.

— É que armas não são muito a minha praia — explicou Quinn. — Acho que eu não ia gostar de atirar.

— Mas você come carne? — perguntou Rust.

— Como, mas não é a mesma coisa. Não coloco um avental e pego uma marreta sempre que vou comer um hambúrguer — respondeu Quinn, de braços cruzados.

— Olha — começou Rust —, só uso minhas armas pra caçar e só mato o que vou comer.

— E lá vamos nós. Tá parecendo que faz parte da bancada da bala, Rust — disse Cole, erguendo as mãos.

— Não — retrucou Rust, com afinco. Ele estava claramente cansado da zoação de Cole. Quinn já estava quase lá também e olhou para a lata quase vazia de cerveja na mão dele. — Não sou um desses doidos por arma. Não tenho nenhum fuzil ou semiautomática. Não fico sentado no porão com uma faca de caça pensando em matar gente que não gosta da polícia. Eu como as coisas que caço. Acho que quem come carne devia saber de onde ela vem e o que se tira do mundo.

Quinn piscou. Aquilo estava bem distante do garoto cortês e esquisito que andou com ela até a escola. Será que era porque Cole deixava Ruston Vance mais desconfortável? Ou menos?

— Só não gosto dessa coisa de matar, tá bom? — disse Quinn. Ela sentia as bochechas ficando vermelhas. Não tinha saído de casa para debater com ninguém. Não estava preparada. — Acho que não é humano.

— Tá bom — respondeu Rust.

— Tá bom? — repetiu Quinn, encarando-o intensamente.

— É, tá bom.

E pronto: compreensão. Visões diferentes, mundos diferentes, reconciliados. Isso era mais fácil de acontecer na vida real do que na internet. Em carne e osso, era preciso olhar para a cara da pessoa enquanto *continuava* querendo gostar dela.

— Que bom, então a gente já tá amigo de novo — meteu-se Cole. — Quinn e eu estávamos indo dançar, mas, se você ficar até mais tarde, a gente devia beber alguma coisa e conversar. Quem sabe se atualizar um sobre outro, né?

— Foi bom ver vocês — disse Rust. — Acho que vou embora mais cedo. Caso a gente não se veja mais: se cuidem.

E, simples assim, o vizinho de camisa xadrez se virou e desapareceu no celeiro.

Se cuidem.

Os sons da festa voltaram, e Matt chegou pulando e ovacionando com os braços erguidos.

— Sou o rei da porra toda! — declarou. — Três partidas, e tô aqui, ó, invicto! Nem tonto eu fiquei.

Ele arrotou, deixou bem claro que não existia a mínima possibilidade de aquilo ser verdade e apontou para Cole.

— E você, capitão? Ou você, garota nova?

Depois de uma encarada afiada como aço, Matt se corrigiu.

— Quinn, quis dizer Quinn. Acha que consegue me vencer?

Mas Quinn não estava prestando muita atenção na pergunta. Continuava pensando no que Rust dissera: *se cuidem*. O jeito com que falara. Será que era um alerta? Um aviso a respeito da festa, de Cole ou será que era só algo que o pessoal de Kettle Springs dizia em vez de "tchau"?

— Tá aí, gatinha? — chamou Ronnie, cutucando Quinn no ombro. — A gente tá falando contigo.

— Foi mal, não manjo muito de *beer pong* — respondeu Quinn, recobrando a consciência.

Ronnie pareceu não gostar da resposta.

— Não é *beer pong*, é beirut... Mas tá bom, então — disse. Ela deu uma piscada demorada e depois ficou brincando com os pompons da fantasia. Todos os movimentos gritavam "bêbada", mas seu olhar parecia bem sóbrio para Quinn, como se ela estivesse só fingindo estar mais pra lá do que pra cá. Ronnie fez um chamego em Matt enquanto encarava Cole, que não prestava a mínima atenção na garota. Se aquilo era flertar, ela era péssima.

— Ah, tipo, depois, quem sabe, mas a Quinn disse que queria dançar — disse Cole, com aquele sorriso que provavelmente já tinha desarmado milhares de argumentos. — Então... vamos dançar. — Ele agarrou a mão de Quinn e a guiou até a pista.

Enquanto era puxada, ela avistou Janet vindo dos fundos do celeiro e olhando para trás. Matt encontrou um calouro para jogar. Ronnie estava na extremidade da multidão, filmando tudo com uma câmera que parecia sempre ficar apontada para Quinn e Cole.

ONZE

Glenn Maybrook estava perto da pia e pensou no celular. Tinha tanto sabão nas mãos que estavam inutilizáveis. E fez isso de propósito. Desse jeito, mal conseguia lavar um prato da pilha ao lado sem que o deixasse cair no chão. Mas o objetivo não era que a louça ficasse limpa. Ficar na pia era uma desculpa para matar tempo, para distrair a cabeça. Se estivesse esfregando, esqueceria que a filha ficaria a noite toda numa festa. Uma festa que ele mesmo a tinha encorajado a ir.

Mas o que é que deveria ter feito? Depois de tê-la arrastado para o meio do nada, agora ia dizer "Nada disso, não vai fazer amigos coisa nenhuma"?

Quinn estava bem. Ele sabia disso. Ela era esperta. Ia superar...

Xingou a si mesmo, ajeitou os óculos no nariz e se xingou de novo quando escorreu sabão pelas lentes.

Ainda nem tinham usado aquela louça na casa nova, mas os pratos e copos estavam sujos por causa da mudança. Apesar do plano que tinham de comer melhor e cozinhar mais, todas as refeições até então foram ou no restaurante ou sobras *do* restaurante. O negócio é que fazer compras é cansativo, e as opções de delivery em Kettle Springs eram... limitadas.

Amanhã iriam ao supermercado! Mesmo que tivessem que viajar. Glenn decidiu que, assim que terminasse de lavar a louça, faria uma lista. Mandaria uma mensagem para Quinn, para garantir que não se esqueceria de nada. Faria questão de que a filha soubesse que não era nada urgente. Começaria com "NÃO É URGENTE", assim ela saberia que não precisava parar de se divertir e responder imediatamente.

Colocou um prato no escorredor e lavou as mãos.

— Terminei — disse para a cozinha vazia. Olhou para o celular e apertou o botão *home*, para ver que horas eram. Uma única bolha de sabão deu uma piscadela, tirando sarro da cara dele.

Com as duas mãos sobre a pia, olhou pela janela que ficava logo acima da torneira. Aquele som era do quê? Grilos? Cigarras? Glenn Maybrook conseguia ouvi-las tão bem ali de dentro que ficou levemente preocupado com o isolamento da casa.

Fez uma nota mental para não esquecer de arranjar um bom faz-tudo. Glenn Maybrook era muitas coisas, mas bom com reparos não era uma delas. Ter alguém confiável que pudesse consertar essas coisinhas domésticas parecia essencial agora que não tinham mais síndico. Glenn deu uma olhada pela janela e ajeitou os óculos, mas agora com cuidado, usando a parte seca dos punhos.

Os pés de milho pareciam uma infantaria lá fora, alinhados na fronteira do pátio, sempre em guarnição.

Ainda analisando o exterior, Glenn tentou se lembrar de mandar instalar luzes na varanda, daquelas com sensor de movimento. Seria bom colocar isso na lista do mercado. Viu o próprio reflexo na janela da cozinha e olhou para a luz no teto. Qualquer um ali fora conseguiria vê-lo ou ver Quinn. Também compraria cortinas.

Que horas será que já são? Tinha verificado um segundo atrás, mas claramente não internalizou a informação. Usou um mindinho ainda úmido para acionar o celular de novo e viu que eram 8h57 da noite. Uma gota de água escorreu pelo cotovelo e caiu nos tênis novos da Reebok. Mais cedo, Quinn brincara que os novos calçados pareciam novos e brancos demais. Por outro lado, o cara que lhe deu carona, Cole, parecia ter gostado. Ele disse "Achei da hora" e deu um aperto de mão firme. Glenn decidiu aceitar como um elogio, e não como algum sarcasmo de adolescente.

Sozinho, ali, na cozinha, Glenn franziu o cenho. Gostou do garoto, ainda que não gostasse do fato de que ele dirigia um modelo de carro que já tinha 30 anos quando airbags e freios ABS começaram a ser usados e de que tinha um hálito que cheirava *demais* à menta, então devia estar cobrindo algum outro cheiro.

Nada disso, Glenn mandou esse pensamento para lá. Não ficaria se preocupando. Não podia. Tinha que deixar Quinn viver. Foi para isso que vieram para o interior. Para uma cidadezinha pequena e tranquila. As pessoas dali cuidavam umas das outras. Nada de ruim acontecia em Kettle Springs. *Nada* acontecia em Kettle Springs. O que lembrava Glenn de que a empresa de TV a cabo ainda não tinha vindo, o que significava nada de TV nem Wi-Fi. O sinal de telefone ali era tão ruim que mal dava para ouvir música. Teria que descobrir em que caixa os livros estavam. Nem lembrava da última vez que lera por prazer... *Hoje à noite vou voltar a ler por prazer.*

E foi então que ouviu. Um som que parecia um rangido e algo se contraindo. Como passos, só que mais delicados, sem ritmo.

Enrijeceu o corpo, aproximou o ouvido da janela e pensou ter ouvido alguém falando, ali, escondido no milharal. Não conseguiu distinguir as palavras, mas com certeza parecia que havia alguém lá forra, sussurrando.

E aí os sons pararam.

Glenn não sabia exatamente o porquê, mas deu um passo para trás. Sem olhar, estendeu a mão, para tocar a parede com a qual ainda não tinha familiaridade, e apagou a luz da cozinha, assim não ficaria mais tão exposto. Como o restante das luzes da casa estavam apagadas, levou um momento para que seus olhos se ajustassem à escuridão.

Zzzzt!

Glenn deu um pulo com o som e o flash que o acompanhou.

Era só o celular.

Olhou para baixo:

Nove horas.

Por que é que tinha programado um alarme para parar de lavar a louça e seguir para a próxima tarefa? *É uma questão de estrutura, Glenn. Porque é doido.* Desconfortável, ele riu e pegou o celular, para desligar o despertador.

BUM!

Algo se chocou contra a lateral da casa.

Glenn se encolheu, e o telefone caiu, quicou na bancada e aterrissou no chão com a tela para baixo.

O corpo de Glenn tremia depois do susto.

Essa noite estava lhe custando anos de vida. Quem é que estava jogando pedras na sua casa? Alguma criança, é claro. Alguma criança idiota tentando pregar uma peça no vizinho. Um criança que não era inteligente o bastante para bolar uma pegadinha de verdade e começou a jogar pedras.

Glenn não estava nem um pouco no clima. Não tinha dirigido por metade do país até o interior para ser torturado por todo um novo conjunto de barulhos noturnos.

Tropeçando no escuro, Glenn foi apalpando pelo caminho até o vestíbulo na frente da casa e achou bem o que queria: um taco de golfe. Não, não era aquele tipo de médico que joga golfe. Nem tinha um kit de tacos, só aquele, para quando ia ao campo de golfe.

O taco não era lá grandes coisas, mas serviria. Ele não ia fazer nada doido e muito menos machucar alguém, só queria parecer que ia e que podia.

Glenn foi tateando pelo corredor até a porta dos fundos. Aquela área seria o hall de entrada quando terminassem de desencaixotar a mudança.

Mas, antes que Glenn abrisse a porta de tela, houve outro impacto.

BUM!

Imóvel, ele ouviu enquanto o objeto rolava pelo telhado. Meio segundo depois, houve um barulho de madeira se partindo, algo lá de cima ou das paredes externas que agora precisaria ser trocado.

— Ei! — gritou Glenn, do último degrau da varanda dos fundos. — Pode ir parando com isso aí!

Ninguém respondeu, então ele desceu as escadas e foi até o meio do quintal.

Dando voltas ao redor da banheira para passarinhos quebrada, Glenn segurava o taco em posição.

— Já chamei a polícia — mentiu. — Se eu fosse você, daria no pé bem rapidinho.

Nada de resposta. Nenhum barulho. Nada de passos e risadinhas enquanto crianças corriam em direção ao breu da noite.

Até os grilos pareciam ter ficado em silêncio.

Glenn ficou ali, pisando na grama úmida, encarando a escuridão, tentando avistar alguma coisa, qualquer coisa. Seus braços começaram a arder, então Glenn finalmente respirou, abaixou o taco e o repousou sobre os ombros.

Parecia que as pedras tinham acabado.

Começou a voltar para a casa, mas então ouviu um som familiar. Um isqueiro sendo aceso. E o barulho continuou, o *clic clic* da engrenagem girando, mas sem acender nada. Se virou bem a tempo de ver uma chama azul arroxeada florescer em meio ao milharal.

Havia um fogaréu enorme estalando e fumegando no campo, a poucos metros do quintal. A chama tinha de 30 a 70 cm de altura por sobre os pés de milho.

Não havia movimento algum ao redor do fogo. Nenhum pestinha à vista. Era apenas fogo lambendo folhas e espigas, pronto para incendiar toda a plantação.

— Pelo amor de Deus, crianças. Vocês vão acabar queimando o bairro inteiro! — gritou Glenn. Ele se lembrou do menininho do qual cuidou depois do desfile, de como todas as crianças tinham parecido umas queridas, de como ficara feliz por ninguém ter se machucado de verdade. — Apaguem isso aí e vão pra casa. Não vou fazer nada, só saíam daí.

Ele deu um passo em direção ao milharal. Passou a mão sobre o bolso e lembrou que tinha deixado o celular no chão da cozinha, provavelmente trincado. Precisava ligar para os bombeiros...

Enquanto observava, o fogo se espalhou e, em seguida, se dividiu.

Agora a chama central se transformara em duas.

— Ei! Parem com isso já!

Qual foi mesmo a frase que Quinn tinha usado para descrever os novos amigos?

"Dedicados a pegadinhas" foi o que ela disse. Mas isso já era demais. Era mais do que qualquer coisa, era calculado demais, com um alvo certo demais.

As chamas queimaram e se dividiram mais uma vez. O fogo caía no chão enquanto estalava. Ele deu um passo para trás, mais perto da casa, feliz pela residência não fazer fronteira *direta* com o campo.

Dava para sentir o cheiro de combustível. Gasolina. Será que o plano era incendiar a plantação inteira? Será que era apenas um showzinho para Glenn? Ele ficou assistindo o queimar enquanto as chamas dançavam na noite.

Que porra é essa?, pensou Glenn, mais desacreditado do que assustado. Se o objetivo era queimar o milharal inteiro, então aquilo tinha ido rápido demais de uma brincadeira idiota para um crime sério.

Um vento que não tinha dado as caras alguns momentos atrás chegou e soprou fumaça em seu rosto. Seus olhos começaram a lacrimejar e, pela primeira vez desde que saiu da casa, Glenn se permitiu concluir que aquilo não era uma pegadinha.

Que corria perigo.

Sob o barulho das chamas e do vento, havia o som de passos correndo no gramado atrás dele. Ou alguém tinha se aproximado e o flanqueado pelo campo, ou simplesmente se *materializado* ali.

Com o taco erguido e os nós dos dedos brancos devido à força com que agarrava o equipamento, Glenn começou a virar...

Mas não foi rápido o bastante para impedir a pancada seca que atingiu sua nuca. Ficou tonto e então sentiu uma pressão tremenda apertá-lo no pescoço.

Não conseguia respirar; estava apagando. Sentiu o taco de golfe cair no gramado.

— Onde é que tá a sua filha, doutor? — perguntou uma voz nada familiar.

Mas Glenn não conseguiu proferir uma única palavra. Quem quer que o estivesse mantendo imobilizado tinha batido com muita força e o apertava demais.

Antes que conseguisse responder, o mundo foi das chamas cor de âmbar para uma escuridão absoluta.

Glenn Maybrook acordou e sentiu fedor de podre.

O cheiro até que era melhor que a dor.

Ele não lembrava muito bem como era uma ressaca, mas sabia que aquele pulsar na nuca era pior. Tentou lembrar se a "pior dor de cabeça do mundo" era mais indicativa de hemorragia subaracnoidea ou subdural, mas não conseguiu.

Como é que poderia continuar praticando medicina se não conseguia se lembrar de um simples diagnóstico?

Um espasmo de dor o trouxe de volta à realidade. A agonia emanava pela pele do rosto, chegava ao nariz e percorria o caminho de volta. Parecia que havia alguém jogando pedrinhas na matéria cinzenta do seu cérebro.

Que fedor é esse?

Glenn usou um dedo como para-brisa para os óculos e tentou se virar, para deitar de costas, mas aí percebeu que estava enterrado até a cintura em...

No quê? E que cheiro era aquele?

Glenn fez meio que um anjo da neve gosmento e nojento enquanto se debatia para tentar sentar. Tinha levado uma pancada que o deixou inconsciente e o jogaram numa pilha de... terra? Não. Adubo? De algo ainda pior.

Será que era... milho?

Era milho colhido e deixado para apodrecer. Alguns grãos estavam verdes, outros, marrons, e uns estranhamente ainda não haviam sido tocados pela decomposição e continuavam brilhantes e bem amarelos. Se o cheiro indicava alguma coisa, era que aquele monte estava em putrefação há muito tempo. Parte dos grãos continuava em sacos, mas as pragas já haviam há tempos feito buracos na juta. Quando pensou em pragas, Glenn percebeu no que *mais* estava enterrado. Havia fezes de rato e ratazana por toda parte, misturadas com o milho apodrecido. Tubérculos finos de fungo e mofo cresciam entre a bosta, e alguns tocavam em seu queixo. Quem quer que o tenha apagado, tinha também o carregado, enterrado pela metade e o deixado ali para apodrecer.

Mas por quê? Glenn olhou para cima e absorveu o lugar ao máximo.

O recinto não era nem um pouco pequeno, mas fazia parte de um espaço maior, como uma cabine num banheiro. Ao lado, o chão de concreto para além da pilha de milho era todo manchado de sujeira e tinha umas pegadas aqui e ali que pareciam ter sido feitas por botas grandes.

Glenn estava virado para a parede dos fundos, feita de painéis sólidos de madeira reforçados com arame. O teto ficava bem no alto, mais para cima do que as paredes do espaço onde estava. No escuro, dava para avistar vigas de concreto e de aço. Glenn esticou o pescoço, olhou para trás e viu que, na outra extremidade do cubículo onde se encontrava, havia uma porta daquelas de cerca fechada com o que parecia um cadeado. Atrás dela tinha apenas uma lâmpada, a única luz dali. Debaixo da lâmpada, uma cadeira dobrável e alguns degraus que levavam para cima. Glenn teve a certeza de que estava em algum tipo de porão.

Com os braços, fez força para baixo, para tentar se levantar, mas tudo o que conseguiu foi sentir a pressão do milho e da merda contra suas roupas. Parecia até areia movediça.

O movimento foi tão inútil que ele chegou a parar.

Glenn olhou para as rótulas que apareciam por entre os grãos. Se esticou até tocar os joelhos. Puxou as calças, e o medo lhe fez recobrar o foco imediatamente...

Não conseguia sentir as pernas.

Não. Não podia ser.

Me deixaram paralítico!

Mas espera aí. Não fazia sentido. Ele não se sentia *desconectado* da metade inferior do corpo. A sensação era a de que ainda conseguia se mexer, mesmo que apenas um pouco. Mexeu os dedos do pé e sentiu o tecido de dentro dos tênis.

Tentou mais uma vez e descobriu que conseguia, *sim,* flexionar levemente os joelhos sob o milho.

Como uma placa de neon, a resposta do enigma deu as caras pela mente inebriada de Glenn: aqueles joelhos não eram *dele*!

Com uma onda de força, Glenn se cavou para fora. Usou as mãos para libertar as pernas apenas o bastante para que conseguisse se içar ao topo da pilha de merda.

Depois, se arrastou até o coitado que fora enterrado ali com ele.

Começou a cavar.

Pelo amor de Deus, Glenn. Você é médico. Viu como aqueles joelhos estavam gelados. Sabe muito bem que a pessoa enterrada ali, fosse quem fosse, já estava muito mais do que "machucada".

Atirava mãozadas de milho para trás enquanto ratos fugiam do barulho conforme ele jogava aquela podridão úmida para o lado do galinheiro.

Levou alguns instantes para descavar seu parceiro até a cintura e depois um pouco mais até que chegasse ao pescoço.

Um último tirar de imundície revelou os olhos do cadáver.

Um nó se formou na garganta de Glenn e se transformou numa ânsia de vômito nauseante.

Dr. Weller.

O médico anterior da cidade.

Ele parecia bem melhor nas fotos penduradas no consultório.

Dr. Weller foi enterrado ali com Glenn.

E Dr. Weller estava morto, mortinho da silva.

— Socorro! — Glenn encontrou sua voz e sua habilidade de gritar ao mesmo tempo. O esforço fez sua cabeça retumbar com uma dor renovada. — Socorro! Alguém me tira daqui!

As palavras ecoaram para lá e para cá no recinto maior que se agigantava sobre sua cela.

165

Ele se levantou e, como se estivesse tentando responder, a boca do Dr. Weller começou a se mexer. Com os lábios imóveis, a mandíbula do morto foi para cima e para baixo. Era um péssimo ventríloquo.

Ai, meu Deus. Weller estava vivo. Então foi tudo uma pegadinha cruel e superelaborada.

Glenn se aproximou para inspecionar. E viu um rato se arrastar entre os dentes do antigo médico. Pelo visto, tinha terminado de comer a língua do morto. Com os bigodinhos manchados de uma espuma cor de rosa, o rato se jogou do queixo do morto e desapareceu em meio ao milho apodrecido.

Glenn começou a gritar de novo:

— Socoooooorr...

— Faz o favor de parar com isso — disse alguém com uma voz monótona, mas amplificada pela escuridão. O timbre era profundo. Digitalmente alterado. — Fica bem sentadinho, doutor. Você ainda tá vivo. É melhor olhar pelo lado positivo.

Glenn não gostou daquilo.

— Quem é você, porra? E onde é que eu estou? — gritou, mas sua cabeça doía, o lugar fedia, e, depois de tudo, achou que fosse desmaiar.

— Faz o que for pedido, e, talvez, só talvez, você não vai estar entre os que vão morrer hoje à noite.

DOZE

O calor no meio da pista de dança foi agradável no começo, mas, depois de três músicas, acabou se tornando meio opressivo. Mesmo com as duas portas do celeiro abertas, o calor humano de tanta gente junto acaba contribuindo.

— Você dança bem! — gritou Cole, trazendo-a de volta ao momento.

— Valeu! — respondeu ela, muito embora pensasse que aquilo nem era dançar de verdade.

Era meio como ir pra lá e pra e cá e dar soquinhos no ar. A playlist da festa foi bem inesperada. Hits *undergrounds* que não ficariam deslocados na madrugada de uma metrópole misturados com umas batidas caipiras remixadas que teriam sido vaiadas em qualquer festinha na Filadélfia. Quinn não era nenhuma esnobe musical, mas chegou uma hora que o pessoal começou a dançar quadrilha. Sério, fizeram três filas e começaram com o "dança, vira e bate na bota". Foi meio estranho, mas, se fosse bem honesta, até que um pouco divertido. E bem mais difícil do que parecia.

Quinn analisou a massa de jovens suados ao redor dela e de Cole. Ela os tinha julgado errado na escola: a juventude de Kettle Springs não tinha nada de chata, santinha ou sem graça, como era o esperado.

Meninas dançavam com meninas, meninos com meninos, e ninguém parecia escandalizado. Alguns caras negros estavam de boa nas mesas de ping-pong, se dando super bem com uns branquelos cafonas. Todo mundo podia aproveitar. Mais do que tudo que tinha acontecido nos últimos estranhos e confusos para caramba dias, a pista de dança — e talvez uma bebidinha ou outra — deixaram Quinn tranquila.

Mesmo assim, não quer dizer que não houve... certos momentos. O pessoal do colégio era completamente obcecado pelo Cole.

Todo mundo ficava de olho no date dela. Quinn e Cole eram os protagonistas. Os peixes do aquário. Era uma posição não completamente desconhecida para Quinn, que passou a maior parte do ano anterior tentando desaparecer.

A terapeuta falou que ela estava tentando se esconder, que se distanciar não é um método válido para lidar com as coisas. Acontece que não era a Dra. Mennin que tinha que ir para a escola e aguentar os sussurros. Quanto mais as pessoas pesquisavam os detalhes, mais descobriam coisas sobre o que tinha acontecido com Samantha Maybrook. Que sua mãe era uma drogada, uma viciada em opioides que acabou na heroína. Que o cérebro dela basicamente parou de mandar os pulmões respirarem. Pensar nisso fazia Quinn querer desaparecer. Quando a Dra. Mennin chamou sua atenção, ela achou que fosse pura besteira. Mas sabia, lá no fundo, que a mulher tinha razão.

Começou a se consultar com a Dra. Mennin pouco antes da overdose — da última overdose, quando sua mãe prometeu que ficaria limpa. Quinn queria ir para bem longe antes, mas depois não conseguia sentir nada. Foi seu pai que a manteve no mundo, que a tirou da cama. Ele fazia questão de estar em casa quando ela chegasse da escola. Levou-a ao cinema, fez com que comesse e ficava no chão ao lado de sua cama até que ela caísse no sono. Com o passar do tempo, ela começou, de fato, a se sentir melhor. E *melhorou*. Mas foi então que foi a vez de seu pai cair aos pedaços. O luto não está nem aí para o calendário, pelo menos era o que a Dra. Mennin vivia falando.

E agora... agora estava dançando com Cole, vendo todo mundo observá-los e pensando em ligar para a terapeuta. Se isso não era um alerta de que ainda precisava de ajuda profissional, o que mais poderia ser?

De repente, o ar ao redor ficou úmido e grudento. Não importava quantas vezes fechasse os olhos para reiniciar o sistema; nada a traria de volta ao normal.

Quando uma música de Steve Aoki chegou às batidas finais, Quinn percebeu que seu corpo implorava por um intervalo.

— Preciso beber alguma coisa — sussurrou no ouvido de Cole. — Não uma bebida, bebida. Água mesmo.

— Beleza — respondeu Cole.

Ainda bem que ele não a seguiu enquanto ela se movia ao redor dos corpos dançantes em direção ao bar improvisado do lado de fora do celeiro, na clareira. Não, ele não seguiu. Em vez disso, Quinn conseguiu ver Ronnie e Matt se aproximando de Cole conforme chegava perto da tábua sobre cavaletes que o pessoal chamava de "bar".

Pelo visto, não tinha água, então Quinn fez outro copo de suco de laranja com vodca, mas dessa vez do jeito certo: bem mais suco do que vodca. Deixou ainda mais leve com alguns cubos de gelo que pegou de um dos barris na piscininha, por mais nojenta que estivesse.

Quinn pressionou o drink na lateral do pescoço, para se refrescar enquanto observava a festa. Havia um garoto bêbado, de cócoras, perto da fogueira de chão. Parecia que tinha sido convencido pelos amigos a pulá-la. Quinn avançou o olhar; não queria ver caso aquele doido decidisse se machucar.

Quinn também notou que o silo tinha uma portinha deslizante do lado. Viu uma garota sair com uma fumaça grossa de vape acompanhando-a.

As gotas de suor que escorriam pelas costas de Quinn diminuíram, então ela começou a beber.

Sem Cole ao seu lado, Quinn era anônima de novo. Era libertador.

Ela vagou até os fundos do celeiro enquanto ventilava as costas ao puxar e soltar a blusa. Lá, a festa estava mais discreta. Havia algumas sombras rindo; provavelmente pessoas se pegando no escuro do lado mais distante do celeiro. No milharal, ouviu alguém vomitando, e o som a fez lembrar de olhar onde pisava, bem a tempo de desviar de uma poça com uma cara bem suspeita. E então, já quase no fim do oásis festeiro, viu uma pessoa atrasada vagando pelo milho.

Ruivinha saiu das sombras. A cor de seu cabelo era o que mais chamava atenção, mesmo que tivesse trocado o moletom por uma regata e usado algum produto nos fios.

Quinn espremeu os olhos para encará-la.

Era sério que ela tinha feito um *moicano* no cabelo? Bem corajosa quanto à moda.

Na escola, a garota passou uma vibe meio solitária, mas Rust também, e ele apareceu na festa. Talvez esse fosse realmente um evento unificador. Nada de gente deixada para trás aqui; os alunos do ensino médio tinham se unido para uivar para a Lua, pelo menos por uma noite. Quinn deu um sorriso ao pensar nisso.

— Oi — disse Quinn, quando Ruivinha se aproximou.

Não houve resposta.

Ruivinha estava sozinha e... parecia chocada.

Ela se envolveu nos próprios braços, ergueu o olhar e finalmente notou Quinn.

Seus lábios se moveram, numa tentativa de falar, mas Quinn não conseguia entender nada.

Ruivinha pulou para frente num pé, se virou para olhar para trás, tropeçou e caiu no chão.

— Tudo bem aí?

Desconcertada quando Ruivinha não voltou a se levantar, Quinn deu uma gargalhada.

Ela foi para frente, para lhe estender a mão, mas, de repente, se deu conta de que estavam sozinhas ali.

Lá no fundo, de um jeito meio egoísta, Quinn pensou que ajudar Ruivinha poderia ser uma desculpa para ir embora mais cedo da festa, para ir para casa, ficar com o pai. Já tinha aproveitado o bastante para uma noite. Ajudar uma garota bêbada era uma desculpa tão boa quanto qualquer outra para dar o fora do milharal.

Acontece que, quando Quinn se aproximou, ficou evidente que havia algo de errado.

Aquele gel no cabelo da Ruivinha não tinha sido proposital, não era um penteado para ficar daquele jeito. Estava coagulado e todo empapado.

Tinha *sangue* escorrendo do rosto dela.

Vinha de um corte enorme sobre o olho. O piercing no septo de Ruivinha fora arrancado de seu nariz, e o sangue coagulado no lábio superior fazia parecer que ela tinha passado maquiagem demais.

Tudo de ruim que poderia acontecer com uma adolescente numa festa, de uma hora para outra, começou a perturbar *vividamente* a mente de Quinn.

Ruivinha conseguiu se ajoelhar, e Quinn foi correndo para o lado dela. Foi só então que pôde ver o pânico nos olhos da garota.

E lá, saindo de sua lombar, havia uma flecha; as penas neon marcavam sua extensão.

De todos os cenários possíveis que corriam pela imaginação de Quinn, nenhum deles tinha sido capaz de conceber esse tipo de... acidente de caça, talvez? De violência proposital? O que é que estava acontecendo?

Quinn procurou pela ponta da flecha, para puxá-la, mas Ruivinha gritou:

— Não!

— Tá bom, tá bom — respondeu Quinn rapidamente e com as mãos erguidas num pedido de desculpas.

— Mas que... — disse alguém ao lado de Quinn.

Era Janet. Ela carregava duas cervejas e estava no processo de entregar uma para Quinn enquanto falava, mas a tarefa nunca foi concluída.

Janet deixou a bebida cair e deu um grito. A cerveja gelada despencou sobre a terra e a grama morta e respingou na bochecha de Quinn, que estava chocada demais para se mexer. Não tinha certeza do que fazer. Embora o peito de Ruivinha estivesse subindo e descendo, a garota parecia um peso morto em seus braços. Ela estava escorregadia e gelada.

Quinn olhou para Janet em busca de ajuda, mas Janet estava com as mãos sobre o rosto e gritava o mais alto que podia.

Tudo parecia acontecer em câmera lenta. A espuma da cerveja que escorria por seu queixo e ainda não tinha secado, o sangue grudento de Ruivinha que começava a formar uma teia em seus dedos.

O berro de Janet atraiu alguns curiosos, mas ninguém fazia nada para ajudar, ainda não.

De dentro do celeiro, a menos de 10m de distância, dava para ouvir a música que continuava a tocar. Não havia dúvidas de que a pista de dança continuava fervendo.

Quinn não conseguia formar nenhuma palavra, nem para pedir socorro. Sua mandíbula doía de tanta pressão. Janet finalmente correu e colocou alguns dedos no pescoço de Ruivinha, como se estivesse checando o pulso.

— Não tô... — começou ela e então colocou a mão no bolso. Janet se atrapalhou com o celular por um instante antes de deixar o aparelho cair na poça de cerveja.

Enquanto ela, toda atrapalhada, tentava pegar o telefone, Quinn ouviu uma movimentação atrás delas.

Os músculos de seu rosto afrouxaram quando um palhaço surgiu do milharal.

Os ombros de Frendo estavam tortos de propósito. Seu peito parecia respirar rápido, como se ele tivesse acabado de correr.

Houve um flash de luz quando Janet finalmente conseguiu pegar o celular com as mãos enlameadas e o ergueu.

— A gente tem que sair daqui — disse Quinn, puxando os ombros de Ruivinha, mas a garota não ajudava. Estava inconsciente e, de algum jeito, ainda mais inconsciente do que há alguns segundos.

— Não, a gente não pode mexer nela, temos que...

Confusa, Janet seguiu o olhar de Quinn, viu o que ela estava vendo e parou de discutir.

A 3m de distância, Frendo parou e ergueu algo acima da cintura.

Uma besta.

Quinn assistiu a, paralisada, Frendo mirar a arma para baixo e atirar nelas.

Houve um som parecido com uma corda de violão partida.

A flecha se moveu com tanta velocidade que, num piscar de olhos, passou entre Quinn e Janet e foi parar na terra. Por pouco não acertou a cabeça de Ruivinha.

A haste da flecha vibrava. Quinn estava tão perto que conseguia ouvir o barulho de diapasão.

O movimento foi tão rápido, e o conceito de violência parecia algo tão inconcebível, que Quinn simplesmente deduzira que o palhaço errara. Mas então a garota em seus braços caiu para a frente e tremeu por uma última vez quando o ar deixou seu corpo.

Frendo acertara o alvo.

A flecha passara direto pela cabeça de Ruivinha. A força imposta na besta foi tamanha que a flecha entrou pela base do crânio, saiu pelo olho esquerdo e se enterrou na terra.

Quinn olhou para o buraco na cabeça de Ruivinha, para o sangue em seus dedos e para os pedaços de olho e cérebro espalhados pela grama.

Não fosse a única palavra proferida mais de uma vez por Janet, Quinn não teria se movido:

— Corre!

Ela entendeu lá pela segunda vez, talvez até terceira.

Janet pegou Quinn pelas axilas e a fez se levantar.

Quinn não teve escolha, exceto ser arrastada de debaixo do cadáver de Ruivinha.

Seus Chuck Taylors mal conseguiram acompanhar. Ela tropeçou e ficou rastejando como um siri enquanto via Frendo voltar a se mover.

O palhaço abaixou a besta, usou o pé para apoiar a arma e puxou a corda para trás até haver um clique.

Estava se preparando para atirar de novo.

— Corre, porra! — gritou Janet no ouvido de Quinn.

Dessa vez, Quinn correu de verdade.

Atrás delas, Frendo mirou e atirou.

TREZE

Do celeiro, Cole Hill viu o palhaço assassino e mascarado mirar em Janet e atirar.

Não. Por favor, não.

Mas a corda da besta se esticou, e a flecha errou Janet. Acontece que, no fim das contas, acabou acertando *alguém*. Era Pat Horner aquela ali? Em meio ao caos, Cole não sabia dizer. Ao seu lado, alguém na soleira da porta gritou "Corre!", enquanto outra pessoa berrava "Atirador!", e todo mundo, depois de uma vida inteira passando por treinamentos na escola, ficou doido.

Pat, ou quem quer que fosse a vítima, saiu mancando também, só que com a flecha enterrada na carne da coxa até, por fim, colapsar em frente ao bar. A música continuava tocando a toda, mas Cole, mesmo assim, ainda conseguia ouvir os gritos de Pat. Era diferente de tudo o que ele já tinha ouvido na vida — um guincho meio entalado que machucava só de escutar.

Cole olhou para além do corpo e viu que o palhaço se preparava para atirar de novo. Quem quer que estivesse por trás daquela máscara não estava nem um pouco preocupado. Trabalhava com uma eficiência metódica: segurava o estribo da besta com o pé e puxava a corda para trás com o que pareciam ser braços poderosos.

Aquilo pesava o quê? Uns 45, 70 quilos? De quanta força de tração um caçador precisava quando sua presa era adolescentes?

— Vamo dar no pé — disse Matt.

Ainda com sua própria fantasia de Frendo, que agora parecia uma escolha de péssimo gosto, Matt agarrou Cole pelo braço. Em algum momento dos últimos minutos, Matt desamarrara as mangas da roupa e enfiara nelas o braço, talvez por estilo, talvez para se aquecer. Antes que conseguisse direcionar Cole para algum lugar, Matt caiu de bunda, derrubado por um Trevor Connoly apavorado, correndo a mil por hora, mais rápido do que jamais correu no campo de futebol, e ele mal diminuiu a velocidade depois de se chocar contra Matt. Já estava quase no milharal, quase em segurança, quando uma flecha o atingiu nas costas e o derrubou no meio do caminho. Uma nuvem de fumaça se formou quando o corpo mole caiu.

Ronnie se aproximou de Cole antes que ele pudesse correr para ajudar Trevor. A visão da fantasia fez Cole ter que brigar com o impulso de lutar contra a garota. Nunca teve medo de palhaços, mas toda a situação o fez querer empurrar Ronnie para longe quando ela tentou agarrá-lo.

— Vamo! — gritou Ronnie. — Corre! Corre!

Ela o fez dar meia-volta, agarrou Matt pelo tecido da roupa e o levantou.

— A gente tem que ajudar eles — disse Cole.

Ronnie lhe deu um tapa na cara. Atingiu sua bochecha com a palma da mão estalando.

— Escuta aqui — respondeu ela com a voz séria. — Para com essa porra. A gente tem é que sobreviver.

Ele não teve tempo de discutir, nem chegou a pensar nessa possibilidade, porque lá de trás uma voz familiar foi ouvida.

Com o rosto ardendo, Cole se virou e viu Janet. Quinn estava logo no encalço. As duas corriam em direção às portas do celeiro.

Janet gritou mais uma vez:

— Ele tá tentando me matar!

O palhaço terminou de recarregar — quanto tempo tinha levado? Uns cinco, dez segundos? — e atirou de novo.

Poucos metros em frente à Janet, um cara — Jake Peps; não praticava nenhum esporte, mas era um cara gente boa que compartilhava a lição de casa com quem estivesse atrapalhado — se contorceu e caiu de cara na fogueira acesa. As chamas inflamaram, depois soltaram uma nuvem de fumaça e cinzas enquanto Jake gritava e se debatia nas brasas.

Por instinto, Cole começou a ir até Jake, pronto para apagar o fogo com as próprias mãos, se fosse preciso. Era uma cidade pequena. Uma escola pequena. Ele conhecia Jake desde o jardim de infância. Sua primeira festa do pijama foi na casa dele. A mãe de Jake tinha feito palitinhos de rabanada de manhã. Tipo, palitinhos de rabanada de verdade, feito com ovos, não aqueles congelados. Mas Cole não conseguiu dar mais do que alguns passos. Ronnie continuava segurando-o pela manga da camisa. Ela o puxou para trás e, olhando bem na cara dele, gritou:

— Ele se foi. A gente tem que ir. Matt!

179

Com o casal trabalhando como um time, Matt prendeu uma mão forte ao redor do braço de Cole.

Janet. Quinn. Onde é que elas estavam? Tinha as perdido de vista.

Lutaram contra a multidão. A maioria das pessoas estava indo ou para o milharal ou para dentro do celeiro, onde um grupo tentava fechar as grandes portas de rolo.

Em vez de qualquer uma dessas alternativas, Cole estava sendo arrastado para o silo.

— Vamo! Corre! — gritou Erin Werther, prestes a fechar a portinha enquanto se aproximavam do silo.

Ela segurou a entrada aberta quando os três passaram correndo, o que, no fim das contas, foi um erro. Uma flecha passou entre o batente e a porta e a atingiu na lateral da cabeça, estilhaçando seus óculos e matando-a antes mesmo de chegar ao chão

O corpo de Erin caiu aos pés de Matt, que, ao vê-la daquele jeito, surtou, virou o rosto para o outro lado e tossiu. Parecia prestes a vomitar.

A porta continuava uns 30 cm aberta enquanto eles ficaram ali, parados e aterrorizados.

— Mas que porra é essa?! — gritou Ronnie.

Cole correu, fechou a porta e empurrou a superfície com o ombro.

— Tranca! Tranca! — berrou Ronnie. Sua voz ecoava.

— Não dá! — gritou Cole em resposta, indicando o trinco com os olhos. Ele ainda segurava a porta fechada. Um sentimento de vulnerabilidade se instalou. — Não tem pino.

Um dos maconheiros tinha acendido um lampião, e a luz lançava sombras desagradáveis na porta quando Ronnie e Matt se mexiam.

— Talvez tenha caído. Procura — sugeriu Matt com a voz fraca e o rosto tão pálido que parecia prestes a desmaiar.

— Puta que pariu — disse Ronnie.

Ela empurrou Matt para longe de seus ombros e começou a vasculhar pelo chão. Com uma expressão frustrada, Ronnie passou pelo corpo de Erin, colocou um pé de cada lado da cabeça dela, agarrou a pena da flecha da besta e a puxou para fora do crânio.

— Vai pra trás — disse para Cole com a voz gélida.

Em seguida, enfiou a flecha na tranca como uma barra improvisada. Aquelas coisas eram feitas de carbono; eram fortes, mas flexíveis, para que suportassem pressões tremendas sem despedaçar. Só que ainda assim flechas de besta poderiam se dobrar e facilmente escorregar se o assassino quisesse *muito* abrir a porta.

Mas não importava. Tudo acontecia rápido demais. Era muito insano. Usar a flecha como pino resolvia o problema, mas lá fora ouviu-se outro *wuf* do arco. O som foi longe o suficiente para que Cole sentisse um alívio no estômago enjoado.

O assassino estava indo para o celeiro. Estava se afastando do silo.

Cole ouviu alguém grunhir e outra pessoa soltar um guincho. Agora, contudo, havia menos barulhos de passos, então o pessoal tinha ou conseguido chegar no milharal ou arriscado a sorte em um esconderijo.

— A gente não pode só ficar aqui e não fazer nada — disse Cole enquanto, todo atrapalhado, pegava o celular.

O interior do silo estava fresco, sem nenhum sopro de ar e quieto demais, mas poderia ser bem pior. De jeito nenhum encontrariam abrigo ali se os Tillerson estivessem usando a construção. O lugar estaria cheio de milho seco até a boca se a Baypen ainda estivesse aberta e comprando as safras. Um tímido lado positivo no merdaredo que foi o último ano.

Cole digitou a senha e soltou um palavrão.

— Não tem sinal. Nenhuma barrinha. Nada! — gritou. — Cidade de merda. O que a gente faz agora?

— O que é que a gente pode fazer? Vamos esperar — disse Ronnie num sussurro e, com o dedo sobre o lábios, indicou que ele fizesse silêncio também. — Alguém tem que ter conseguido fugir. Vão chegar na estrada. Daqui a pouco a polícia chega.

— Mas a Janet... a Quinn... todo mundo. Aquele filho da puta continua lá fora.

— Talvez — disse Matt, iluminando os olhos de Cole com o próprio telefone. — Mas agora o problema não é nosso. Temos que pensar só no agora pra não morrer.

CATORZE

— Ele tá tentando me matar! — gritou Janet. — Por que eu?

Quinn viu Janet mudar de direção e acelerar os movimentos que já eram atrapalhados. Janet correu com tudo contra a multidão que a cercava e empurrou um garoto tão pequeno que só podia ser calouro. O coitado caiu todo desmantelado.

Vuuum!

Uma flecha passou assoviando entre eles e não acertou nenhum dos dois por uma questão de centímetros. Com o empurrão, Janet salvou a vida daquele menino, mesmo que completamente por acidente.

Quinn não podia deixar de notar que Janet talvez estivesse certa: talvez Frendo estivesse *mesmo* mirando nela. Aquela foi a segunda flecha lançada na direção de sua amiga.

O peito de Quinn subia e descia com força, não por causa da corrida, mas pelo pânico.

Quinn pressionou as costas contra a parede do celeiro. Abaixou-se, puxou um pneu velho sobre si e tentou fazer o corpo ficar o menor possível. Ficou nas sombras e deixou Frendo passar correndo.

— Janet! — disse Quinn num sussurro gritado, morrendo de medo de chamar atenção demais.

Tentou chamar de novo e ficou abrindo e fechando os punhos, numa tentativa de atrair o olhar de Janet com algum tipo de código Morse maníaco.

Com a maioria do pessoal indo para dentro do celeiro ou correndo para os campos, o palhaço parou de persegui-los. Com uma das mãos, o assassino tirou o bar de cima dos cavaletes e fez do compensado de madeira um escudo. Depois, se levantou e, com corpo comprido sobre a mesa agora de pé, atirou outra flecha.

Janet fez uma correção de curso extrema, uma curva que se transformou em uma meia-volta. O movimento, no fim das contas, rendeu uma mira melhor ao palhaço, já que agora não havia mais colegas para ela usar como cobertura.

Quinn viu Frendo enfiar um dedo da mão enluvada em um dos olhos da máscara e a puxar um pouquinho para o lado, ajustando o campo de visão. Ele estabilizou a besta e seguiu Janet com a ponta da arma. Parecia guiar seus próximos passos.

Quinn nem pensou.

Se tivesse deixado pensamentos racionais entrarem em sua mente, não teria saído de debaixo do pneu e se lançado em direção à Janet. Se tivesse pensado melhor, não teria se colocado em uma enrascada daquele tamanho por uma garota que mal conhecia.

Mas foi o que fez. Correu até Janet e, com uma ombrada na cintura dela, derrubou-a no chão. O ar fugiu dos pulmões de Quinn quando a flecha passou por cima da cabeça dela e de Janet e se enfiou no pneu atrás delas com um baque audível. O impacto fez a pena vibrar.

— Por que é que ele tá tentando me matar?! — gritou Janet cara a cara com a Quinn.

— Ele tá tentando matar todo mundo! — berrou Quinn, em resposta.

Bem na hora, um garoto que estava batendo na porta do celeiro, implorando para entrar, apareceu com uma flecha atravessada no pescoço.

Como era possível? Quinn nem ouviu o *click clack* da arma sendo recarregada. O tempo estava estranho. Em meio ao frenesi e à adrenalina, Quinn estava perdendo segundos inteiros, talvez até minutos. Do outro lado do canto do celeiro, o rapaz as observava. Seus olhos imploravam, e, da boca, escorria sangue. Ele estendeu a mão, em vão, pedindo por ajuda.

Quinn viu os olhos dele terem um espasmo, rolarem e, por fim, ficarem imóveis.

— A gente tem que chegar nos carros — disse Quinn para Janet enquanto a levava de volta para as sombras.

— Ai, meu Deus — choramingou Janet.

— Janet! — gritou Quinn. — Não sei pra qual direção é. — Ela cutucou o peito de Janet com um dedo. — Mas temos que ir pro milharal. Lá a gente vai ter cobertura. E aí você guia o caminho.

— Os carros — repetiu Janet. No fundo dos olhos dela, Quinn conseguia ver a briga de sua autoconfiança para retomar o controle. — Tá bom. Tá bom. Eu consigo.

Mas Janet não se mexeu. À frente, a clareira tinha ficado vazia. Atrás, de dentro do celeiro, dava para ouvir choros abafados das pessoas se perguntando o que fazer em seguida.

Dava para ouvi-los muito bem.

Quando foi que a música parou? Quinn não lembrava.

— Você vai ter que mostrar o caminho. — Quinn se levantou e puxou Janet. O mais próximo possível uma da outra e sob o escuro das sombras projetadas pelo celeiro, elas foram de lado até o fim da construção. Não era possível ver onde Frendo estava se escondendo. — Parece tudo igual pra mim.

— Ali. Bem ali — disse Janet, apontando para um ponto no milharal. — No três a gente corre. Um. Dois.

Mas antes de darem dois passos para fora da escuridão:

Vuuuuuum.

Dessa vez, Frendo não errou.

O filho da puta tinha ficado esperando elas saírem. Mesmo enquanto prestava atenção em outras vítimas, não perdeu o esconderijo de Janet e Quinn de vista.

Janet girou com o impacto. Fora atingida no ombro.

Ela gritou, tropeçou, mas não parou de correr. Em vez disso, levou a mão até a ponta da flecha, para puxá-la.

Quinn a impediu.

— Não. Você pode acabar sangrando até morrer.

Quem lhe ensinou isso foi o pai. Em filmes e na TV, dizem que a maior sorte seria ser atravessado por uma bala — e até *poderia* ser, mas apenas se uma ambulância chegasse rápido o bastante. Mas, às vezes, ainda mais para quem era baleado no norte da Filadélfia, onde a polícia e os paramédicos se importavam *ligeiramente* menos, uma bala alojada é que podia salvar a pessoa da morte, impedindo uma hemorragia mortal.

As penas neon da flecha não estavam indo para lá e para cá, o que significava que a ponta provavelmente se enfiara na escápula ou na clavícula de Janet, não em tecido mole. Com cuidado para não bater no artifício empalado, Quinn passou os braços ao redor da amiga e colocou uma mão firme nas costas dela enquanto corriam pelo milharal juntas.

Dez passos mancos. Era tudo de que precisavam.

Por favor.

A cada passo, Janet gritava. Não era o berro de uma garota machucada, mas o grunhido profundo de um grande animal sentindo muita dor.

Por mais durona que Janet fosse — e era durona pra caramba —, Quinn sabia que ela entraria em choque em algum momento. Precisavam estar longe o suficiente, imersas na segurança do milharal quando isso acontecesse.

Houve um *click* a certa distância, do outro lado da clareira atrás delas.

E então:

Vuuuuuum.

Nada. Frendo errou. E errou feio, já que Quinn não ouviu nem o assovio e o som do impacto. Tinham se safado.

Quinn e Janet atravessaram a linha de chegada do campo como uma só. O mundo ficou instantaneamente mais escuro e decibéis mais quieto. As folhas que as cercavam absorveram os gritos da clareira lá atrás.

Quinn não fazia a menor ideia de onde estava indo ou sequer se estavam fugindo rumo aos carros, mas percebeu que se afastar do celeiro, de Frendo, era, de um jeito ou de outro, o movimento mais seguro.

Depois de percorrerem alguns metros em meio aos pés de milho, Janet começou a puxar o braço de Quinn, pedindo para que parasse. Mas Quinn continuou em frente. Os urros de guerra da amiga ficaram mais fracos até, por fim, pararem por completo. A garota ficou pesada nos braços de Quinn. Janet perderia a consciência logo mais. E, se não conseguissem parar o sangramento, logo haveria muito mais a perder...

Quinn não queria pensar nisso.

Não ia deixar mais ninguém morrer. Não enquanto tivesse algo que pudesse fazer. Nada ia acontecer sob seus cuidados. De novo não.

— Cadê os carros, Janet? A gente tá na direção certa?

Recostada em Quinn, Janet mantinha o passo, mas não respondeu. Soltou apenas um grunhido, como alguém que, tentando dormir até mais tarde, desliga o despertador e ignora o irritante chamado dos pais pela manhã.

Folhas lambiam o rosto de Quinn, e espigas secas batiam nos dois lados de seu rosto. As pontas das folhas pareciam estar deixando cortezinhos, como papel. O rosto de Quinn estava molhado, e, como esperado, seu cabelo tinha começado a cachear devido ao estresse e à umidade. Era o fantasma de sua mãe rastejando de volta em seus traços, reclamando o corpo da filha.

Fazia silêncio. Para onde todo mundo tinha ido? Será que mais alguém conseguiu sair? Onde estavam os fugitivos? Cadê aqueles que dariam entrevistas chorosas no jornal?

Estava muito escuro lá fora. Quinn olhou para o céu. Agora havia nuvens. Será que ia começar a chover? Será que isso ajudaria ou atrapalharia a fuga?

Será que uma tempestade gelada a acordaria desse pesadelo? Será que levaria todo o suor, sangue, cerveja e dor para longe?

E, se acordasse, será que ela estaria na Filadélfia ou em Kettle Springs?

— Quinn!

Ouvir o próprio nome a fez voltar para o aqui e o agora.

— Rust? — chamou Quinn, em direção ao breu. Uma nuvem passou quando Rust emergiu dos pés de milho à frente.

O que mais queria era se jogar nos braços do vizinho, mas ela era a única coisa que mantinha Janet de pé.

Janet, ainda sendo Janet, não conseguiu evitar e disse, debochada:

— Ah, que beleza. Os Mountie chegaram.

— Ai, caralho — disse Ruston Vance com desespero na voz, quando percebeu o ferimento.

Será que foi a primeira vez que ela o ouviu falando palavrão?

— Me ajuda aqui.

Quinn deixou Rust segurar Janet. Ajeitou a postura e girou os ombros para tirar a tensão.

— A gente tava tentando chegar nos carros.

— Acabei de sair de lá. A coisa tá feia. Todos os pneus foram cortados, e não tem mais nenhuma bateria no lugar. O cara chegou primeiro.

— Sério? — Quinn começou a andar, mas então abaixou a voz, sem saber se estavam sendo caçados no milharal ou não, e perguntou: — O que é que tá rolando, Rust?

— Não sei — respondeu. — Mas ele não pensou em tudo.

Rust tirou uma bolsa de academia dos ombros e a jogou no chão. Independentemente do que estivesse lá dentro, era pesado.

Todos se agacharam. Rust tomou cuidado para ajeitar Janet sobre as mãos e joelhos, para que ela não caísse sobre a flecha e acabasse se machucando ainda mais.

Ele ajeitou a bolsa no chão, pegou uma pequena lanterna, acendeu-a e fez uma concha com a mão para não deixar a luz se espalhar.

— Abre — indicou ele, com as duas mãos ocupadas.

Quinn obedeceu e, de algum jeito, já sabendo o que sairia dali, abriu.

Armas.

A bolsa estava cheia de armas e caixas de munição.

Rust apagou a lanterna.

— Aqui. Não dá pra arriscar com essa coisa.

Entregou a lanterna para Quinn, que a guardou no bolso.

— Armas?

— Tavam na carroceria trancada da caminhonete. O cara quebrou as janelas do carro. Deu pra ver que tentou, mas não conseguiu pegar. E eu deixo os cartuchos e o revólver debaixo do banco do motorista.

Ele apontou para as armas, como se Quinn fosse saber qual delas era o revólver.

— Você tá doido. Não vou atirar em ninguém. A gente devia ligar pra polícia e deixar eles cuidarem disso.

— Ah, claro. E seu celular tem sinal aqui, por acaso?

— Me dá — disse Janet.

Com as mãos cegas no escuro, Janet foi para frente. A voz da garota estava vaga, fraca e distante. Quinn não confiaria em Janet nem para segurar um garfo de criança.

— Aqui, aqui — disse Quinn, entregando o celular para Janet. — Fica tentando 190.

Janet meneou a cabeça e franziu o cenho, fazendo um beicinho exagerado.

— Não. O celular, não. Me. Dá. Uma. Arma.

Sua voz fora alta agora. Alta demais.

— Fala. Baixo — sibilou Quinn.

— Agora! — disse Janet irritada e falando como um bebê, querendo complicar. — Eu atiro naquele filho da puta, já que vocês tão com medi...

— Shhhhh. Shh. Janet, pega — sussurrou Rust. Ele mexeu na bolsa, pegou uma pistola pequena e a entregou. — Pronto, Janet. Dá cobertura pra gente.

— Tá bom — agradeceu Janet, agora mais calma e com a cabeça pendendo para baixo enquanto segurava a arma.

— Mas você não disse que só tinha armas de caça? Isso aí é pra caçar, por acaso? — sussurrou Quinn enquanto apontava para a arma na mão de Janet.

— É pra mortes limpas, Quinn. Não quero fazer o bichinho sofrer — sibilou Rust. — Mas, antes de tudo, temos que tirar essa flecha dela.

Ele tirou um rifle da bolsa, pegou uma única bala de um dos bolsos da camisa, inseriu-a pelo lado e colocou a arma na terra, não muito longe.

Janet não reagiu. Estava em seu próprio mundo e ficava levando a arma para lá e para cá nas mãos. Vê-la brincar daquele jeito deixou Quinn nervosa.

Rust deve ter percebido sua preocupação, então fez um gesto com as mãos e articulou com os lábios: *"tá descarregada."*

Quinn assentiu, para deixar claro que tinha entendido. Beleza. Belo trabalho. Rust pensou rápido e teve uma ideia de como manter Janet quieta sem colocar ninguém em perigo.

— A gente vai usar o meu cinto como torniquete — disse Rust. Ele tirou a camisa de flanela e depois puxou a costura, para rasgar uma manga. A regata que vestia por baixo estava manchada de suor e toda esburacada, mas não era hora para ficar julgando os outros. — Vamos tirar a flecha e tapar o ferimento. Tem que ser bem apertado pra fazer pressão. É o que dá pra fazer agora.

— A gente tem que levar ela prum hospital.

— Pois é, mas sem uma caminhonete... — Ele estalou a língua, frustrado. Assim como Quinn, estava apenas tentando fazer o que achava ser o melhor com o que tinham ao alcance. — Olha, acho que, pelo menos por enquanto, ficar escondido por aqui é nossa melhor chance. O atirador teria que ter uma sorte do caramba pra achar a gente. Se tivermos sorte, alguém conseguiu chegar na estrada e já tá trazendo a polícia.

— Então é pra gente ficar esperando aqui, sentados, que nem três velhos jogando dominó na praça? — perguntou Quinn enquanto tentava esconder a frustração, mas não conseguia muito bem.

— Também não gosto. Mas ele não sabe que a gente tá armado. Acho que deve dar pra atirar pro alto e assustar o cara. E, se tudo der errado, acho que já faz umas horas que a festa começou, os pais vão perceber alguma coisa quando o pessoal mais novo não chegar em casa a tempo.

E isso fez Quinn se lembrar.

— Ai, meu Deus, meu pai. Ele vai ficar...

— Eu sei — disse Rust —, mas não fica pensando nisso. Não dá pra gente fazer nada. É melhor pensar em me ajudar com ela.

— Tá bom — disse Quinn.

— Segura ela que eu puxo, tá? — Ele se virou para Janet e chamou-a pelo nome, mas a garota mal respondeu. — Janet — repetiu Rust. Mesmo no breu, Quinn podia perceber que a cor dela tinha mudado. — Janet, sei que você consegue me ouvir. Vai doer.

— Tem certeza de que você sabe o que tá fazendo? — perguntou Quinn, puxando os braços de Janet para o lado. A carne da amiga estava pegajosa, e o corpo, mole. Tocá-la nos ombros era como tocar um acordeão.

— Fiz um curso de primeiros socorros quando era escoteiro.

— Você é escoteiro?

— Olha, acho que eu tinha uns 11 ou 12 anos.

— Porra — disse Quinn. — Então troca de lugar comigo. Meu pai é médico. Deixa que eu me viro.

— Fica à vontade.

Rust passou por Quinn e segurou Janet pelos ombros.

Mesmo ainda mais perdida no choque, Janet não perdeu o que a fazia ser tão Janet. Quando Rust a segurou, ela tentou afastá-lo. Disse para deixá-la em paz. Murmurou que ele era um otário.

— Rust caipira — cantarolou Janet, toda atrapalhada. — Brinca de arminha, e o piu-piu parece bisnaguinha — disse ela enquanto brincava com a arma sobre o colo.

— Por mim, tô pronto — disse Rust para Quinn com uma centelha de humor sombrio na voz.

193

Quinn puxou, e a flecha, de início, não se mexeu. Mas então ela puxou com mais força, preocupada com a possibilidade de deixar a ferida ainda maior. Janet emitiu um grito curto e alto, mas Rust nem se deu ao trabalho de tentar silenciá-la.

Quando a flecha afrouxou, saiu de uma vez só. A ponta cega se soltou do osso, e o restante da jornada pelo músculo e pela gordura rendeu um rápido zuup!

Logo em seguida, sangue começou a escorrer e preencher a ferida. Pelo fluxo que parecia uma fonte borbulhante, Quinn conseguiria até contar os batimentos cardíacos de Janet. Sem demora, enfiou os trapos da flanela de Rust no buraco, pressionou com toda a força que tinha e, por fim, apertou ao máximo o cinto ao redor do peito e do braço de Janet.

— Tomara que funcione — disse Quinn, num suspiro.

Com as mãos ensopadas com o sangue de Janet, ela voltou a se sentar.

Em algum momento durante o procedimento, Janet desmaiara de dor. Quinn sorriu ao pensar que, com suas últimas palavras, a amiga ainda fora capaz de tirar com a cara de Rust.

Rust verificou o pulso de Janet.

— Fraco, mas já é alguma coisa — disse ele, também voltando a se sentar na terra.

Ele suspirou antes de posicionar a arma sobre o colo. Pegou os trapos da camisa de flanela, mas não pra tapar a fina regata branca, e sim para vasculhar os bolsos, atrás de mais balas.

— Bela festa, inclusive — disse Quinn.

O calorão que sentiu nas bochechas era como o formigamento de quando se vai em uma montanha-russa, e, antes que falasse qualquer coisa, percebeu lágrimas borrando sua visão. Meneou a cabeça.

— Espera só pra ver o rolê do Ano-Novo.

Mas era visível que ele não estava nem prestando atenção na piada. Estava focado enquanto carregava mais seis ou sete balas no longo rifle.

Quinn esticou o pescoço e olhou para cima. Havia uma espessa nuvem escura usurpando a Lua e bloqueando as estrelas. Mesmo assim, o céu de Kettle Springs era extenso demais para ser encoberto. Era tão maior, tão mais reluzente do que na Filadélfia, que era quase impossível conceber que os dois lugares ficavam sob os mesmos céus. Só que, pensar em casa, mesmo que apenas por um instante, só a fez lembrar de que estava nos campos da família Tillerson, e isso a fez se questionar:

Onde é que fica a casa deles?

Estava prestes a perguntar quando sentiu o cheiro:

Não era uma *nuvem* se movendo sob a Lua.

Era fumaça.

QUINZE

— Puta merda! Ele tacou fogo no celeiro! Vai todo mundo morrer lá dentro! — gritou Cole. Em seguida, se soltou do aperto de Ronnie sobre seu pescoço e se lançou para a porta. Agarrou o trinco, que continuava revestido com o sangue e os cabelos de Erin Werther.

— Para, Cole! — disse Matt. — Não é só você que tá aqui, cara. A gente tem que decidir em equipe.

Cole parou, se virou e olhou para o amigo.

Matt Trent estava de pé e com as mãos estendidas na junção do chão sujo que se conectava com o armazém de grãos. Atrás dele, havia fardos de feno e equipamentos velhos de semeadura. Devia fazer anos que a família Tillerson já não usava mais o silo como silo; agora, virara um depósito para toda a sorte de coisas.

De trás da porta, Cole conseguia ouvir gritos desesperados, alguns abafados e outros no ambiente aberto da clareira. Talvez a galera no celeiro tivesse conseguido abrir as portas e estivesse fugindo das chamas.

Zuuuum.

O som da besta.

A mão de Cole fez pressão no trinco improvisado, pronta para tirá-lo e abrir a porta.

— Para! Ele tá bem aí, Cole. E sabe que a gente tá aqui — continuou Matt.

E, então, ouviram o som de novo. Enquanto a maioria das pessoas estaria fatigada por ter que fazer uma força de pelo menos trinta e poucos quilos para continuar recarregando, esse maníaco parecia ficar mais rápido a cada tiro.

O palhaço estava atirando no pessoal que tentava escapar do incêndio do celeiro! Cole precisava ajudar.

— A gente sabe que você quer bancar o herói, mas pensa um pouco. Dá pra gente sair vivo dessa — disse Ronnie, dando apoio para o namorado. Com Matt observando-a, ela deu mais um passo sorrateiro em direção a Cole. O casal o cercava. — Lembra uns anos atrás quando você disse que essa cidade ia ser nossa? Olha, não vai ser nossa coisa nenhuma se a gente morrer.

Com os dedos viscosos devido ao sangue de Erin Werther, Cole soltou a porta e o trinco e perguntou:

— Do que é que você tá falando?

Matt pediu calma com as mãos, numa tentativa de neutralizar o que sua namorada tinha dito.

— Ela só quis dizer que você não tá pensando direito. E tem mais gente aqui pra ser levada em consideração, mesmo que *você* já não esteja nem aí pra sua própria segurança. Desde o que rolou com a Victoria que você não liga mais.

— A gente sabe que o incêndio na Baypen não foi acidente — disse Ronnie, indo direto ao ponto. — O Tucker contou que você queria morrer lá.

— Mas que papo furado — Cole se ouviu dizer. Não queria entrar naquele assunto. — A gente tava bêbado. Tava todo mundo bêbado. Não sou suicida, caralho.

— Então, se não é, deixa essa porta fechada. A gente tá seguro aqui.

O cheiro de fumaça estava mais forte. Fumaça e algo mais... A boca de Cole começou a salivar involuntariamente, o que o fez engasgar.

— Agarra ele, Matt. Agora — disse Ronnie.

Mas Matt hesitou.

Eles que fossem para a puta que pariu. Cole girou e puxou o trinco antes que Matt conseguisse segurá-lo.

Essa não era a função de Matt em campo, e ficou claro que ele não estava acostumado. Em lugar nenhum do manual dizia que Matt Trent devia segurar outro jogador. O trabalho dele era o oposto: evitar contato, correr, deslizar e pegar. Cada aspecto das mãos pequenas, porém fortes, de Matt agarrando o ombro de Cole parecia errado, como uma violação da lei natural.

— Me solta! — gritou Cole.

Ele esticou a mão pela abertura da porta e puxou-a até abri-la ao mesmo tempo em que Matt o puxava para trás. Cole ainda tinha a ponta da flecha nas mãos e a agitava para lá e para cá.

— Ele pirou — vociferou Ronnie. — Dá um chute nele, Matt, sei lá. Vai.

Do lado de fora do silo, Cole podia ver as labaredas. O celeiro estalava e cuspia. O cheiro de fumaça e cabelo queimado atingiu seus olhos e nariz em cheio.

Ele não soltou a porta; muito pelo contrário, agarrou-a também com a outra mão enquanto não soltava a flecha. Matt podia até parecer forte, mas continuava sendo pequeno, característica que Cole usou como vantagem.

— Nããããão! — gritou Cole estridentemente.

Ronnie se juntou ao cabo de guerra. A sensação era de que os braços de Cole estavam prestes a se soltar do corpo.

Até que, de repente, o rosto de Frendo preencheu o batente da porta.

A ponta afiada de uma flecha de besta fez pressão no vazio entre o olho esquerdo de Cole e seu nariz. Dali, brotou um pontinho de sangue.

— Vai tomar no cu! — gritou Cole. Ele estava com raiva e assustado, mas, acima de tudo: pronto.

Com um impulso final de força, Cole se puxou de Ronnie e Matt, se aproximou do metal gelado da besta carregada e soltou a mão do batente da porta, para que pudesse tentar esfaquear o palhaço com a ponta da flecha.

Mas não chegou lá. Quer dizer, até chegou, mas no máximo cutucou o maníaco.

O resultado de soltar uma das mãos foi como um elástico se partindo. A outra mão se soltou também. A besta estava apontada bem para o crânio de Cole. Ele já estava até esperando o gatilho ser puxado e seu cérebro ficar em pedacinhos, mas então a força conjunta de Matt e Ronnie puxou todos os três de volta para dentro do silo.

Matt gritou, Ronnie gritou, e os três se levantaram para tentar fechar a porta enquanto, do outro lado, Frendo abaixou a ponta da besta e uivou por causa de um corte enorme na parte do queixo e pescoço que ficavam expostas.

Cole foi melhor do que tinha imaginado.

Matt foi o primeiro a chegar até a porta para fechá-la, mas o espaço aberto agora era de quase 20 cm.

Frendo colocou o pé no batente e estava abrindo a porta. O sapato não era vermelho, polido, pontudo e exagerado como é típico dos palhaços. Era uma simples bota preta.

— Abre! — gritou Cole, recuando o punho.

— Não! — berrou Matt.

— Só um pouquinho! — respondeu Ronnie, finalmente concordando com Cole, finalmente dizendo algo naquela noite que não fosse cruel ou cheio de ódio.

Matt abriu a porta para trás, e Cole extravasou com um soco bem na cara do palhaço. O golpe deixou o homem alto de botas chocado o bastante para que conseguissem fechar a porta e Ronnie colocasse de volta a flecha como trinco.

Todos se afastaram da parede. Cole quase tropeçou no cadáver de Erin.

— Tá bom — disse Ronnie. Todos estavam com a respiração pesada. — Será que agora dá pra gente concordar em deixar esse lugar fechado?

Antes que Cole pudesse responder, lá fora, ao longe, talvez até fora da clareira, ouviu-se o distinto barulho de um tiro.

DEZESSEIS

A arma parecia viva nas mãos de Quinn.

Uma serpente venenosa, pronta para se virar para trás e dar um bote no seu pulso.

— Não consigo. Não quero segurar essa coisa — suplicou Quinn.

— Consegue, sim — disse Rust. — Você precisa. — Ele apontou para o fogo no celeiro e depois olhou para a bolsa vazia.

Pelo menos não tinha atravessado o milharal com três armas *carregadas*. O que, de certa forma, até parecia responsável. Mais ou menos. Enquanto Rust recarregava o rifle e a espingarda, ensinou-a a deixar o dedo fora do gatilho e a respeito das diferentes manhas, alavancas e travas.

Era difícil prestar atenção quando, ao fundo, o cheiro de fumaça se intensificava, mas ela tentou.

— Essa aqui é uma espingarda e tem um campo de tiro até que bem extenso. Você *vai* acertar qualquer coisa em que mirar e tudo que estiver por perto também. Então deixa o dedo sempre aqui. — Com a própria mão, moveu os dedos de Quinn. Os calos de Rust a arranharam na noite fria. — E *não* encosta no gatilho, a não ser que queira atirar.

Quinn assentiu. A coronha da arma começava a se aquecer contra sua pele. Parecia que a espingarda estava respirando.

— Já tá com a trava de segurança, e armei o cão também. Não é coisa de filme, tá? Não precisa ficar bombeando, é só abaixar isso aqui.

A fumaça ficava cada vez pior, e a linha do horizonte começara a reluzir. Pelo menos não se perderiam no caminho de volta para a festa.

— Continua tentando ligar, Janet — disse Quinn.

A garota ferida estava com uma pistola em uma mão, o celular na outra e assentindo levemente com o queixo. Quinn ficou preocupada. Será que ela ficaria inconsciente de novo? Janet vestia a flanela de Rust agora, e o torniquete e o preenchimento que colocaram no machucado formavam um calombo em seu ombro. Se ela desmaiasse de novo, era bem capaz de não conseguirem mais acordá-la.

— Não tem sinal, Quinn — disse ela, com um tom debochado e frustrado. — Tem certeza de que pagou a conta?

— Janet. Fica quieta. Não faz barulho — disse Rust. — A gente volta pra te buscar. Aguenta firme, tá bom?

— Isso se eu não atirar em vocês dois antes — disse Janet, com um sorriso maldoso. — Brinca... — Ela tossiu duas vezes. Parecia um som molhado. — Brincadeira. Mas, se eu vir o Frendo, vou atirar nele com certeza *absoluta*. Esse palhaço do caralho tem que morrer.

Rust olhou para Quinn com uma expressão de *será que conto pra ela?* no rosto. Ficou claro que deixar uma pessoa desarmada achando que estava armada era um conflito moral para ele.

Quinn meneou a cabeça. Se fosse para Janet se sentir um pouco mais confortável achando que tinha uma arma carregada para se proteger, talvez essa fantasia reversa podia fazê-la continuar acordada e viva. A resposta de jeito nenhum seria deixá-la com uma arma carregada.

— Não consigo — disse Rust. A consciência dele foi mais forte que a sugestão de Quinn.

Ele carregou a arma de Janet, deu-lhe uns tapinhas na mão e disse:

— Só não faz eu me arrepender, viu? Fica acordada e se cuida.

— Desculpa — disse Janet, com a voz suave e vulnerável, transmitindo mais confiança nas próprias palavras do que vinha demonstrando desde que entraram no milharal.

— Pelo quê? — perguntou Rust.

— Por ter sido sempre cruel contigo... — Ela fez uma pausa. — Seu caipirinha de merda.

— Não tem problema. — Rust sorriu e se levantou. — Desculpa também, sua mimadinha do caralho.

Janet sorriu, lambeu os lábios e assentiu para que saíssemos de uma vez.

— Vamos — disse Quinn.

Rust guiou o caminho, e ela foi logo atrás.

A volta ao celeiro não demorou. E olha que Quinn achava que tinha levado a amiga machucada para a segurança das profundezas do campo, quando, na verdade, só caminharam em linha reta por algumas centenas de metros.

Os dois se agacharam no limite do milharal.

Por cima do ombro de Rust, Quinn olhou para o incêndio que engolia o celeiro. Sombras alaranjadas dançavam pelo rosto e pela coronha do rifle dele. Ela ficou preocupada que o branco de sua regata exposta pudesse deixá-los visíveis demais.

Não havia sinal algum do palhaço na clareira, ou, melhor dizendo, do atirador, como Rust o chamara de forma muito mais adequada. De onde estavam, era possível ver as portas fechadas do celeiro. A estrutura bloqueava grande parte da visão do silo e da clareira.

Não que fosse fácil desviar os olhos do celeiro.

Labaredas lambiam os lados da construção e iam se alastrando e escalando até o telhado de ferro corrugado. Nós de madeira estalavam, e faíscas voavam, dando ainda mais força ao fogo onde quer que as brasas tocavam. Partes do teto e das paredes laterais começariam a colapsar em breve.

A fumaça que saía por baixo das portas fedia a produtos químicos e carne queimada e ficava ainda pior devido aos sons que vinham lá de dentro.

Coisas rachando, gritos e pancadas de punhos contra a porta dos fundos. O uivo do fogo continuava constante por baixo disso tudo.

No campo, do outro lado da clareira, Quinn pensou ter ouvido o estalo de uma besta. Mas podia muito bem ser uma alucinação sonora, algo produzido que seu subconsciente esperava ouvir. Que tinha medo de ouvir.

— Ele trancou todo mundo lá — disse Rust, indicando a porta com a ponta do rifle.

Ela semicerrou os olhos contra as chamas e viu o brilho metálico de uma corrente e de um cadeado que prendiam as maçanetas das duas portas pelo lado de fora. Bom, isso explicava por que seus colegas não conseguiam escapar.

— Agora. A gente tem que ir agora — disse Quinn. Mesmo com zero confiança, ela ergueu a arma e focou o que Rust lhe ensinou. Era preciso garantir que estava firme no chão e apoiando a coronha antes de atirar, ele explicou.

— Cuidado, senão o recuo vai acabar quebrando uma costela.

Olhando de um lado para outro para garantir que não havia um palhaço homicida escondido nas sombras, pronto para atacá-los enquanto tentavam ajudar, correram até as portas.

— Troca comigo — disse Rust quando chegaram.

Mesmo estando do lado de fora, era praticamente impossível aguentar o fogo, de tão quente. Os lábios de Quinn ficaram secos na mesma hora e pareciam prestes a rachar. Seus olhos se encheram de água devido ao calor.

Quinn e Rust trocaram de armas.

Alguém do outro lado da porta deve tê-los visto por um buraco.

— Olha! Tem alguém lá fora — disseram.

— SOCOOOOOOOOOOORRO — gritou uma voz de gênero indistinto. A palavra acabou como um grito irregular e ardente.

As portas vieram para fora, mas logo pararam. A corrente e o cadeado se esticavam conforme os sobreviventes, em pânico e ansiosos para serem salvos, os pressionavam. A estrutura inteira rugiu quando as portas se moveram. Com as pancadas, cinzas flutuavam e caíam na pele de Quinn.

— Vão pra trás! — gritou Rust, mas agora todo o pessoal estava gritando e assumindo um comportamento raivoso e caótico de manada. Não aliviaram a pressão na porta. Em vez disso, suas palavras se misturavam e anulavam umas às outras.

—GENTETÁMORRENDOSOCORROTÁQUEIMANDO MORREUELEAINDATÁATIRANDO.

— Por favor! Tenho que atirar no cadeado. Vão pra trás! — Rust tentou mais uma vez, mas parecia não haver jeito de se comunicar com os alunos lá dentro.

Tinham ficado loucos devido ao medo e à dor. Rust meneou a cabeça e deu uma olhada para Quinn.

— Tá, pelo menos você vai pra trás, então — disse ele, frustrado.

Mesmo sem querer deixá-lo sozinho, ela obedeceu. Mas não se afastou muito — não queria se distanciar demais da cobertura do celeiro e virar um alvo para o palhaço.

Rust se ajoelhou, deixou a espingarda o mais na horizontal possível e encostou a coronha na terra e a ponta do cano bem em cima do cadeado.

— Todo mundo aí dentro: vão pra trás! — Tentou avisar mais uma vez e, por fim, atirou.

O impacto arrancou um pedaço da porta e uma chuva de farpas se fez. Mas o alvo foi a parte mais alta, então, com sorte, evitou matar alguém.

Rust se levantou e pegou o cadeado, mas puxou a mão de volta. Na pressa de remover a corrente, acabou se queimando.

Acabou que, no fim das contas, nem precisava ter tocado lá. As portas foram empurradas para frente e o trinco do cadeado começou a se mexer. A corrente afrouxou e caiu. Fumaça e adolescentes saíram da abertura entre as portas do celeiro. Colunas e pescoços foram pisoteados. Lágrimas escorriam de rostos cobertos de fuligem. As portas foram empurradas para fora nas dobradiças e se abriram na mesma hora.

Quinn e Rust precisaram dar alguns passos apressados para o lado, a fim de evitar serem atingidos pela multidão. Vinte ou trinta pessoas escaparam, entenderam o que tinha acontecido e, depois, pularam, tropeçaram ou foram carregados em direção ao campo.

Parecia que ninguém enxergava Quinn e Rust. Os dois eram, no máximo, outro obstáculo que precisava ser evitado no caminho que levava à segurança do milharal.

Um garoto com marcas pretas escorrendo do nariz e mechas de cabelo chamuscado os percebeu e olhou para o armamento. Parou de fugir. Vestia uma camiseta também chamuscada que dizia "Que História Top, Mano" e uma camisa havaiana esfarrapada e queimada. Mais cedo naquela noite, seria o tipo de gente que, como Quinn costuma descrever, "exagera na dose". Provavelmente teria ficado feliz da vida se uma garota lhe desse papo, mas agora estava chorando lágrimas sujas, grato por ter sobrevivido.

O garoto de camisa havaiana foi até onde Quinn e Rust assistiam à procissão dos sobreviventes e agarrou o rapaz pelo ombro.

— Ele deixou a porta da frente aberta — conseguiu dizer, entre um soluço de choro e outro. — O cara tá matando todo mundo que tenta fu...

As palavras foram interrompidas por uma flecha que lhe acertou na orelha, fez sua cabeça ir para trás e transformou seu pescoço em borracha.

Rust fechou os olhos contra os respingos de sangue. As gotas que caíram na sua pele pálida pareciam pretas à luz do fogo.

209

Quinn deu meia-volta. Frendo tinha rodeado o celeiro e estava de pé, com a besta ainda erguida, a talvez 6m de distância.

Conforme o reflexo das chamas brincava na máscara de plástico, a visão era de um sorriso demoníaco pintado.

Quinn não pensou. Não calculou as chances de acertá-lo. Não refletiu em suas fortes ideologias antiarmamentistas. Nas petições que assinou. Nos protestos e vigílias à luz de velas que foi com Tessa e Jace. Não lembrava nem da frustração que sentiu quando, uma vez, alegou que um jogo de quermesse era marmelada porque a arminha de brinquedo não tinha como acertar o meio de uma estrela vermelha de papel.

Ela mal agarrou o rifle, deu uma olhada em Frendo, o Palhaço, e colocou o dedo sobre o gatilho.

E apertooooou.

Rust estava certo. Ela teria quebrado uma costela se tivesse apoiado a arma mais embaixo. Do jeito que a usou, provavelmente causou um dano permanente na audição e ficaria com um hematoma terrível.

Só depois da saraivada foi que o palhaço mexeu na máscara e reconheceu Quinn diretamente.

Ah, não. Quinn não o acertara.

As mãos de Quinn se apressaram para mudar de posição. O palhaço não gritara e nem fora lançado para trás pelo tiro — ela *não tinha* como ter acertado. Sua mão esquerda procurou pela alavanca que ela precisava puxar para trás e para frente para continuar...

Quinn começou essa aventura, essa missão de resgate, com a espingarda, que *não era para ser a arma dela* já que não prestou muita atenção quando Rust explicou como utilizá-la.

E foi então que viu.

Ao lado direito do segundo botão de pompom do palhaço, havia uma rosa desabrochando no peito dele. A marca se espalhou, começou a gotejar e, por fim, a pulsar. Como uma daqueles flores de lapela que os palhaços usam para jogar água nas pessoas.

Ela puxou a alavanca. O cartucho vazio caiu para fora e ralou as costas de sua mão. Não estava quente o bastante para queimar, mas também de gelado não tinha nada, mesmo assim, tão próximo das chamas bruxuleantes do celeiro.

Ela empurrou para frente, carregou a arma e atirou de novo.

O segundo tiro derrubou Frendo para trás.

— Ela conseguiu — disse alguém (não Rust) atrás de Quinn, um fugitivo do inferno do celeiro que tinha saído só agora ou um sobrevivente chocado demais para correr até a cobertura do milharal.

O tempo pareceu pular alguns segundos mais uma vez, e, de repente, Rust estava ao lado de Quinn. Ele se mexeu lentamente e fez movimentos circulares na nuca dela com o dedão enquanto, com a outra mão, direcionava o rifle para o chão.

Rust já tinha jogado a própria espingarda na terra também.

— Tá tudo bem. Você foi bem. Foi muito bem — disse ele, acalmando-a. — Fez o que tinha que fazer.

Quinn não conseguia falar. Não conseguia fazer nada além de apontar o cano do rifle. Estava apertando firme o cabo de madeira. Se Rust tivesse tentado tirar a arma de suas mãos, ela não teria soltado.

— Gente, ele morreu. A novata atirou nele! — gritou alguém, chamando parte do pessoal de volta para o celeiro em chamas.

Nele quem?

Quem foi que ela matou?

— Quem é? — perguntou Quinn. Não foi fácil proferir as palavras através de seus lábios secos. Não se sabe se Rust ouviu, ou não. Ao lado deles, parte do telhado de estanho colapsou para baixo com um barulhão. Madeira estalou, e labaredas assobiaram.

Mesmo sabendo que, se o celeiro cedesse e caísse para a direção errada, ela acabaria queimada na profusão de fogo e talvez até esmagada sob as vigas, Quinn caminhou para a frente.

Porque precisava saber.

Sem praticamente nenhuma cerimônia, Quinn se ajoelhou ao lado de Frendo. Não deixou de perceber o buraco escuro de mais de um centímetro de diâmetro que o segundo tiro fez no nariz do palhaço e puxou a máscara.

Quem faria uma coisa dessas? Quem é que...

Ah. Pelo visto, um professor de ciências faria.

Os olhos mortos do professor Vern a encaravam. Seu pequeno bigode estava cheio de sangue e baba.

DEZESSETE

— Dá pra sentir o cheiro deles queimando! — disse uma voz que estava atrás e um pouco distante de onde Janet Murray estava deitada.

Com os cílios cobertos de poeira, Janet piscou para a escuridão. Será que tinha apagado de novo? Estava deitada de barriga para baixo e sentia gosto de terra e ferro na boca. Tinha caído no sono com a cara no chão do milharal.

Pelo amor de Deus. Seu ombro agora estava completamente dormente, e seu cérebro parecia difuso, etéreo.

Não tinha como isso ser bom.

Ela deu uma olhada na pequena arma preta que tinha em mãos.

Estava carregada, né?

O caipira do Rust disse que era uma Browning. Em algum momento, em outra vida, ela saberia dizer, mas essa

213

tal de Browning era uma marca ou um modelo? Franziu o cenho e analisou o objeto.

Não estava muito claro há quanto tempo Quinn e Rust tinham saído. Podiam ter passado minutos ou horas desde que a deixaram ali. Sozinha.

— Quantos dos alvos principais foram confirmados?

A voz continuava falando. O milharal absorvia o som. O estado grogue e as pancadas que pulsavam em seu ouvido a faziam ouvir apenas um eco. Não conseguia dizer exatamente se a voz vinha de perto ou de longe nem quantas pessoas falavam.

— Nenhuma, mas o Hill tá em segurança.

A voz, baixinha e vazia, retornou. Havia pelo menos duas pessoas, mas...

Confirmados? Alvos?

Pareciam policiais falando! A polícia tinha chegado!

Janet engoliu em seco e tentou engolir saliva o suficiente para ser ouvida quando gritasse por socorro.

— *Nenhuma?* — perguntou uma voz. — Nem aquela tal de Murray? Jurei que ela seria a primeira. O Vern odeia ela.

Peraí, o que é isso? *Janet* era a única "tal de Murray" na cidade.

Não era a polícia. O que é que ela estava ouvindo? Quem era aquela gente? Por que estavam falando dela?

De algum lugar, ouviu-se um som eletrônico. De repente preocupada que o aparelho fosse revelar sua localização, Janet olhou para o celular em sua outra mão. O celular era de Quinn e estava no silencioso. Ela deixou o telefone com a tela virada para baixo. Estava desesperada e apavorada com o fato de que, quaisquer que fossem as pessoas a alguns metros de distância:

Não. Eram. Da. Polícia.

— A menina nova era alvo principal? Ou era só um bônus, porque...

O bipe de novo. Em seguida, veio um barulho de estática. Não era um celular. Era um rádio.

— Deu errado no celeiro! Repito. Deu errado no celeiro. Alguém abriu a porta dos fundos. Tá todo mundo fugindo. Em direção ao oeste. Rápido. Corre! Agora! Corre!

— Ô, merda — disse a voz com um resmungo exausto, como se estivesse carregando algo pesadíssimo.

Depois, ouviram-se passos. Em direção ao esconderijo de Janet. Não era a polícia, sua mente repetiu, para piorar a situação.

Mais passadas abafadas. Fivelas, equipamento e zíperes. Aproximando-se. Janet tinha certeza de que iam passar por ali.

Ela prendeu a respiração, se encolheu e sentiu que ia começar a chorar. Soltou o celular e, com a mão agora livre, cobriu a boca e o nariz. Não podia fazer som nenhum.

Os músculos de seus ombros e braços tremeram quando foram tensionados. Janet sentiu vida voltando ao seu corpo e, com isso, a dor nas costas lhe deu uma pontada. Era difícil focar. Sabia que não ia conseguir manter essa posição por muito tempo. Estava com o braço que segurava a arma estendido, mas com o resto do corpo encolhido em posição fetal.

Seus dedos pareciam brancos e secos de sangue. Lutou contra o instinto de fechar bem os olhos quando as pegadas se aproximaram.

Botas pesadas amassaram pés de milho a poucos centímetros de onde Janet se escondia. Ela olhou para cima e viu que as botas se conectavam a calças com estampa de bolinhas.

As botas passaram trotando. A pessoa não parou, não viu Janet.

Atira nele.

Atira nele!

Mas não conseguiu, e ele desapareceu de vista antes que Janet conseguisse se convencer a entrar em ação.

Algumas respirações depois, outros sons apareceram.

Gente gritando e chorando de alívio, dizendo uns para os outros que o pesadelo tinha acabado. Que logo mais estariam em casa. Logo mais estariam em casa. Sei que você se queimou, mas agora falta pouco. Você vai sobreviver.

Janet era a única que sabia que eles *não estavam* prestes a ficar em segurança.

Sabia que era a única capaz de salvá-los, de avisá-los.

Janet tentou mexer os pés. Uma onda de dor a atingiu da base do machucado e se espalhou pelo corpo como um choque. Da ponta dos dedos até o tutano da omoplata que, logo mais, ficaria infectada pela sujeira da manga da camisa do caipira do Rust.

Ela voltou a se deitar, quase caiu em cima da arma, mas empurrou o cotovelo para frente no último segundo.

Por que sairia do esconderijo?

Tu não é daqui.

Foi a primeira coisa que um colega da escola disse a ela, há quase quinze anos. Ela tinha acabado com aquele garoto e com as roupas de criança dele. Tom Mathers. É, foi o Tom Mathers. Ela o fez chorar no parquinho. Anos depois, no ensino fundamental, espalhou um rumor de que *ele* era o motivo do surto de piolhos. E isso tudo porque Janet Murray podia até não ser dali, mas sabia muito bem aonde queria chegar e nunca esquecia o que lhe disseram pelo caminho.

Não foi se importando com os outros que Janet Murray chegou onde chegou em Kettle Springs.

Talvez tenha sido por isso que ela gostou tanto de Quinn, e tão rápido. Se viu naquela garota. Janet veio da cidade grande também. Há muito tempo. Então, sim, Tom Mathers estava certo: ela não era dali.

Janet nasceu em Cincinnati. Morava em uma casinha boa e tinha uma vidinha ótima até seu pai dar no pé. A mãe trabalhava em dois empregos e teve muitos namorados até conhecer Alec Murray, que foi a Ohio em uma viagem de negócios. Os dois se apaixonaram, casaram em uma questão de meses, e então ela e Janet fizeram as malas e se mudaram para aquela casa idiota e gigante em Kettle Springs um mês antes de Janet começar a primeira série.

E, desde o primeiro dia, no primeiro minuto em que colocou os pés em Kettle Springs, Janet soube que não sobreviveria a seu padrasto sem sal e a essa cidade que respirava com a ajuda de aparelhos sendo *boazinha*.

Mas a verdade é que ela acabou não odiando tanto os colegas quanto queria. Sendo bem sincera, não odiava ninguém. Tirando alguns acontecimentos esquisitos devido à convivência escolar, principalmente nos primeiros anos, o pessoal de Kettle Springs até que era bem legal. Eram bem politizados. Quer dizer, *até* que eram. Bom, mais politizados do que os pais. Lá para a época em que entrou no ensino médio, e talvez até bem antes disso, Janet se considerava uma deles. No fim das contas, Kettle Springs era seu lar, sua cidade, o lugar de onde vinha, caralho.

217

Então, era inaceitável que seu povo, seus amigos e colegas corressem em direção a uma armadilha se ela pudesse fazer algo a respeito. Essa era a sua festa. Aqueles eram seus convidados. Ela não podia permitir. E tinha a boa vontade e o armamento para tal.

Janet se esforçou para levantar e, com o ombro latejando, saiu do esconderijo.

Suas pernas pareciam prestes a derreter, e os joelhos, que eram feitos de gelatina e que quebrariam a qualquer momento. Depois de dois passos, porém, ela estava andando e, mais dois depois, correndo.

— Voltem — tentou gritar, mas a palavra saiu como um chiado.

Ela conseguia. Conseguia ser mais rápida que aquele jeca de bota. Conseguia matá-lo.

Tinha como salvar todo mundo.

— Voltem! — gritou depois de finalmente encontrar a voz. — Corre, gente! Tem mais de um palhaço!

DEZOITO

Em janeiro de 2014, Samantha Maybrook escorregou na escadinha que ficava na frente da casa de sua família, no distrito de Fairmount, parte da cidade de Filadélfia, e trincou o cóccix.

Foi uma fratura pequena. Mais ou menos do tamanho de uma unha.

Só depois de três dias com o machucado piorando — Samantha estava disposta a perder dias de trabalho, mas não conseguia sossegar o facho e aproveitar o tempo em casa — foi que ela concordou em tirar um raio X.

Pois é. Tinha quebrado o cóccix. O que não era bom, mas também não era nada que colocasse sua vida em risco. O médico ficou feliz em dizer que não seria necessário operar. Iriam medicá-la e ficar de olho na mobilidade e no ferimento. Se a fratura não se curasse em alguns meses, aí então, e só aí, haveria encaminhamento para cirurgia com um especialista.

O doutor trabalhava com o plano de saúde deles, mas, mesmo assim, Samantha Maybrook poderia muito bem ter ido a outros hospitais. A cobertura que recebia como dependente do marido era ótima. Mas não. Ela ia naquele médico desde antes de se casar com Glenn e, além do mais, gostava dele.

Foram prescritos dois remédios: docusato de sódio, porque fazer força no banheiro podia ser a parte mais dolorosa de uma condição como aquela, e um opioide para o desconforto. O opioide, ironicamente, causava constipação, então, pelo menos nos primeiros dias, ela que dobrasse a dose de docusato e bebesse muita água.

Na primeira noite, quando ela, preocupada com os efeitos do analgésico, tomou apenas um terço do comprimido, uma lasquinha tão pequena que foi preciso usar uma colher para consumi-la, Glenn fez uma piadinha para Quinn dizendo que a mãe dela era viciada, e Quinn riu.

Nenhum dos dois riu enquanto pegavam a estrada para buscar Samantha na reabilitação em fevereiro de 2017.

Ou então quando ficaram presos no engarrafamento pós-funeral ao saírem do Cemitério Laurel Hill.

Aquela morte tinha significado alguma coisa. No mínimo, mudou quem Quinn Maybrook era lá no fundo...

Mas *essa* morte...

Quinn não sabia o que esperava sentir depois de tirar uma vida humana — mesmo que essa vida tivesse perecido enquanto praticava um mal horrível e cruel.

Ela olhou para o rosto do professor Vern. A máscara de Frendo foi removida sem esforço algum. A bala do segundo tiro, quando saiu, estourou a cabeça do velho como um balão d'água. A besta estava aos pés de Quinn, e ela percebeu que a arma tinha uma estampa camuflada rosa-claro.

Por que é que alguém faria uma besta camuflada e *rosa*? Estranho demais. Era tudo muito estranho.

— Tem muita gente queimada — disse Rust, interrompendo os devaneios dela.

O vizinho colocou a mão sobre o ombro de Quinn e a guiou para longe do corpo e do celeiro prestes a cair aos pedaços.

Os sobreviventes do incêndio foram colocados um pouco mais para trás, formando um semicírculo.

O grupo tossia e tremia mesmo com o calor que fazia. Devia ter umas quinze pessoas. A maioria saiu correndo para o milharal sem nem olhar para trás.

— O que a gente faz agora? Parece que tem uns ali que não conseguem nem andar — disse Quinn, depois de analisar a cena.

— Acho que o melhor é ir pra estrada — disse Rust, indicando mais ou menos a direção em que a rua devia ficar. — Não tem jeito, a gente ainda tem que arranjar uma ambulância.

Parecia um bom plano, e Quinn não tinha como contestar. Na real, ela estava exausta. Não sabia nem se dava conta de caminhar os 800m até a rodovia.

Rust estava recolhendo as coisas quando Quinn ouviu um grito.

— Corre!

— Janet? — perguntou Quinn ao se virar para encarar o som.

— Corre! — repetiu Janet, antes mesmo de entrar no campo de visão. — Corre!

Dois ou três corpos entraram correndo no milharal devido ao aviso de Janet.

— Tem mais palhaços! Eles tão vindo! Corre. Corre! Corre!!!

Finalmente, Janet chegou mancando até a clareira, olhou para o grupo de sobreviventes, avistou Rust e Quinn e, por fim, caminhou toda capenga até eles.

Janet segurava o revólver à frente e o balançava para lá e para cá. Quinn se encolheu. Tinham chegado longe demais para acabar levando um tiro disparado por uma amiga alucinando por causa de um ferimento e armada porque Rust se sentiu culpado de deixá-la com uma arma sem munição.

— É vingança! Vocês têm que me ouvir — vociferou Janet, implorando.

Mesmo à distância, Quinn conseguiu ver que a flanela emprestada de Rust tinha ficado dura de tanto sangue e sujeira. Janet deve ter percebido que segurava uma arma e a apontou para o céu.

— Não é uma pessoa só — continuou ela. — É vingança. Tão matando *a gente* porque...

Vrummm. Vruuuuuum.

O ronco de um motor afogou as palavras de Janet.

O som fez os músculos de Quinn travarem e pararem de imediato.

A visão de Quinn ficou muito mais nítida, e o cheiro de fumaça voltou, provavelmente porque o vento mudou de direção ou talvez porque o pico de adrenalina tinha voltado.

Quinn não estava mais cansada porque tinha voltado a ficar apavorada.

A toda velocidade, Frendo, o Palhaço, saiu do milharal e correu atrás de Janet. Ele já não carregava mais uma besta.

Em vez disso, segurava uma serra larga e circular que rugia. Era preciso usar as duas mãos para segurar esse equipamento — ou uma arma, melhor dizendo —, que tinha uma lâmina de pelo menos 45 cm de diâmetro. A extremidade apoiada debaixo do cotovelo do palhaço cuspia uma fumaça cinza em direção à noite.

O palhaço era mais rápido que Janet e não demorou muito para que cobrisse a distância. Só que ela pareceu sentir a presença dele e se virou para encará-lo antes de ser dominada.

Acontece que não deu tempo de erguer a arma. Ele avançou enquanto Janet tentava se afastar. De onde Quinn estava, parecia que a arma mal tinha encostado na garota. A serra roçou no peito de Janet, e uma fina névoa de sangue se espalhou pelo ar. O cinto de couro de Rust se soltou do braço dela, e a compressa se desfez quando ela correu para trás.

— Não! — gritou Quinn enquanto erguia o rifle.

Se não tinha como correr até Janet, pelo menos podia atirar naquele filho da puta.

Janet cambaleou para frente, e Frendo deu um passo para trás. Houve um clique nada satisfatório quando Quinn tentou atirar no palhaço. Ela não tinha carregado. E não fazia diferença, já que não havia como mirar direito.

— Se abaixa — gritou Rust para Janet.

Ela estava a 1,5m de distância, e o palhaço, talvez, a uns dois.

O movimento da primeira investida com a serra desequilibrou o palhaço, mas, em vez de cair, ele usou a força cinética da lâmina pesada e rodopiante para girar.

O palhaço, com peito e ombros mais largos que o professor Vern, fez uma pirueta completa.

Na segunda volta, a serra circular cortou a cabeça de Janet para fora do corpo. Ela caiu para trás num amontoado deslocado e imóvel. O estouro do tiro do revólver soou apenas uma vez, quando a cabeça de Janet caiu na terra.

Quinn queria ter desviado o olhar, queria não ter visto o corpo de Janet sucumbir em cima de sua própria cabeça.

Com Janet fora do caminho, Rust deu mais dois passos em direção ao palhaço e puxou o gatilho.

Faíscas voaram da ponta da espingarda e derrubaram o palhaço com tudo. Um segundo tiro nem foi preciso. O lado direito do tronco dele tinha sido destruído. O homem ficou ali, praticamente cortado pela metade.

O motor da serra desacelerou, parou, e as mãos do palhaço se soltaram do equipamento.

E, simples assim, a clareira voltou a ficar em silêncio.

Atrás deles, o celeiro se desfez mais um pouco com um leve farfalhar de cinzas e brasas.

— Por que é que eles tão fazendo isso? — gritou alguém, mas ninguém ofereceu resposta alguma.

Rust cutucou o cotovelo de Quinn e apontou.

Janet estava certa. Havia mais de um palhaço. Bem mais de um.

Ao Sul, na direção da estrada, dois palhaços saíram da cobertura do milharal. Um segurava uma longa roçadeira curva, e outro, uma serra elétrica que rugia lentamente, esperando ser acelerada.

Do lado mais distante do celeiro, o barulho de outro palhaço passando a língua pelos dentes os fez se virar. A linguagem corporal do novo Frendo parecia escarnecer do fato de que os jovens tinham sido cercados. Ele segurava uma besta — nada rosinha, dessa vez — já pronta para atirar. Será que foi esse que atirou em Ruivinha e começou aquela zona toda? Parecia bem possível. Esse cara era enorme, enquanto, em sala de aula, o professor Vern parecia todo franzino.

Do Leste, arrastando um calouro que choramingava e balbuciava, veio um Frendo segurando um cajado de madeira com as duas mãos. Não, não era um cajado: era um forcado. A vítima foi empalada nos pés. Ao lado dele, havia um palhaço menor e mais magro empunhando um machado.

Estavam cercados por, no mínimo, três lados. Os palhaços pareciam não dar a mínima para o fato de as vítimas terem armas e não estavam nem aí que dois de seus companheiros tivessem sido alvejados pelos adolescentes.

Os mascarados andavam em sincronia, fechando mais o cerco. Os palhaços foram em frente, com suas botas pesadas. Pareciam prontos para cortar, fatiar e atirar.

— CORRE! — gritou Rust.

Ele abaixou a arma até a cintura e atirou no palhaço mais próximo, o grandão que deu a volta pela frente do celeiro, segurando uma besta. O tiro não acertou e atingiu de raspão apenas o ombro e a lateral do corpo do sujeito. O homem girou com o impacto e gritou, mas não antes de dar seu próprio tiro. A flecha voou até a pequena multidão de sobreviventes.

Não era preciso dizer duas vezes. Quinn seguiu Rust e recarregou o rifle enquanto corria.

Tinham que correr para o Norte, em direção ao único lugar onde não havia assassinos à vista. Ou será que era lá que os palhaços os queriam? Será que estavam sendo pastoreados?

Enquanto corria, Quinn foi tomada por paranoia. Era loucura. Não se tratava de apenas um maníaco, um único lobo solitário. Era um exército dos pesadelos constituído pelo mascote bobinho de Kettle Springs, só que multiplicado. Ela lembrou das últimas palavras de Janet, do aviso: era vingança.

Quando passaram por ele, Quinn e Rust mantiveram a maior distância possível do palhaço ferido. Enquanto corriam, Rust remexia nos bolsos da calça, provavelmente atrás de mais balas. Não, balas, não. Eram cartuchos. Ele falou bem sério quando apontou essa distinção no milharal.

Estavam passando entre o celeiro, cujas portas da frente estavam lotadas de corpos fumegantes, e o silo, quando Quinn ouviu uma voz chamando.

— Rust, Quinn! Aqui!

Cole Hill estava na soleira do silo e acenava para eles. De repente, o garoto sumiu, como se tivesse sido puxado com tudo para trás de novo.

Quinn deu meia-volta e viu que dois dos palhaços, o do forcado e o do machado, a seguiam. Enquanto isso, os outros três começaram a trazer o inferno ao grupo de sobreviventes do celeiro. Os adolescentes chocados e indefesos tentavam se espalhar, mas não conseguiam.

Sem parar, ou nem mesmo mirar, Quinn virou o rifle em direção aos dois e atirou. Não acertou e não conseguiu nem fazer com que desacelerassem o passo. Um baita desperdício de munição.

Quinn e Rust deram de cara com a porta do silo, agora fechada. Rust mexeu na maçaneta e...

Nada.

A porta continuava firme.

— Deixa a gente entrar! — berrou Quinn.

Ela pegou a maçaneta e tentou. Rust soltou e carregou dois cartuchos na espingarda. Devido ao tremor nas mãos, deixou um cair no cascalho e se abaixou para pegá-lo.

Os palhaços estavam se aproximando. Um deles segurava o forcado para cima como se fosse um lançador de mísseis enquanto o outro parecia meio atrapalhado com o machado.

— Vão matar a gente também! — disse uma voz.

— Vai tomar no cu. Abre essa porta.

Com as costas contra a dela para se equilibrar, Rust bombeou a espingarda. Quinn chorava e batia, inutilmente, com o punho na porta.

— Abre a porta ou vou explodir essa merda — gritou Rust e, para ilustrar a ameaça, deu um tiro para cima.

Atrás dele, dava para ouvir passos e risadas. A gargalhada era densa e diabólica. O som de alguém que gostava de matar.

— Por favor — implorou Quinn, uma última vez.

À espera da morte, ela fechou os olhos. Esperava que fosse rápido.

E então, caiu para frente e foi esmagada pelo peso de Rust.

DEZENOVE

Cole abriu a porta para deixar Quinn e Rust entrarem. Foi necessário dar um soco na cara de Matt Trent, então, no fim das contas, nem foi tão ruim assim. Fazia uns bons anos que Cole andava fantasiando dar uma surra em Matt, provavelmente desde que ele começou a falar de como as coisas eram melhores antigamente e passou a incluir a palavra "mimizento" sempre que insultava alguém. Mesmo que os nós dos dedos de Cole estivessem doendo e agora já parecessem meio inchados, tinha valido a pena. Além do mais, também tinha feito tanto Matt quanto Ronnie calarem a boca. Ela parou de gritar, para ajudá-lo a fechar a porta de novo.

Acontece que, enquanto deslizavam a porta, uma bota pesada se meteu na soleira, e uma mão enluvada agarrou a entrada. O palhaço do outro lado grunhiu em protesto enquanto o pessoal tentava fechar os últimos centímetros da porta.

Cole não podia se mexer, não podia soltar, ou então o palhaço entraria. Por sorte, Rust percebeu.

— Vai pra trás — disse Rust, assentindo para Cole.

Rust ainda estava caído de costas, mas com o cano da espingarda erguido. Quinn se arrastou pela sujeira e por grãos de milho para sair debaixo dele.

Cole sorriu. Foi bom sorrir, assim como foi bom perceber que ele e Rust ainda compartilhavam a mesma sintonia. Mesmo depois de tanto tempo. Mesmo numa situação dessas.

O rapaz se afastou da mão do palhaço e da porta. Como sabia o que estava por vir, deu meia-volta e cobriu o rosto e o pescoço de Ronnie com os braços, para protegê-la dos estilhaços e farpas.

O tiro ecoou pelo cilindro de madeira vazio lá em cima.

Cole voltou a olhar e viu um pedaço de mão toda estourada. A luva foi destruída pelo tiro, e, agora, restava apenas um dedo, pendurado por um fiapo no pulso do palhaço.

Fecharam a porta e passaram o trinco.

Lá fora, o palhaço chorava, pedindo ajuda. Era a voz de uma mulher, aguda, balbuciando e se lamentando pelo sumiço de sua mão.

Cole olhou para Rust e assentiu, satisfeito. Bom trabalho, cara. De alguma forma, ele soube desde o início que os tiros não vinham da polícia. Sabia que Ruston tinha vindo ao resgate.

Quinn arquejou, o que chamou a atenção de Cole. Ela estava engatinhando e acabou ficando cara a cara com o cadáver de Erin.

— Mas que p... — disse, mas Cole sabia que não tinha como explicar.

Não naquele momento. Em vez disso, simplesmente ofereceu a mão para ajudá-la a se levantar.

— Que porra foi essa?! — gritou Rust enquanto se levantava. — Por que vocês não abriram a porta? A gente podia ter morrido.

— Eu tentei — respondeu Cole. Ele olhou para Matt, que estava sentado em um caixote de leite, esfregando a mandíbula e com o rosto todo vermelho sob a luz da lâmpada incandescente. — *Alguém* aqui não queria deixar.

— Tá achando que essa fantasia ainda tá agradando, Trent? — Rust começou a se aproximar de Matt. — Por que não tirou essa porra ainda?

A espingarda estava virada, então parecia mais com um taco de beisebol agora. Cole tinha gostado de dar na cara de Matt, mas Rust ia empalar a cabeça do cara se continuasse assim.

Ronnie deve ter previsto onde aquilo ia dar. Ela pulou nas costas de Rust, mas ele era forte e estava puto, então simplesmente a carregou como se a garota não passasse de um saco de arroz.

— Não foi de propósito — disse Ronnie. — Não machuca ele.

Rust ergueu os braços para tirá-la dali.

— Ele é um otário, isso sim.

— Vai tomar no cu — disse Matt, o que não ajudou muito a situação.

Rust estava prestes a avançar de novo em Matt quando Cole o surpreendeu com um abraço apertado.

— Tô tão feliz que você tá vivo — disse Cole em seu ouvido. — A gente tem mais com o que se preocupar agora.

Ele se virou para Quinn e esticou um braço até o ombro dela, mas não chegou a encostar.

— Você tá bem, Maybrook?

— Viva pelo menos eu tô — respondeu ela com um sorriso nervoso.

Todos ficaram quietos e imóveis. Cole conseguia ouvir a respiração de cada um. Lá fora, os lamentos do palhaço sem mão pararam e se transformaram num soluço triste e desamparado.

— Olha, desculpa, tá bom? — disse Matt, implorando com as mãos. — Eu *sou mesmo* um otário. É que a gente tava com muito medo.

Rust o encarou de cima a baixo.

— Tá. Que seja.

Cole sabia que, por ora, o problema tinha passado, mas nunca seria esquecido.

E então ouviram um rugido zangado vindo lá de fora. A porta estremeceu. Houve um estrondo alto. Lascas voaram para dentro e um machado foi enterrado na superfície. Um pedaço de madeira de uns 12 cm caiu.

— Eles vão entrar! — gritou Quinn. Ela ainda segurava a arma e a apontava para frente, bem no buraco recém-aberto pelo machado, ameaçando quem quer que estivesse ali. — Se afasta ou eu atiro!

Cole sabia que Rust passou a vida inteira caçando. No princípio dessa vida, Cole esteve por perto, mas tudo desse universo era novidade para Quinn. E, pelo visto, ela estava tirando de letra.

Ela enfiou o cano do rifle no buraco e atirou.

E, simples assim, as investidas com o machado pararam.

— Ô, gente. — Rust levou um dedo aos lábios e, em seguida, acenou. — A gente tem que dar o fora daqui — disse, com um tom apressado e conspiratório na voz. — Aqui ficamos vulneráveis. E eles não precisam entrar. É só tacar fogo que nem fizeram no celeiro.

— E o que você sugere, sargento? — perguntou Matt.

Ronnie tocou o ombro do namorado, tentando fazê-lo fechar a matraca. Mas Cole sabia que ela tinha pouquíssimo controle sobre Matt. Ninguém decidia o que Matt Trent dizia ou fazia, nem o próprio Matt, na maioria das vezes.

— Quantas balas vocês ainda têm? — perguntou Ronnie.

— Deixei a minha bolsa lá no milharal — disse Rust. Em seguida, bombeou a espingarda. — Então não tantas quanto a gente gostaria.

A arma era uma Winchester 1300 de que Cole se lembrava de ver na infância deles. O corpo de madeira parecia algo do Velho Oeste, pelo menos quando comparado com as espingardas pretas táticas que Cole já tinha visto no YouTube. Rust bombeou a espingarda uma segunda vez e revelou que o tambor estava vazio.

— Isso aí é ruim, né — disse Cole.

— É péssimo. Mas a boa notícia é que a Quinn tem... — Rust pausou e fez uma conta nos dedos. — Uns quatro ou cinco cartuchos. Não lembro muito bem.

— Então ela tem que dividir — disse Ronnie. Sua voz ficou mais aguda por um instante. Ela olhou para Quinn, que continuava vigiando a porta. — Dá a arma, novata. — prosseguiu Ronnie, apontando para si mesma. — Miss do Rifle de Kettle Springs, 2019.

Quinn a encarou, deu uma boa olhada em Ronnie Queen e em sua fantasia de Frendo, e então riu com deboche.

Depois, olhou para Rust em busca de apoio, e ele meneou a cabeça.

Quinn, com um sorriso malandro nos lábios, ignorou a ordem de Ronnie e voltou a apontar o rifle para a porta.

Meu Deus, sabe? Cole gostava daquela garota.

— O que é que tem nessas caixas aí? — perguntou Rust num suspiro enquanto indicava a metade do silo que parecia uma extensão da garagem da família Tillerson.

Cole deu de ombros.

— Vocês não olharam?

— Não parecia ter nada de útil, e a gente tava, tipo, meio ocupado — respondeu Cole.

Rust meneou a cabeça.

— Me ajuda, então. Sei lá se vão querer quebrar a porta ou tacar fogo na gente, mas vão voltar daqui a pouco. Fica de olho na porta, Quinn.

— Você tá indo muito bem, Maybrook — disse Cole, mais porque queria ver a cara de bunda de Ronnie.

Ronnie estava abraçando o ombro de Matt agora, indignada por terem lhe negado a arma. Os dois eram inúteis.

Cole ajudou Rust a desempilhar caixas e equipamentos aleatórios de fazenda.

— Tem que ter alguma coisa que dê pra gente usar antes de irmos lá pra trás — disse Rust, enquanto abria uma caixa de livros da coleção *Almanaque do Fazendeiro*, que pareciam ser dos anos 50.

— Lá pra trás? — perguntou Cole.

— Cara, faz quanto tempo que você vive numa cidade rural, mesmo? — perguntou Rust, finalmente com um pouco de senso de humor na voz. — A gente tá num silo de grãos.

— Eu sei, mas e daí?

Rust pisou forte no chão gradeado, e o som causou um *BUM* que ecoou.

— É velho, mas não tão velho assim pra não ter um sistema de descarregamento. — Ele deu uma olhada pela grade abaixo. — É uma esteira, não um moedor. Vai ser apertado, mas dá pra sair agachado por trás enquanto os palhaços ficam aí na porta.

— Mas que... — começou Cole, com a mão no ombro de Rust, que continuava mexendo nos caixotes. — Que ideia boa, cara.

Quanto será que aqueles dois tinham mudado desde que haviam parado de se falar? A pele do rosto de Rust parecia envelhecida, cansada. Cole entrou nessa de filmar vídeos de pegadinhas, aperfeiçoou a bebedeira e cuidou de sua presença nas redes sociais, enquanto Rust ficou fazendo o que sempre fez: viver.

A expressão de Rust mudou.

— Não tinha um pessoal fumando aqui dentro? — perguntou Rust, alto, para todo mundo.

— Tinha, por quê? — questionou Matt, já longe de onde tinha ficado chorando as pitangas com sua namorada.

— Acho que não é uma boa ideia — respondeu Rust enquanto puxava um caixote pequeno até o peito.

Era um pouco maior que uma caixa de sapato e tinha dois apoios feitos de corda.

— Que coisa é essa aí? — perguntou Cole.

— Meu palpite... — Rust saiu do solo gradeado, voltou ao chão imundo do silo e gentilmente colocou o caixote no chão — é que seja o único equipamento de pesca que Paul Tillerson usa.

Ele tirou a tampa e revelou uma caixa lotada de bananas de dinamite velhas e já úmidas.

— Puta que pariu, isso aí é perigoso, não é? — perguntou Cole.

— Perigoso ou não, vai ser como a gente vai dar o fora daqui — disse Rust, agachado. — Quem tem isqueiro?

— Ronnie? — pediu Cole, estendendo a mão.

Ronnie olhou para ele, franziu o cenho, então abriu parcialmente o zíper da fantasia de Frendo, mexeu num bolso interno e pegou um isqueiro barato da Bic.

Quinn continuava apontando o rifle para a porta, mas tinha ido um pouquinho para trás, para ficar mais próxima do grupo.

— A gente chegou até aqui. Pelo amor de Deus, não vai matar todo mundo — disse ela.

Belo conselho.

— Não vou — disse Rust. Com a ponta dos dedos e toda a gentileza do mundo, levantou uma das bananas de dinamite. Estava toda pegajosa com o que parecia sal marinho e azeite de oliva, mas Cole era inteligente o bastante para saber que era, na verdade, nitroglicerina. — Tá, Cole, olha só, acha a saída que dá na esteira e leva todo mundo pra lá.

— Mas e...

Houve uma batida na porta. O machado retornou e agora atacava pontos diferentes de onde Quinn estava mirando. A madeira velha começou a rachar.

Quinn apontou o cano do rifle e atirou, o que deixou a porta ainda mais danificada. Cole viu Rust se encolher e quase deixar a dinamite cair.

— Faz ela parar — disse Rust, olhando para cima. — É só uma faísca e...

— Errou, mocinha — provocou uma voz do outro lado da porta.

Cole foi até Quinn.

— Tem que parar de atirar — sussurrou ele. — A gente não pode ficar desperdiçando munição. Precisamos de você.

Cole viu a expressão de Quinn suavizar quando a garota se virou para ele. O pai dele tinha evitado o Vietnã, mas um de seus tios, não. Cole nunca o conheceu, mas Arthur Hill falava muito do irmão e sempre lamentava que ele tivesse ficado "doido de pipoco". Cole nunca tinha entendido a expressão — doido de pipoco — até esse momento, quando viu os olhos de Quinn. Se, há uns minutos, Ronnie tivesse insistido um pouco mais em pegar o rifle, as coisas não teriam terminado nada bem para a senhorita Queen.

— Vamos — disse a voz lá de fora. — Eles devem ter ficado sem munição.

— Vão pra trás ou eu explodo os miolos de vocês! — gritou Matt.

Todos olharam para ele, e Rust xingou baixinho.

— Que foi? Tô tentando ganhar tempo pra gente — sussurrou Matt, antes de dar de ombros.

Cole decidiu que, se conseguissem se safar dessa confusão, ia socar a cara dele de novo até ele apagar.

Da rua, houve dois puxões rápidos e, de repente, o familiar zumbido de uma serra elétrica.

— Agora, Cole, vai! — gritou Rust, enquanto juntava pavios de duas bananas de dinamite e mantinha o isqueiro preso entre os dentes.

Cole não hesitou; foi para o chão e começou a vasculhar até que achou uma abertura de sete por sete e a abriu.

— Entra todo mundo aqui — disse ele.

Ronnie não precisou ser chamada duas vezes. Foi a primeira e desceu os degraus com cuidado até ficar a mais ou menos 70 cm da base da área de descarregamento.

Com o cabelo inexplicavelmente ainda em um rabo de cavalo perfeito, ela olhou para Cole lá em cima.

— E agora?

De algum lugar mais para trás, a serra abocanhou a madeira e começou a cuspir serragem. De uma hora para outra, o interior do silo parecia um globo de neve.

— Engatinha! Até a esteira — gritou Cole, empurrando a cabeça de Ronnie para baixo com o tênis. — Agora você, Maybrook.

Ele tentou guiá-la para o buraco, mas precisou aplicar força quando ela começou a firmar o pé.

— Mas e o Rust?

Boa pergunta. Mas e o Rust? Aquela dinamite pré-histórica não parecia ter vindo com um fusível.

— Vou ficar bem — disse Rust, olhando, de onde estava agachado, para Cole e trabalhando num ritmo frenético. — Sério.

Os olhos de Rust focaram Cole. Implorando. Mentindo.

— Vocês precisam ir *agora*.

Cole entendeu. E entender acabou com ele.

— É. Ele vai ficar bem. Agora entra aí — pediu Matt Trent. Em seguida, sorriu e continuou: — Se não, te dou aquele soco que tô te devendo.

Sem poder se despedir ou desejar boa sorte a Rust, Cole Hill foi empurrado para o buraco.

Matt quis garantir que Cole havia entrado, e então o seguiu.

VINTE

Quinn nunca teve medo do escuro.

Além disso, para ela, espaços apertados nunca foram sinônimo de claustrofobia.

E, antes de hoje à noite, nunca nem tinha lhe passado pela cabeça ter medo de palhaços.

Os medos de Quinn tendiam a ser mais específicos. A maioria deles dizia respeito ao bem-estar de seu pai depois que ela fosse para a faculdade, ou à possibilidade de deixar o time de vôlei na mão durante uma partida.

Acontece que, ali, embaixo do silo, metida numa situação em que precisava engatinhar por um corredor que tinha a largura de seus ombros e imersa numa escuridão total, entendeu um pouquinho melhor alguns dos medos universais.

— Não dá pra ver nada! — disse Ronnie, com a voz abafada, mesmo que estivesse poucos centímetros a frente de Quinn.

— Só vai — respondeu Cole.

Quinn sentia a mão dele em um de seus tênis. Ele aplicava uma pressão contínua, sempre mantendo-a em movimento. Ela faria o mesmo por Ronnie, mas precisava segurar o rifle e, com a outra mão, se apoiar na esteira de descarregamento inclinada.

— Só faz o favor de não atirar em mim! — exclamou Ronnie, que ficava sendo cutucada pela ponta da arma. Não era de propósito, mas...

Será que isso faria você engatinhar mais rápido?

A passagem pequena e apertada tinha cheiro de milho seco e terra, mas também havia correias de metal se chocando contra seus pés e cotovelos. Rust estava certo, aquele túnel minúsculo *tinha* que levar à superfície.

Alguma coisa com um monte de pernas — uma barata ou centopeia — subiu nas costas da mão de Quinn. A criatura parecia um espanadorzinho de penas e se divertiu pelos nós de seus dedos. Além de palhaços, insetos estavam quase entrando na lista de medos que ela não sabia que tinha.

— Continua indo — apressou Cole.

Quinn já não ouvia mais a serra elétrica. Acima e atrás deles, os palhaços ainda deviam estar serrando a porta, mas não dava para ouvir muito mais do que sua própria respiração curta e atrapalhada.

O silo não era mais usado, então qual seria o sentido de manter essa esteira funcionando? Se não houvesse como sair, se a saída tivesse sido tapada com madeira ou concretada, a grande possibilidade era de que fossem sufocar ali embaixo.

Quinn tentava não pensar nisso e continuava lutando para prosseguir centímetro a centímetro, como estava fazendo.

— Senti alguma coisa aqui! — gritou Ronnie, antes de parar abruptamente. A mão estendida de Quinn tocou a canela da garota e puxou a fantasia do Frendo para cima. — É o fim... é... — balbuciou Ronnie. — É terra!

— Então cava — disse Quinn.

Cole deu uns tapinhas no tênis dela para indicar que concordava.

Matt disse alguma coisa, mas Quinn não conseguiu decifrar o quê.

— Dá pra sossegar a porra do facho, Trent? — vociferou Cole. — Tá todo mundo preso aqui embaixo. Respira fundo.

Quinn ouviu Ronnie fazer força contra alguma coisa, cavar e estremecer pelo esforço.

— Consegui. Acabou a terra. Agora é só grama!

— Continua! — exclamou Quinn, tentando encorajá-la.

Um segundo depois, um torrão caiu na boca aberta de Quinn. Ela fechou os olhos frente à chuva de terra úmida, e a escuridão não pareceu muito diferente do breu que preenchia o túnel à sua volta.

Foi então que sentiu o cheiro: não era de suor ou do bafo de alguém, mas sim ar fresco, que agora corria e preenchia a pequena passagem.

De repente, Ronnie já não estava mais ali. Quinn foi para a frente, e uma mão toda suja a ajudou a sair do túnel.

Quinn mandou o rifle primeiro e deixou Ronnie pegá-lo antes de se arrastar pela grama morta e sair do buraco como se estivesse nascendo de novo.

De pé e com os joelhos tremendo, ela ajudou Ronnie a puxar Cole e, depois, Matt.

— Cadê ele? — perguntou, em direção ao escuro.

— Temos que ir — respondeu Cole.

Quinn sabia que ele tinha razão; o túnel os tinha deixado a menos de 3m de distância da base do silo. Dava para ouvir a serra elétrica, mesmo que nenhum palhaço estivesse à vista.

O grupo se reuniu na margem do milharal, e Quinn parou.

— A gente tem que chegar na estrada — disse Ronnie, segurando o rifle. O rifle da *Quinn*.

— Não. A gente tem é que esperar o Rust — argumentou Quinn.

— A Ronnie tá certa — disse Matt. — A estrada. Precisamos de ajuda.

— A estrada pra quê? Se der pra chegar na casa dos Tillerson, o negócio é usar o telefone fixo deles e pedir ajuda — ofereceu Cole.

Era essa a conexão que Quinn tinha tentado fazer mais cedo. Se a família Tillerson tinha saído no fim de semana para ir em uma convenção agrícola, não poderiam ajudar em nada, mas mesmo assim ainda teriam um telefone. Ou quem sabe a casa poderia servir como abrigo.

— E você sabe chegar lá? Tem certeza de que direção tomar? — perguntou Ronnie a Cole, meio que desafiando-o a negar. — Se não der certo na estrada, é só a gente voltar por lá e ir pra casa deles. Pode ser nosso plano B...

— Devolve a minha arma — disse Quinn. Estava cansada daquele papo-furado e a interrompeu.

— *Sua* arma? — questionou Ronnie. A ênfase não foi nada certa. Ela olhava para a arma que tinha em mãos.

— É... minha arma. Quero de volta — exigiu Quinn, já irritada e pronta para brigar.

Mas então o silo explodiu.

O ar ficou quase sólido quando, quente, os atingiu. Pareceu a mão calorosa de um deus pressionando tudo com gentileza enquanto uma bola de fogo transformava noite em dia em um intervalo de poucos segundos.

A sensação não era de que Quinn tinha perdido a consciência. Estava mais para uma piscada longa.

Ela ergueu a cabeça, olhou ao redor e viu que os pés de milho tinham sido amassados pela explosão; cada planta cedeu na base, e Quinn, Ronnie, Cole e Matt tinham cedido também.

Quinn resmungou enquanto tentava se sentar. Quando conseguiu, viu que Cole já estava sentado e, fungando, observava o lugar onde o silo ficava.

O cabelo de Ronnie estava chamuscado, mas parecia que não havia fagulha que pudesse lhe tirar o produto dos fios. Quinn engatinhou até ela e pegou o rifle de volta.

Os jovens piscaram um para o outro por um momento enquanto olhavam para o buraco onde o silo ficava. Não havia a menor possibilidade de Rust ter saído vivo daquilo.

— Bom, ele conseguiu, né. Explodiu esses pau no cu — disse Cole, mais para si mesmo do que para os outros. — Aquele desgraçado filho da puta se sacrificou pra acabar com eles.

— Não com todos — disse Matt, apontando.

E lá, no meio da clareira, outro Frendo, o Palhaço atravessou a fumaça e se atirou em direção ao grupo.

O sujeito limpou o facão longo e curvado em um lado da calça.

Através da paisagem desolada, o palhaço sorriu e apontou a lâmina.

E que outra escolha eles tinham? Saíram correndo, né?

VINTE E UM

Glenn Maybrook tinha dirigido até o outro lado do país, aceitado um emprego em uma cidade da qual nunca tinha ouvido falar, num lugar que nunca havia nem visitado, deixado a vida da filha de cabeça para baixo e, muito provavelmente, prejudicado a confiança dela no pai para o resto da vida. Pois é, fez *tudo* isso para preservar sua própria sanidade.

Pensando em retrospecto, ele podia muito bem ficar falando e falando de como seria um recomeço para os dois, mas, na verdade, se mudar foi uma decisão bem egoísta.

Tudo para que não tivesse que trabalhar em uma emergência de hospital nem mais um dia sequer.

E mesmo assim.

Mesmo assim estava perdendo essa paciente.

— E como é que você espera que eu cuide dela com uma pinça, um bisturi velho e um kit de primeiros socorros todo capenga? — perguntou ele para a escuridão que o cercava. Depois, resolveu ir um pouquinho mais longe e testar a sorte. — Não tá nem esterilizado.

— Não tinha nada de equipamento médico na sua casa. A gente teve que improvisar. Só dá o seu melhor — respondeu a voz.

— Meu melhor? Alguém atirou na porra da mão dela.

A paciente gemeu. Continuava com a máscara de palhaço e respirava com dificuldade pela fenda de plástico. Tinha gritado com o médico quando ele tentou removê-la.

Outro palhaço, um sujeito grande, que também tinha se ferido com um tiro no ombro, trouxe-a e tirou Glenn de sua cela para ajudar.

— Tô nem aí pro que o cara na caixa de som tá falando — sibilou o grandalhão. — Se não salvar ela, eu te mato.

Depois da ameaça, o palhaço saiu, subiu os degraus de aço e o deixou com aquela mesa de cirurgia rústica.

Embora sozinho com a paciente, o médico continuava sendo observado. Mas de onde? Será que havia uma câmera acima dele? Será que seu sequestrador estava na sala ao lado? Ou a duas cidades de distância? Será que Glenn poderia subir aquela escada com aparência industrial e dar o fora dali?

Não. Não tinha como. Querendo ou não, havia uma mulher na mesa à sua frente que morreria sem ajuda.

— Sentiu isso? — perguntou Glenn, enfiando a ponta da pinça no meio do ferimento.

A paciente grunhiu, mas não dava para ter certeza se em resposta ao que o doutor tinha feito. Ela estava grunhindo um monte.

Ele olhou para as manchas na pinça. Tinha que ter cuidado com o modo como lidava com o equipamento cirúrgico. Até tentou limpar as mãos o máximo possível com o rolo de gaze chinfrim que achou no kit, mas seus dedos ainda estavam imundos com uma meleca pútrida de milho e merda de rato — tudo ali era qualquer coisa, menos esterilizado. Mesmo que Glenn conseguisse estabilizá-la, precisaria da maioria dos antibióticos do meio-oeste para impedir a infecção.

— E agora? — perguntou de novo enquanto cutucava.

A mulher emitiu um grito agudo através da máscara de palhaço. Estava respirando o próprio ar lá dentro, e acabaria sendo necessário mais e mais esforço para conseguir puxar oxigênio conforme fosse sendo engolida pelo choque.

Alguém havia colocado um saco plástico no pulso dela para estancar o sangramento. Era rudimentar, mas eficiente. Talvez salvasse sua vida. No mínimo, tinha prolongado.

Ao longo de sua carreira, Glenn Maybrook viu vários ferimentos causados por tiros, mas pouquíssimos tão ruins como esse. Primeiro de tudo, espingardas não são a coisa mais popular do mundo na Filadélfia. E, segundo, o disparo foi feito de tão perto que o restante do braço dessa mulher estava... cozido? Ele sinceramente nem sabia que aquilo era possível.

Antes de remover o saco plástico, Glenn precisaria cortar a pele carbonizada com o bisturi, remover todas as farpas que conseguisse e depois suturar o máximo que ela permitisse com o pequeno rolo de barbante de algodão, e isso tudo sem anestesia. Dentro da caixa branca que abrigava o kit de primeiros socorros, havia um kit de costura do Motel 6, o que teria sido até engraçado se não fosse a única coisa entre a vida e a morte da paciente.

— Pode me dizer seu nome?

— Frrrrr...

A mulher tentou e se esforçou, mas parecia estar sentindo uma dor excruciante.

— Frendo — respondeu ela, por fim.

E, então, aconteceu o que talvez tenha sido a parte mais estranha de uma noite já estranha: ela riu.

— Tá bom, Frendo. Eu sou novo aqui na cidade, vou tirar sua máscara, tá? Você tem que conseguir respirar direito.

Estar de volta a uma mesa de operação, ou algo próximo disso, deixou Glenn mais corajoso que devia.

— Doutor, eu não faria isso se fosse você — disse a voz acima.

A distorção do Darth Vader já não estava mais sendo usada, mas a voz que ecoava da caixa de som não era familiar mesmo assim.

— Vou fazer o que for preciso pra manter essa pessoa viva.

— À vontade.

A paciente lutou, mas ele tirou a máscara de plástico...

E... *puta merda*. Estava brincando com o lance de ser novo na cidade, mas *reconheceu* a mulher na mesa.

Era a garçonete da lanchonete. O penteado distintivo em formato de colmeia fora enfiado em uma touca, provavelmente para mantê-la o mais parecida possível com o palhaço grandalhão.

— Não sei o que você fez pra acabar assim — Glenn começou a dizer enquanto a segurava para olhá-la nos olhos.

— Mas, dona, a senhora tá gravemente ferida. Só tô tentando ajudar.

Ele apertou sua mão boa e tentou falar do jeito mais reconfortante possível, dadas as circunstâncias.

— Agora, será que a senhora pode me lembrar seu nome?

— Hum... — Ela engoliu em seco. — É... meu nome é Trudy.

— Então, tá, Trudy. Eu sou o Dr. Maybrook. Você atendeu minha filha e eu.

— Eu sei. Eu lembro — disse ela enquanto forçava um sorriso. — E espero que aquela putinha morra bem devagar no milharal!

Trudy tentou cuspir nele, mas não conseguiu.

Glenn soltou a mão da mulher e se afastou da mesa com a cabeça latejando como se tivesse levado um soco.

Quinn! Tinham perguntado por Quinn quando o pegaram. De algum jeito, ela estava envolvida. De alguma forma, sua filha tinha virado um alvo.

Trudy estava gargalhando de novo, morrendo de rir. Metade do riso vinha das alucinações causadas pela dor e, a outra, deformada pela maldade.

— Pensa muito bem no que você vai fazer agora, Dr. Maybrook — disse a voz acima. — Sua filha não morreu... ainda.

Ele assentiu com um movimento exagerado que pudesse ser capturado pela câmera. Tinha entendido.

Glenn Maybrook deixou o Juramento de Hipócrates de lado por um momento e enfiou a ponta da pinça bem fundo no osso rádio exposto de Trudy.

Pelo menos um *pouquinho* de dano tinha causado.

Trudy deu um grito estrangulado de dor antes de desmaiar.

Pronto. Agora tinha como estabilizar a paciente.

Depois disso, precisava achar um jeito de sair dessa. Um jeito de voltar para Quinn.

VINTE E DOIS

Até doía ter que admitir, mas Ronnie e Matt estavam certos.

É preciso dar os créditos quando é merecido: ir para a estrada acabou sendo a coisa certa a se fazer.

Ela soube assim que colocaram os pés para fora do milharal e viram faróis se aproximando no horizonte.

Seriam salvos.

Cole agarrou a mão de Quinn.

— Se prepara.

Ela assentiu.

Quinn assentiu para o restante do grupo, mas continuava olhando de vez em quando para o fosso da rodovia e para o milharal. Era difícil se mover entre os pés de milho sem deixar um rastro. Da leve elevação da estrada, ela olhou para o campo.

253

Ela desperdiçou duas balas ao atirar cegamente no palhaço com o facão quando saíram correndo.

Não havia indícios de que haviam sido seguidos. Parecia que o palhaço tinha desistido, mas, mesmo assim, Quinn continuava olhando para trás. Tinha certeza de que o assassino atravessaria a estrada a qualquer instante.

Mas o palhaço deve ter ou se perdido ou desistido. Uma caminhonete desacelerou. Quinn já estava a postos para sair correndo atrás do veículo e pular na carroceria, se fosse preciso.

Quinn conseguiu ouvir música country conforme a caminhonete ia se aproximando. O som ficou ainda mais alto quando as janelas foram abaixadas um pouco.

— Por favor, ajuda a gente! — gritou Cole.

Devido ao brilho dos faróis, não dava para ver o rosto do motorista. Quando a caminhonete começou a desacelerar, Quinn agarrou a mão de Cole e cravou as unhas nela. Ele apertou de volta em resposta, e ela percebeu que os dois estavam esperando a mesma coisa:

Que estava fácil demais, que o motorista estaria vestindo uma máscara de palhaço.

— E o que é que vocês tão fazendo aqui?! — gritou o motorista, com o sotaque mais marcado que Quinn tinha ouvido desde que chegou a Kettle Springs. O homem continuou freando, mas não parou. O grupo se dividiu quando a caminhonete foi um pouco para frente.

Matt e Ronnie ficaram do lado do carona, e Cole e Quinn no lado do motorista, prontos para conversar com o sujeito. Ela fez questão de apontar a arma para o asfalto; não queria assustá-lo.

— Seja lá o que vocês tiverem aprontando, não quero me meter — disse o homem.

— Tão tentando matar a gente. Você precisa nos ajudar! — exclamou Quinn. Ela largou a mão de Cole e agarrou o retrovisor, pronta para puxar a caminhonete se precisasse.

A cabine do veículo tinha um fedor de gambá e ferro queimado. Qualquer outro dia, o motorista teria sido visto como um demônio, alguém que os outros atravessariam a rua para evitar. Acontece que ele não vestia uma máscara do Frendo e não estava todo sujo de sangue, então, para Quinn, aquele cara parecia um super-herói.

— Quem é que tá tentando matar vocês? — perguntou o motorista através da janela, mas para Cole, não Quinn. Em seguida, assentiu para os dois adolescentes vestidos como palhaços que ocupavam sua janela do carona. — E por que é que aqueles ali tão com essa roupa fora da casinha? Não é Halloween nem nada.

Ele mantinha a caminhonete se movendo, mas devagar. Quinn conseguia perceber que, assim como ela e seus amigos, aquele homem não gostava nada da situação.

— Senhor, a gente precisa de ajuda — disse Quinn. O carro foi mais para frente enquanto os pneus trituravam cascalho sobre o asfalto antigo. Só que agora mais lento, mais lento. Ela manteve a mão no metal gelado do retrovisor. — Tem uns doidos mascarados por aí. Mataram nossos amigos. Acho que ainda tão matando eles. A gente precisa sair daqui, precisamos chegar na polícia.

Tudo de que ela precisava era que o motorista parasse por um instante, escutasse suas palavras e registrasse o medo em seus rostos. Que percebesse que não era uma brincadeira.

Ele parou. Graças a Deus.

Mas então houve uma batida seca do outro lado da cabine.

Matt chutou a porta do passageiro e depois passou uma mão ardilosa pela abertura da janela. O vidro ao redor ficou embaçado.

— Deixa a gente entrar, seu zé ninguém do caralho, viciadinho filho da puta! — gritou Matt. — É uma emergência!

Com olhos tristes e resignados, o motorista se virou para Quinn e disse:

— Não vou cair nessa, pirralhada.

O motor rugiu, e a caminhonete deu o fora. O retrovisor escapou das mãos de Quinn. Cole passou o braço ao redor da cintura dela e a puxou de volta. Os pés dela quase foram esmagados pelos pneus.

O grupo ficou observando o carro se afastar. Os campos e a estrada foram ficando cada vez mais no escuro à medida que os faróis sumiam.

Ninguém disse nada até que a esperança de conseguir uma carona foi pelos ares de verdade quando o veículo desapareceu no horizonte.

— Puta que pariu, Matt! — gritou Cole. — Pra que fazer isso, cara?

— E como é que eu ia saber que aquele covarde ia dar no pé?

— Cala a boca — disse Quinn. — Só cala a boca.

Matt não discutiu. Simplesmente deu de ombros e voltou a se segurar em Ronnie como se ela fosse a única coisa que ainda o mantivesse de pé.

De olho no horizonte, Quinn deu alguns passos para frente e para trás, à procura de algum movimento no milharal. Nada. Apenas quilômetros e quilômetros de pés de milho divididos por uma rodovia vazia.

— Olha, Quinn — Ronnie começou a dizer —, o Matt errou, mas isso não te faz a Rainha da Cocada Preta.

— Quer saber? — respondeu Quinn, irritada. A arma em suas mãos a fazia se sentir poderosa e lhe garantia que ela era, no mínimo, a *Princesa* da Cocada Preta...

Cole colocou a mão em seu ombro para acalmá-la antes que ela dissesse algo que pioraria a situação.

— Agora já foi — disse ele. — O negócio é sair daqui vivo.

— Tá bom. Pra que lado fica a casa dos Tillerson? — perguntou Quinn. — A gente vai pra lá. Se outro carro aparecer, é só tentar de novo.

Matt e Ronnie não discutiram.

— Pro Norte. A gente vai ver quando chegar no desvio. É pra lá — respondeu Cole, apontando.

Começaram a caminhar. O silêncio parecia desconfortável. Quinn não conseguia parar de pensar em Rust. Sua camisa ensanguentada, sua barba por fazer, o sorriso bobo, o humor. E Janet, sua pele perfeitamente lisinha, os lábios com gloss, o modo como saiu correndo do milharal para lhes avisar que havia mais de um palhaço.

Só que Quinn não precisou ficar sozinha com suas lembranças por muito tempo.

Não chegaram muito longe.

— Olha!

A primeira exclamação fez a pele do pescoço dela se arrepiar.

— Aí, sim, porra! — Matt comemorou.

A estrada às suas costas estava mergulhada em luzes vermelhas e azuis.

A polícia tinha chegado.

Ou, pelo menos, um policial.

Já bastava. O xerife estava ali.

— Demoraram pra cacete — disse Ronnie, nada satisfeita, mesmo enquanto os meninos comemoravam e acenavam.

O xerife parou alguns metros à frente deles e abriu a porta, mas sem desligar as luzes.

Era tão grande quanto Quinn se lembrava do desfile e da lanchonete. O sujeito não se apressou e levou todo o tempo do mundo para vestir o chapéu, mesmo enquanto Quinn e Cole balbuciavam informações.

— Graças a Deus que você chegou.

— Pede reforço!

O xerife não respondeu. Simplesmente passou por eles. A viatura ficou de lado; não estava bloqueando a estrada, mas fora estacionada sobre as duas vias.

— Cadê a festa? — perguntou o policial. — Preciso que você acabe com a festa *agora*, Cole.

— Dunne — disse Cole, dando um passo à frente. — Sei que não sou a sua pessoa favorita, mas tem umas pessoas por aí vestidas de Frendo. É... é loucura. Eles tão matando gente. Você precisa fazer alguma coisa.

— Dunne, não — disse Dunne, sem entonação alguma na voz.

— Quê?

— É xerife pra você. Não sou teu amiguinho. Então, antes de começar, você vai me chamar de "xerife Dunne" e me tratar com respeito.

A expressão no rosto de Cole rapidamente se transformou em choque. Não era possível. Quinn observou Cole controlar seus traços lânguidos e contorcê-los em algo que se aproximava de sinceridade, respeito e paciência.

— Peço desculpas, xerife. O senhor precisa usar o rádio e pedir reforços. Tem pelo menos mais um. Talvez mais.

— Mais um o quê?

— Um *palhaço*, xerife. Eles têm bestas. Machados também. Eles...

— E vocês tão com armas. — Ele olhou para Quinn, reconheceu-a pela primeira vez e percebeu que ela continuava segurando uma espingarda. — E esses dois trouxas aqui fantasiados de Frendo. — O policial indicou Ronnie e Matt. — Quanto você bebeu, garoto? Tão me filmando agora, é? De onde é esse sangue falso? Ou mataram um por...

— Xerife, por favor, você precisa ouvir — disse Cole.

— O telefone lá da delegacia tá que não para. A Maggie tá de folga hoje à noite, então eu mesmo que tive que atender. Alguém falou que um dos campos do Tillerson tá pegando fogo. Beleza. Depois outra pessoa ligou e disse que teve uma explosão, que os iranianos tinham ido fundo mesmo dessa vez. Que detonaram uma grandona — disse o xerife, dispensando Cole com uma mão. — O povo tá entrando em pânico. Aí eu dirijo até aqui pra investigar, e a tua fuça é a primeira coisa que eu vejo, Hill.

Quinn viu Cole engolir em seco e respirar fundo. Ele tinha um milhão de coisas a dizer, mas, assim como Quinn, também estava chocado demais para saber por onde começar.

— Xerife Dunne. O senhor precisa entender que eu sei o que isso tá parecendo, mas...

— Fecha a matraca — disse o xerife, encerrando a conversa. — Dunne levou um dedão até o coldre e se ajeitou. Ele parecia desconfortável com alguma coisa. Estava suando, apesar do ar gelado, e dava a impressão de que ficava olhando para trás. Quinn não conseguia entender o porquê. — Hum... Queen, Trent. Ou você. — Ele apontou para Quinn com um dedo grosso.

— Maybrook — disse Quinn, informando seu sobrenome.

— Por que é que uma menina boa que nem você se meteu com um fracassado desse? Cole, entra no carro. Vou fazer um B.O. por perturbação pública.

— Não faz sentido. Tem gente morta — protestou Cole. — E eles ainda tão por aí. Os palhaços ainda tão aí matando gente!

Com isso, o xerife surtou. Agarrou Cole pelo pescoço com uma mão e dobrou o punho do garoto nas costas com a outra.

— Pois é, tem gente morta mesmo. Sua mamãezinha... sua irmã. Parece que muita gente morre perto de você, Hill. E pra mim já deu.

— Me solta... — Começou Cole enquanto dava seu melhor para se afastar enquanto o xerife Dunne abria a porta do carro e o empurrava para dentro.

Quinn começou a se aproximar, mas então sentiu uma mão fria em seu ombro que gentilmente a puxou para trás.

— Não — sussurrou Ronnie. — Você só vai piorar as coisas.

— Só fala a verdade pra ele, Quinn! — berrou Cole quando Dunne fechou a porta com tudo.

VINTE E TRÊS

Cole Hill sempre deixou o cabelo um pouquinho mais longo do que o pessoal sem graça da cidade costumava deixar.

Não é que não gostasse do povo da cidade ou dos coroinhas quando era criança. Ou que pensasse que era melhor do que eles porque sua família tinha dinheiro.

Nada disso. A questão é que cabelo curtinho simplesmente não era seu estilo. Desde muito novo, Cole sabia que era diferente. Janet chamava essa característica de "um quezinho de estrela", mas, agora, pensando bem, ela provavelmente falava sarcasticamente.

Cole estava deitado, de cara para baixo, no banco de trás. O cabelo caíra sobre os olhos, e ele tinha permanecido no lugar onde Dunne o tinha atirado por mais tempo do que seria necessário, apertado entre o estofado e os bancos da frente. Sentia-se derrotado, mas, de algum jeito muito esquisito, seguro também. Encasulado ali, a sensação foi de que o nó que se formara em seu peito se havia se desfeito pela primeira vez em horas.

E não, o pessoal de Kettle Springs não continuou sendo sem graça. A impressão era de que, lá pelo ensino fundamental, mais ou menos quando todo mundo ganhou um celular, eles foram desenvolvendo personalidade.

Depois, quando ele não sentia a menor vontade de levantar da cama, que dirá ir ao barbeiro, o cabelo de Cole ficou ainda maior, mas não por causa de tendências da moda.

Seus olhos ardiam, já que o cabelo que cobria sua visão estava todo oleoso de quando Dunne o agarrou e forçou sua cabeça para baixo ao jogá-lo na viatura.

A mão do xerife estava grudenta e tinha o tamanho, o calor e a consistência de presunto assado recém-tirado do forno.

Dunne era um babaca. E era bem capaz que tivesse uma obsessão nada saudável pelo comportamento de Cole Hill desde que Victoria morreu.

Acontece que Dunne não era burro. Não era negligente. E foi com esse detalhe que Cole se consolou.

Aquele filho da puta daria ouvidos a Quinn e então entraria em ação. Traria a polícia estadual e o FBI para o milharal antes mesmo que o Sol nascesse. Eles chegariam com armas em riste e sacos abertos para guardar as provas.

Mas aquelas mãos suadas, o jeito como ele era enorme...

Por algum motivo, Cole não conseguia deixar esse detalhe de lado e levantou o rosto do banco emborrachado do veículo. Mesmo depois de ter passado tanto tempo na cela da delegacia e na pequena sala de interrogatório que ficava na prefeitura, Cole nunca tinha ficado no banco de trás do carro de Dunne. O assento tinha um cheiro estranho, não de couro (nem natural nem sintético), mas provavelmente de algum material fácil de limpar caso alguém sangrasse ou vomitasse ali.

Cole se apoiou e levantou, para conseguir ver lá fora, enquanto Quinn explicava o que estava rolando.

Observou Quinn praticamente implorando com o olhar. Essas janelas deviam ser alteradas de alguma forma, talvez fossem duas vezes mais grossas que o normal, ou então blindadas, porque Cole não conseguia ouvir nada.

Conseguia ver que Quinn estava dando o seu melhor para manter a calma, mas também via as lágrimas se acumulando no queixo dela. Algumas pingavam, e outras escorriam pelo pescoço enquanto a garota relatava o que tinha acontecido.

Ronnie e Matt estavam um de cada lado e assentiam em silêncio.

Dunne ouvia, mas não assentia em momento algum. Não parecia desacreditado ou cético, mas também não estava puxando seu lencinho. O policial se mantinha afastado, e os olhos de Ronnie e Matt ficavam indo para lá e para cá como num jogo de ping-pong entre a garota nova e o xerife. Ronnie mantinha uma mão no ombro de Quinn.

Cole conseguia ver pontos escuros ficando ainda mais escuros no peito de Dunne, que ouvia e falava de vez em quando — uma ou duas palavras curtas que deviam ser "sim" ou "continua" — enquanto Quinn ficava visivelmente cada vez mais frustrada.

Pontos escuros.

Aquilo não era suor. Era sangue. E vinha de *dentro* do uniforme de Dunne. Como se ele tivesse acabado de trocar de roupa e estivesse sangrando na camiseta nova.

Enquanto concluía essa epifania, as mãos de Cole já tinham ido direto até a maçaneta da porta, só que não havia maçanetas. Não era uma porta normal de carro.

Era a porta de uma viatura. O vidro não era elétrico, e não havia como destrancar a porta. Além disso, ainda havia uma grade de ferro que separava o banco de trás dos da frente. Era um veículo construído para segurar pessoas (criminosos!).

PUTA QUE PARIU. Como é que Cole pôde ser tão burro?

Ele bateu com as duas mãos na janela e conseguiu chamar a atenção de Quinn.

Ela olhou para ele, toda confusa. A mão de Ronnie saiu do ombro dela e agarrou o rifle.

— Um! Deles! — gritou Cole, intercalando as palavras com tapas no vidro. Precisava que o ouvissem e entendessem o mais rápido possível.

Xerife Dunne simplesmente deu um sorriso e colocou a mão sobre sua arma de serviço; já tinha até aberto o coldre de couro. Cole não tinha nem percebido quando ele o abriu.

Quinn tentou se afastar e erguer a arma ao mesmo tempo, mas não foi rápida o bastante. Dunne estendeu o braço direito e a agarrou num mata-leão bem quando Ronnie puxou o rifle.

Sem olhar para Quinn, mas mantendo contato visual com Cole, que gritava e batia na janela, xerife Dunne pegou sua arma e deu uma coronhada na têmpora dela, o que a deixou atordoada.

Ele a soltou e se afastou para conseguir mirar, dando outro golpe na garota logo em seguida. O impacto da coronhada a fez cair com tudo, de costas, no asfalto.

Ronnie e Matt olharam para Quinn a seus pés e depois para Dunne, que estava esfregando o ombro, estremecido, e reclamando de um ferimento ali.

Ronnie fez contato visual com Cole e *sorriu*.

O xerife Dunne apontou para Ronnie e Matt, deu alguma ordem e indicou o milharal com o dedão.

Matt se ajoelhou, pegou Quinn como se fosse um bombeiro e desapareceu primeiro no fosso da estrada e, em seguida, no milharal.

Ronnie ajeitou a pegada no rifle e segurou-o com uma mão só. Depois, olhou para Cole e gesticulou *Pow!* com a boca enquanto fazia arminha com a mão em direção à viatura.

— Vai tomar no cu! — gritou Cole.

Parecia a única resposta apropriada para uma traição daquelas.

Ronnie meneou a cabeça com toda a gentileza do mundo, como se quisesse dizer *vai você, meu amor*, e seguiu Matt milharal adentro.

Dunne ajeitou o chapéu e encostou o queixo na clavícula o máximo que conseguiu para olhar as rosas de sangue que se espalhavam na camisa. Ele franziu o cenho.

O xerife voltou para a viatura e ignorou Cole até que não aguentou mais seus gritos.

— Cala essa boca, Hill, senão cancelo tudo, te arrasto pro lado da estrada e meto eu mesmo uma bala na sua cabeça.

VINTE E QUATRO

— Quando aquele drogado chegou de carro, olha, só por Deus — disse Matt com a boca próxima ao ouvido de Quinn. — Pensei que tinha acabado pra gente. Que ele fosse estragar tudo.

A audição de Quinn parecia... molhada, como se ela tivesse acabado de sair da piscina e ainda tivesse água presa no ouvido.

— Eu nem acreditei — comentou Ronnie, alguns passos à frente. — Tipo, como é que pode? Ninguém usa aquela estrada. Mas você pensou rápido, amor. Salvou a gente.

— Eu — respondeu Matt, de repente todo tímido. Apesar da sensação de que o mundo estava mole e prestes a voltar a ser apenas escuridão, Quinn quase conseguia sentir as bochechas dele ficando vermelhas. — Valeu. — Pelo visto, ele não devia ganhar muitos elogios. Muito menos de Ronnie. — Como a gente vai fazer?

— Acho que o negócio é trocar a roupa dela antes. Pra dar uma facilitada nas coisas.

— Verdade — respondeu Matt.

Do que é que estavam falando? Trocar as roupas dela pelo quê? A mão de Matt escorregou, e ele agarrou a bunda dela, cavucou até conseguir segurar bem firme e a levantou até em cima do ombro. Teria sido bem mais simples se ele fosse mais alto ou ela mais baixinha.

— Ih, e essa mão boba aí? — perguntou Ronnie. — Não vem pagar de tarado, não.

Ergh. Matt bufou tão de repente e tão alto que Quinn teve que se segurar para não titubear. Estava mais do que disposta a continuar fingindo estar inconsciente enquanto Ronnie e Matt continuassem acreditando.

— Olha, se você quer bancar a feministona, é só carregar ela — disse Matt. — Me dá a arma. A gente troca. A Quinn é mais pesada do que parece.

— Deixa de ser criança — reclamou Ronnie. Então, voltou ao assunto anterior: — Acho que a gente podia só achar uma pedra e rachar a cabeça dela. Não ia nem precisar de munição. Vai ficar parecendo que a gente deu sorte e matou um dos palhaços com armas *improvisadas*.

— Pode ser. Isso ia garantir mais uns pontinhos pra gente, também.

— Sei lá quantos pontos a gente vai ganhar... Acabou que nem salvamos ninguém.

— Ah, quer dizer, eu te salvei, e você me salvou. É importante, não é?

— Importante — disse Ronnie e deu uma risadinha. Que psicopata do caralho. — Importante e romântico.

Quinn manteve os olhos fechados, mas conseguiu ouvir que estavam saindo do milharal e entrando na clareira. O cheiro forte de queimado confirmou a suspeita.

— Uau — disse Matt.

— Pois é. Não foi exatamente de acordo com o plano. O silo sumiu, caralho. Quem é que ia imaginar uma coisa dessas? O Dunne vai ficar puto, mas, pelo menos do meu ponto de vista, isso vai só ajudar. A gente... Cuidado!

Matt tropeçou, mas conseguiu se reequilibrar. Quinn lutou contra o instinto de se segurar nele.

— Ai, que nojo — disse Ronnie.

Quinn não se segurou, a curiosidade falou alto demais. Ela abriu um olho de esguelha e tentou manter os cílios encostados para o caso de Ronnie estar observando.

Ali, na terra, o rosto morto de Janet encarava Quinn.

Ou Matt não vira o corpo ou tentara passar por cima e escorregara no sangue. Ele chutou a cabeça, que foi rolando para a frente, seguindo-os. Ainda em movimento, as pupilas já meio transparentes olharam para Quinn enquanto ela, pendurada no ombro de Matt, olhava para baixo.

— Isso aí é foda, sabe — disse Matt.

Algo tinha se perdido na sua voz; já não estava mais brincalhona, e sim exibia um ar inegavelmente perturbado.

— Eu sei, gato, mas podia ter sido nós dois se a gente não tivesse escolhido o lado certo da história. Eles vão fazer valer a pena. Confia.

Quinn fechou os olhos de novo. Não queria ver mais nenhum daqueles horrores enquanto atravessavam a clareira.

— O que você acha que aconteceu com o pai dela? — perguntou Matt.

— Pai de quem?

— Dela. Da Janet.

— Padrasto — corrigiu Ronnie.

— Como se *aí* não tivesse problema — disse Matt. —
Na última vez que eu vi, essa aqui tava soltando o pipoco
no cara.

— Ah, faz o favor. Ela tava atirando coisa nenhuma —
disse Ronnie. — Ele deve ter voltado pra Baypen e tá esperando a entrega. Viu que a gente tava com tudo sob controle.
Não graças a essa quenga aqui.

Quinn sentiu a coronha do rifle ser pressionada na
sua coxa.

Se tinha feito qualquer coisa que fosse para deixar a
noite de Ronnie Queen pelo menos um pouquinho mais
difícil, então estava orgulhosa.

Quinn tentou focar e processar o que acabara de ouvir.
O pai de Janet era um dos palhaços? Será que ele era o cara
do machado que sobrevivera à explosão do silo? Pensar
nisso fez Quinn sentir uma dor lancinante na têmpora esquerda. Ali, uma veia pulsava; parecia prestes a explodir a
qualquer momento e matá-la. Ou será que ele era o homem
com a serra elétrica? Podia muito bem ser qualquer um dos
dois. Que diferença fazia? Eram todos uns lunáticos do
caralho.

Matt parou.

— Se a gente deixar a Quinn aqui, vai parecer que chegamos de surpresa enquanto ela picava os corpos — explicou Matt.

— Você é doente, né, porra? — rebateu Ronnie. — E eu
amo isso.

Em seguida, Matt Trent jogou Quinn no chão. Ela teria ficado sem fôlego com o impacto se não tivesse caído em algo macio.

A nuca de Quinn estava molhada. Sua perna esquerda caiu sobre a grama, mas a direita estava em cima de alguma coisa, e o joelho parecia enfiado em algo molengo. Ela tentou se manter imóvel.

— Então — disse Matt. — Você vai dar a fantasia pra ela... ou...

— É tudo do mesmo tamanho. Por que você não tira a sua?

Quinn sentia cheiro de carne queimada. Manteve os olhos fechados enquanto tentava não tremer e segurava o choro causado pelo pavor.

Os dois estavam sobre ela, discutindo a respeito de quem tiraria as fantasias de Frendo para colocá-la em Quinn e culpá-la. Tudo isso enquanto ela estava deitada em...

Corpos!

Matt a jogara numa pilha de cadáveres! Todos em diferentes estados de desmembramento, alguns despedaçados até a morte pelo padrasto de Janet Murray.

— Olha ali, ela tá se mexendo.

Quinn lutou contra a forte vontade de abrir os olhos e ver o que havia ao seu redor. Não tinha como ser pior do que tinha imaginado.

— Atira nela.

— Não. Chega de tiro. Rápido, acha uma pedra.

Era agora ou nunca. Matt e Ronnie achavam que Quinn estava indo com a farinha, mas na verdade ela já estava é voltando com o bolo *pronto*.

Quinn se lançou na direção de onde a voz de Ronnie vinha. Não abriu os olhos até ficar totalmente de pé e sentiu os músculos do abdômen tensionarem e queimarem com a atividade inesperada.

A noite continuava escura. Ela viu a silhueta de Ronnie, de pé, segurando o rifle.

Seu rifle.

Quinn colocou a mão na madeira da coronha e outra nos dedos de Ronnie que seguravam o gatilho.

— Eita, porra! — gritou Matt.

Quinn enfrentou Ronnie; os rostos das duas ficaram frente a frente enquanto Matt tentava sair da frente do cano do rifle.

Quinn deu um sorriso e sentiu o sangue de seus amigos desmembrados escorrer pelas costas. Estava tentando fazer a boca dolorida falar.

— O quê?! — berrou Ronnie.

Matt tinha colocado uma das mãos no ombro de Quinn e a outra na ponta do cano da arma, como se fosse um personagem de desenho que conseguiria pegar a bala depois do tiro.

— Eu falei — Quinn começou a dizer, entredentes — pra tomar cuidado com o gatilho.

E empurrou os dedos de Ronnie para baixo.

A bala atravessou a mão de Matt e o fez sair rodopiando. Ele caiu de cara na pilha de cadáveres, onde Quinn estivera há poucos segundos.

Por um momento, Quinn pensou — e teve esperança — que ele tivesse morrido, mas, então, gritando, o garoto começou a agarrar a orelha. Ou... melhor dizendo, o que sobrara da orelha, os fiapos pendurados no crânio agora exposto. Sangue fresco escorria da lateral de seu rosto, ficando visivelmente mais escuro quando entrava em contato com o ar, e caía na grama e nos corpos mortos, oxidando nos olhos abertos dos cadáveres.

— Aiiiiiiiiiiiiiiiii! — gritou Matt, num timbre que mal parecia humano.

Vendo Matt, Ronnie começou a gritar também. Seus olhos estavam num frenesi.

— Matt, puta que pariu! Você tá bem? — perguntou ela.

Matt não respondeu em palavras, e Ronnie, mesmo assim, não desistia do rifle.

Ronnie escorregou em uma poça preta e coagulada, e, vendo a chance, Quinn ergueu um cotovelo e deu com tudo no queixo dela.

A cabeça da garota foi para trás e o pescoço se esticou, mas seus olhos continuaram ferozes e lúcidos, e nada de ela soltar o rifle.

Que se foda. Quinn precisava dar o fora dali enquanto tinha a chance.

Deduziu que Ronnie não devia ter muita munição e que devia ter mentido sobre ser uma ótima atiradora.

Ronnie e Matt estavam jogados no chão e tentavam alcançar um ao outro sobre a pilha de corpos, então Quinn saiu correndo, mas ficou paralisada enquanto tentava lembrar de onde tinham vindo e qual direção levava para o Norte.

Atrás dela, Ronnie deu um berro. Foi um som gutural de traição, o rugido de alguém que fora enganado, que não achava que a vida era justa. Alguém que parecia alheio ao fato de que tinha condenado todos os amigos. Que os tinha ceifado, vendido e matado.

Quinn sincronizou os braços com as passadas.

Faltava uns 4m.

Mesmo com a vantagem inicial que lhe garantira alguma distância, ainda conseguiu ouvir o *click clack* de Ronnie engatilhando o rifle.

— Não atira! — gritou Matt.

Por um segundo agoniante, Quinn pensou que Ronnie o ignoraria.

Quinn chegou no milharal, mas não antes de ouvir Matt dizer:

— A gente pega ela. Não tem pra onde ir aqui.

VINTE E CINCO

Depois de um silêncio que deve ter durado minutos, mas que pareceram horas, Cole Hill perguntou:

— Por quê?

Logo de cara, parecia que o xerife Dunne não tinha captado a pergunta, mas então ele se ajeitou, arrumou o espelho retrovisor, para que conseguissem olhar um para o outro, e disse:

— Só pra rir. Não é isso que vocês dizem naqueles vídeos? — Cole cruzou os braços. Não daria a Dunne a satisfação de receber uma resposta. — Por quê? Faz anos que te pergunto a mesma coisa, Cole. Sei que seu pai faz isso também. Mas, pelo visto, você nunca conseguiu dar uma resposta que prestasse pra nenhum de nós.

— Não fala comigo como se você fosse... — Cole começou a dizer, mas Dunne ergueu dois dedos para calá-lo.

— Se quer que eu diga, então fica quieto aí. Se não quiser, daqui a pouco a gente já chega. Aí você pode ir juntando pecinha com pecinha... nos seus momentos finais.

Cole assentiu. Ouvir que ia morrer não causou um grande impacto, não. Não o deixou balançado como Dunne presumiu que deixaria. Cole já tinha deduzido que era assim que as coisas iam acabar.

— O negócio é o seguinte. Sei que você deve ter umas palavras ensaiadinhas pra mim e pros meus... irmãos e irmãs. Quer chamar a gente de assassinos. Psicopatas. — Dunne enunciou cada sílaba da última palavra. *Psi-co-pa-tas*. — O que aconteceu essa noite vai me assombrar pelo resto da minha vida. Viu só? O povo da *minha* geração tem o que chamam de empatia.

Cole bufou em escárnio. Povo da geração *dele*. História não era muito sua praia na escola, mas ele lembrava muito bem de uma coisinha ou duas com as quais a geração de Dunne lidou bem mal e porcamente.

O policial continuou:

— Por quê, você pergunta. Olha, primeiro tem a questão ideológica, sabe?

— Ah, pois é, todo mundo tem que defender alguma coisa, não é? — perguntou Cole.

— Cala a boca que essa parte aqui fui eu que inventei. É o meu evangelho. Eu já andava pensando nisso muito antes do que aconteceu com a Victoria, mas, depois daquilo lá, do que você e seus amigos fizeram com ela... — Dunne parou de falar por um instante, à espera de uma interjeição, mas o garoto não lhe daria esse prazer. Se havia duas pessoas naquela cidade que sabiam o quanto Cole se arrependia daquela noite no reservatório eram o próprio Cole e seu pai, mas o xerife George Dunne não ficava muito atrás. Foi ele que investigou o acidente. — O que eu percebi foi que você e todos os seus amiguinhos que tavam lá naquela noite, até mesmo quem não se envolveu diretamente, eram do mal. Tô cagando se vocês nasceram maus, ou se ficaram assim por causa dos celulares, da internet, da música ou das *redes sociais*, sei lá. — Dunne disse a última frase completamente enojado. — Só que não vou jogar a culpa pra cima dessas coisas, por que que diferença faz saber a causa? O que importa são os resultados.

"O que eu quero explicar é que... você e seus amigos são uma safra estragada. — Ele apontou para janela e para escuridão dos milharais que os cercavam. — Foi por isso que a gente não teve escolha. Quando um agricultor tá com fungo, besouro ou qualquer outra praga na plantação, ela se espalha se não for feito nada. Tem que arrancar e destruir. Cortar o mal pela raiz. Queimar tudo, se for preciso. Perder a safra pra salvar a terra. Depois, é só deixar o campo descansar por algumas estações."

— Tá, então o plano é acabar com uma geração inteira da cidade porque... você acha que a gente não respeita a velharada? Como se o povo da sua idade se importasse com os mais novos. Vocês estão cagando e andando pra gente. Ai, tudo era melhor antigamente e não sei mais o quê, mas, quando vamos tentar dizer como as coisas são hoje em dia, ninguém quer ouvir. Kettle Springs acima de tudo, Deus acima de todos... Você não é só psicopata, também é um burro do caralho — disse Cole.

— Pois então, agora, sendo grosso assim, você só tá mostrando como eu tô certo — argumentou Dunne. Logo em seguida, o xerife surpreendeu Cole ao fazer uma curva. O asfalto abaixo deles foi trocado pelos cascalhos e buracos de uma estrada de chão. — O que nos leva pra parte dois, a parte *prática* do problema. Os porquês e o como da solução.

— Cole não tinha certeza de para onde estavam indo, mas sabia que não era de volta para a cidade. — Agora, falando do lado prático, você me pergunta, "como é que se convence as pessoas de fazer o que precisa ser feito?", e, olha, vou admitir que não foi nada fácil. Mas você e seus amiguinhos ajudaram.

"Aquela pegadinha no Dia do Fundador, foi isso que meteu vocês nisso aqui. Que fez as pessoas acharem que tinham que agir de uma vez. Fazia meses que estávamos reunindo o povo, todo mundo que achávamos que ia ouvir e podia fazer alguma coisa. A gente chamava de Reuniões para Evolução da Comunidade de Kettle Springs. Não contei tudo numa talagada só e não contei tudo pra todo mundo, e sabe por quê? Pra não assustar ninguém. Mesmo assim, o Dr. Weller ficou com medinho. Ele era um dos nossos apoiadores mais dedicados lá no começo, mas depois ficou perigoso que acabasse virando um X9. Foi uma pedra no sapato, mas a gente deu um jeito. Demos um jeito juntos."

— Então não são só crianças que vocês matam, é isso?

Com o carro oscilando, Dunne se virou para encará-lo.

— Para de agir como se vocês fossem crianças. Vocês brigam, transam e bebem. De criança não têm nada. Cresceram rápido demais. — Uma pausa. — Talvez esse tenha sido o problema. — Dunne voltou a encarar a estrada e voltou a controlar a si mesmo e ao volante. — Mas, olha, vou te contar que convencer a cidade de fazer essa limpa não foi tão difícil, não, tá? Quer dizer, a gente não chegou falando desse jeito. Não dá pra contar tudo sozinho. Tem que fazer parecer que foi ideia deles. Então o negócio é ir comendo pelas beiradas. Dizer que eles tão certos, ficar falando o que o povo quer escutar, ouvir, e ouvir de verdade, não ficar só fingindo que tá ouvindo, e, enquanto isso, começar a dar um passo de cada vez. Remodelando a moralidade do pessoal.

Aumentar os limites quando ninguém tá prestando atenção e depois ir ainda mais longe. E durante todo esse tempo eu sabia... sabia onde a história ia terminar.

— No caso, no assassinato de um bando de adolescentes numa festa — disse Cole, para simplificar.

— Não fala assim! Não vem fazer parecer que foi tudo planejado desse jeito. A festa foi só... uma mão na roda. A gente sabia onde, quando e que todo o seu... círculo social estaria lá. Era a oportunidade perfeita pra salvar nossa cidade.

Dunne estava orgulhoso de si mesmo. Deu um sorriso para Cole; seus dentes cintilavam pelo espelho retrovisor.

— Vocês nunca vão se safar dessa — disse Cole. — Tanta morte, tanta gente envolvida. A maioria ainda mais burra do que você.

— Mas aí é que tá, meu filho. Você andou vendo o jornal ultimamente? Ninguém vai duvidar que um adolescente perturbado e desolado faria uma coisa dessas. Se estiver armado.

— Calmaí! — gritou Cole. — Você vai tentar colocar a culpa em mim?

— Você vai salvar a cidade, Cole. A gente vai fazer parecer que foi suicídio. Você, a garota nova e o tal do Vance. Foi por isso que usamos bestas e serras elétricas, pra não ter bala como prova. Só que tô achando que, assim que eu começar a fazer o relatório oficial, vou acabar achando muito mais provas contra vocês três, não menos.

— Então Quinn era nossa cúmplice? Ficou doido, caralho? Nem faz sentido.

— Nunca faz. Ai, ai, esses crimes sem sentido...

— A gente mal conhece ela. Ninguém vai cair nessa. Vocês vão pro xadrez, seus arrombados do caralho. Quer dizer, só os que a gente não matou, né — disse Cole, inclinando-se para a frente.

Então, sem mais nem menos, Dunne pisou fundo no freio. Cole bateu o rosto na grade de ferro.

— *Você* não matou ninguém, Cole. Hoje à noite, não, pelo menos. Então faz o favor de parar de bancar o machão. Entendeu?

— Teu cu — sussurrou Cole enquanto limpava o sangue do corte que acabara de fazer no lábio.

Dunne voltou a dirigir, só que agora mais devagar conforme a estrada ia ficando mais estreita.

— Agora me diz, por que *não* a garota nova? É mais fácil acreditar em três assassinos do que em um, não é? — perguntou Dunne. Parecia que ele realmente queria saber a opinião de Cole, que queria ajuda para montar seu álibi meia-boca. — Um triângulo amoroso. Essa parte foi ideia da Trudy. Aquela tal de Maybrook tá aqui faz o quê? Uns quatro dias? Já é tempo suficiente. Romeu e Julieta se conheciam fazia três dias só, não era? É praticamente a mesma coisa.

Cole não abriria o bico para dizer que Romeu e Julieta era ficção. E que nenhum dos dois saiu decapitando os outros com uma serra circular.

O xerife continuou discursando, quase que para si mesmo:

— Sugeri que ela matasse o pai também. Porque esses assassinos emocionados normalmente fazem isso mesmo. Foi tudo o estresse da mudança, de ter que deixar os amigos pra trás.

— Sabe o que me pega? — perguntou Cole. — O jeito que você finge que se importa. Mesmo desse seu jeito fora da casinha, você continua fingindo que liga. Vocês estão tão preocupados pensando em qual é o problema do pessoal mais novo, mas quem vende arma pra gente são vocês mesmos, vivem dizendo que era muito melhor no tempo que homem era homem, ficam dizendo que o aquecimento global é fake news e transformaram o ódio numa torcida organizada. Tá bom, pode até ser que vocês tenham dado uma exagerada, claro, mas ninguém com mais de 50 anos se importa de *verdade* com a gente. Vocês podem até ser uns assassinos com vários parafusos a menos, mas, olha, pelo menos tão sendo sinceros e dizendo que querem ver a gente a sete palmos debaixo do chão.

Os dois ficaram em silêncio enquanto ouviam os pneus sobre o cascalho.

— Que lindo, Cole. Muito obrigado. Acho até que vou incluir esse discursinho no seu bilhete de suicídio — disse Dunne ao se inclinar, abrir o porta-luvas e pegar um envelope em que estava escrito "pai". A caligrafia era tão parecida com a de Cole que o garoto teve que piscar e tentar lembrar se tinha sido ele mesmo que escreveu. — Aqui tem uma confissão tim-tim por tim-tim. Não fala particularmente dos assassinatos, mas já dá pro gasto. Deve cobrir tudo e não deixar dúvidas. Um dos irmãos lá das Reuniões para Evolução da Comunidade de Kettle Springs é advogado e deu uma pesquisada, pra garantir que seu pai não tinha como levar culpa de nada. Inclusive, é até capaz de ele conseguir um dinheirinho do seguro. Não vai nem fazer cosquinha prum sujeito rico que nem ele, mas cada pouquinho já ajuda.

Dinheiro, é claro. A falsa esperança de que um rico específico da cidade tiraria todo mundo da vida de merda que levavam se voltasse a investir na cidade. Cole já ouviu essa ladainha antes.

— Meu pai pode até ser um otário, mas nunca vai cair nessa historinha que vocês inventaram.

— As pessoas podem surpreender — disse Dunne, tão animado que chegava a ser estranho.

Cole olhou pela janela e viu a silhueta da refinaria fechada bloqueando as estrelas.

Deduziu que era para lá que estavam indo.

— Se vai te fazer se sentir melhor, pensa que você é uma fênix. Sua morte se torna um renascimento. A Baypen reabre. Kettle Springs é salva.

— E o Frendo vence — completou Cole, com calma.

— E o Frendo vence. E uma gotinha de Baypen deixa tudo bem melhor. — O xerife assentiu e caiu em silêncio agora que tinha explicado seu plano mestre. Apertou um botão de garagem que ficava colado no som do carro.

De algum lugar mais à frente, veio um barulho de metal e maquinário. Engrenagens que rodaram contra ferrugem e peças deformadas pelo fogo funcionaram para abrir uma porta que dava para uma área de descarregamento que, milagrosamente, estava funcionando mesmo depois do incêndio.

Cole ergueu os olhos para ver o rosto carbonizado de Frendo, o Palhaço. Era um mural gigante pintado sobre uma porta dupla. Conforme o ferro levantava, a boca do palhaço se abria.

Dunne estacionou a viatura dentro da fábrica, desligou o motor e apagou os faróis.

Havia algumas lâmpadas fosforescentes em algum lugar à direita que formavam um círculo de luz que ia até as escadas que, por sua vez, levavam ao escritório do supervisor lá em cima. O restante do lugar, porém, estava no escuro.

Uma batida na janela do motorista fez Cole se encolher.

Frendo, o Palhaço, apareceu do nada e gesticulou para que Dunne abaixasse o vidro.

Frendo ergueu a máscara, e Cole levou um momento para reconhecer o sujeito careca. Alto, mas atarracado e com traços que não tinham nada demais, e ainda assim esse sujeito acabou conseguindo se casar com a Miss Kettle Springs. Era o padrasto da Janet. Só por Deus, mesmo. Como foi que conseguiu? Será que a mãe de Janet sabia? Onde será que estava nessa noite? Bom, sem o marido e a filha, certamente.

— Ah, você pegou ele — disse Seu Murray. — Que bom. Pelo menos alguma coisa vai dar certo hoje à noite, então.

— Nada deu errado — respondeu Dunne. Parecia irritado. — Todo mundo sabia que havia riscos.

— É. Sabia mesmo.

— Ele falou se tava vindo aqui ou não? — perguntou o xerife. — Chegou a comentar se queria assistir? Se despedir do menino, pelo menos.

Dunne sorriu e deu uma olhada em Cole.

— Falou. Disse pra esperar ele. Precisa de um minutinho só.

— Tá bom, então — disse o policial, olhando para as luzes.

As novas lâmpadas fosforescentes deviam ter sido instaladas há pouco tempo. De jeito nenhum teriam sobrevivido ao incêndio. A luz lançava sombras intensas nos canos, nos tanques de mistura e nas passarelas suspensas. Havia pouquíssimos escombros no chão; os bombeiros limparam quase tudo com as mangueiras. A estrutura da refinaria não era segura, e, além do mais, a construção fora condenada, mas ainda havia muitos pontos que o fogo não tinha alcançado.

Seu Murray, pelo visto, não gostava de silêncio, então falou de novo:

— Ele pode ter ido orar, não acha?

— Não vou ficar aqui tentando adivinhar — respondeu Dunne, num tom de reprimenda. — Se ele mandou esperar, a gente vai esperar.

Cole ficou enjoado.

Agora conseguia ver a corda pendurada em uma das passarelas suspensas. Passarelas essas que levavam ao escritório do supervisor.

De repente, Cole sabia muito bem *quem* estavam esperando. Seu coração se despedaçou.

As pessoas podem surpreender.

VINTE E SEIS

As panturrilhas de Quinn ardiam, mas ela sabia que, enquanto continuasse correndo perpendicularmente às fileiras de pés de milho, estaria na direção certa.

Dá pra acreditar que o Trent é o melhor atacante que o time teve em uma década?

As palavras que Cole dissera no desfile voltaram à sua mente enquanto ela corria.

Não havia som de passos por perto, mas Quinn sabia que Ronnie e Matt estavam caçando-a. Tinham que estar. Não a deixariam sair assim. Não podiam.

Ela esperava que o tiro de rifle tivesse feito um estrago grande o bastante para atrasá-los. Que o sangramento não tivesse parado. Matt acabaria em algum hall da fama se continuasse sendo o melhor atacante mesmo com um buraco na mão e uma orelha a menos.

Quinn sentiu a força voltar, igualzinho quando treinava no acampamento. Corria até se sentir prestes a desmoronar, mas aí alguma coisa dava um clique, e ela descobria um segundo tanque de combustível que nem sabia que tinha. Ela respirava em sincronia com as passadas e tentava manter o ritmo. Dez fileiras, depois vinte. Era bem capaz de ainda estar a quilômetros de distância da casa dos Tillerson. Isso sem falar da possibilidade de ter desviado o percurso. Mas também não seria tão ruim: continuaria correndo até o Sol nascer, até encontrar alguém que pudesse ajudar, nem que fosse em Ontario.

Depois de mais alguns minutos, em que talvez tenha percorrido uns 800m, Quinn chegou a uma estrada de chão simples. Só podia ser o caminho que levava à casa. Ela olhou para os lados e então continuou até a residência.

Mais à frente, viu uma caminhonete que estava com os pneus meio murchos e cheia de poeira no capô, mas, fora isso, intacta.

O carro era vermelho como tijolos, decorado com uma faixa creme na lateral. Quinn tentou abrir a porta do motorista quando passou por ali. E abriu, mas precisaria das chaves. Não era tão sortuda assim para achá-las esperando na ignição, debaixo do quebra-sol ou no porta-luvas, onde deu uma olhadinha. Teria que entrar para procurar.

Quinn foi até os degraus e entrou na varanda telada. Ao lado da porta da frente, havia um balanço quebrado com uma corrente caída no chão. Num dos cantos, uma pilha de brinquedos gastos. Quinn não conseguia se decidir se as lagartas e os cachorros sorridentes, enormes e mofados de plástico davam um ar *triste* ou *sinistro* para o lugar.

Aproximou-se da porta, prendeu a respiração, esticou a mão e parou. A maçaneta estava toda suja e com fuligem. Ao lado, a madeira branca tinha sido manchada por marcas de dedos grandes e empoeirados. Não havia como dizer se aquilo era recente ou não.

Tinha chegado tão longe. Não podia começar a bancar a idiota agora. Era quase impossível que Ronnie e Matt tivessem chegado antes à casa (teria visto eles e sabia muito bem como era rápida)...

Mesmo assim, não ia cair feito um patinho numa armadilha.

Quinn saiu da varanda, deu a volta pelos fundos, espiou pelas janelas, parou para ouvir duas vezes e, com a orelha grudada na parede, sem se mexer, tentou ver se escutava alguma coisa.

Nada. Parecia vazia.

E não havia marca nenhuma na porta lá de trás.

Fez uma oração de meio segundo e girou a maçaneta; estava destrancada.

Na Filadélfia, sair de férias e deixar a porta destrancada era praticamente pedir para ser assaltado, mas, aqui, o vizinho mais próximo ficava a quilômetros de distância. Se tivesse crescido em Kettle Springs, também não se preocuparia com essas coisas.

Abriu a porta e ouviu um rangido metálico que não teve como impedir.

Prestou atenção, para ver se ouvia alguma coisa. Nada.

A entrada dava em um vestíbulo que era usado com certa frequência. O pequeno cômodo fedia a suor e chulé. Ao lado do capacho, havia uma pilha de botas para trabalho, luvas pesadas e uma camada grossa de torrões de terra e grama que devem ter sido tirados da sola dos calçados pela chave de fenda que agora estava enfincada no rodapé.

Quinn sentiu um arrepio. Ali dentro estava tão frio quanto na rua. Os Tillerson devem ter desligado a calefação quando saíram da cidade. Quinn pegou uma jaqueta. Ao vesti-la sobre as roupas ensanguentadas, sentiu-se mais segura e quentinha na mesma hora. Será que aquele casaco era do Seu ou da Dona Tillerson? Tinha um cheiro bem discreto de folhas queimadas e perfume. Ou talvez fosse só fertilizante.

Ela foi dali para a cozinha, que tinha pisos pretos e brancos de linóleo e armários de cor pastel. Podiam ser verdes, assim como podiam muito bem ser azuis, era difícil dizer no escuro. Quinn olhou para as bancadas e sentiu o sangue esfriar quando viu uma gaveta aberta. Mas não, não podia ser. Ronnie estava com a arma. E mesmo que Matt e Ronnie tivessem, de algum jeito, conseguido chegar antes, por que é que se dariam ao trabalho de saquear o lugar atrás de facas?

Os olhos de Quinn analisaram o escorredor de louça: talheres que não combinavam, canecas, pratos de plástico com personagens de desenho animado e um cutelo enorme e afiado. Se tivessem vindo aqui à procura de armas, com certeza teriam levado *aquilo* ali.

Tentando fazer o mínimo possível de barulho, Quinn puxou o cutelo que estava entre uma caneca e um prato. Era uma navalha perigosa, mas, assim como vestir a jaqueta, segurá-la a deixou mais confortável.

Ela se virou para a pia e viu o telefone na parede; o cabo em espiral pendia do aparelho.

Ah, se soubesse para quem ligar.

Um telefonema para a polícia cairia direto na delegacia local, não cairia? Podia ligar para o pai. Tinha que ligar para o pai.

Só que, quando levou o fone à orelha: ocupado.

Quinn nem ficou surpresa. Fazer o quê, né? Não fazia diferença se a linha fora cancelada ou cortada.

Encontraria as chaves da caminhonete e daria o fora antes que...

Cheirou a gola da jaqueta e, depois, o ar da cozinha. Havia um odor adentrando o cômodo que vinha do corredor.

Ela entrou em ação para investigar.

Parecia... carne queimada e produtos químicos. Como um peru que uma vozinha distraída colocou para assar sem tirar o plástico antes.

Prendendo o nariz, Quinn chegou a uma entrada larga e parou. Lembrou das marcas na maçaneta lá na porta e ergueu o cutelo, pronta para se defender.

Deu uma olhadinha.

Porra.

Sufocou um suspiro. Frendo estava sentado no sofá da sala de estar.

Ela voltou para trás e se espremeu contra a parede. Quando é que ia acabar? Quando é que essa *porra* ia acabar?

Vai acabar quando eu pôr um fim nessa história, pensou.

Quinn entrou na sala com o cutelo em riste, pronta para fazer o que fosse preciso.

— Rá! — gritou, como se estivesse entrando em cena num filme de karatê.

Acontece que Frendo não se mexeu.

Nem um pouquinho.

291

Será que estava... morto? Quinn ficou observando o palhaço por um momento. Depois, pisou sobre o carpete, que, ali, era mais fino do que no corredor. Estava com o cutelo erguido, mas não precisou de arma nenhuma.

Deu a volta para a frente do sofá e percebeu que aquele devia ser um dos palhaços que foram pegos na explosão do silo. De algum jeito, o cara tinha conseguido chegar na casa apesar de estar com o corpo praticamente inteiro queimado. Ali, sentou-se para morrer.

Seus olhos estavam brancos, e já não havia mais pálpebras.

A máscara do Frendo derreteu sobre o rosto. Bolhas se formaram sobre a carne exposta, e fissuras brancas brilhavam sob a luz da lua nos lugares em que o plástico tinha se fundido com a pele.

Quinn deu alguns passos para frente e o cutucou com o cabo do cutelo. O sujeito não se mexeu nem mesmo piscou.

Esse palhaço já não fazia diferença.

Estava morto.

Que bom. Ela suspirou e se lembrou de que precisava encontrar as chaves. Ronnie e Matt deviam estar vindo, e vai saber que tipo de apoio eles trariam junto.

Quinn deu uma olhada pela sala e listou o que viu: paninhos de crochê, um videogame, um par de chinelos...

Bem ali. Na mesinha de centro. Entre uma pilha de revistas e uma tigela com balas de caramelo: o brilho reluzente das chaves.

Quinn se abaixou e, com as mãos estendidas, começou a engatinhar até lá.

Lá fora, o chão da varanda fez um ruído. Um barulho bem baixinho, mas já o bastante para assustá-la.

Quinn olhou de relance para o palhaço:

Continuava mortinho da silva.

Parada por um instante, ela olhou para a porta. Não ouviu passos, rangidos ou grunhidos.

Não havia nada na rua. Eram só os típicos ruídos que casas velhas faziam.

Esticou a mão, pegou o chaveiro e, segurando o cutelo estendido à frente, foi até a porta.

Será que era esse o melhor jeito mesmo? Será que não seria melhor sair por onde tinha entrado? Pegar o caminho mais longo até a caminhonete, pelos fundos da casa?

Não. Estava sozinha. Não tinha por que temer as sombras.

Abriu a porta e deu uma olhada na varanda deprimente da família Tillerson.

A porta telada, que ficava pouco mais de 1m à frente, fora aberta na encolha, sem ter feito barulho nenhum.

Ronnie estava ali, congelada, como se soubesse que Quinn a tinha ouvido na primeira vez e não quisesse arriscar dar mais nenhum passo.

— Oi — disse Ronnie, antes de correr até Quinn com o ombro projetado para a frente, apontando a coronha do rifle como se fosse um aríete. — Moooooorre, diabo! — Foi seu grito de guerra enquanto subia os dois degraus que faltavam e diminuía a distância até a sala de estar.

Com a mão ainda na maçaneta, Quinn tentou fechar a porta na cara dela, mas a porta só bateu na lateral do corpo de Ronnie, o que a fez dar um gemido e não a impediu de entrar. Seu rabo de cavalo loiro como ouro balançava de um lado para o outro enquanto ela tentava usar a coronha do rifle como um porrete. Quase acertou em cheio o nariz de Quinn.

Quinn foi para trás, tropeçou no braço do sofá e caiu de costas no colo do palhaço chamuscado. Lascas de carne carbonizada caíram como chuva sobre ela.

Ronnie parou no braço do sofá, virou a arma e apontou o cano para Quinn.

— Não se mexe — ordenou Ronnie.

Só que, depois de analisar suas opções e avaliar por que Ronnie ainda não tinha atirado, Quinn chegou à conclusão de que sua única chance era, no fim das contas, mover-se, sim.

Quinn se apoiou sobre os pés e pulsos e, usando o encosto como apoio, foi para o outro lado do sofá. Enquanto fazia isso, a ponta do cutelo cortou o palhaço morto, e o cheiro nauseante de sangue cozido preencheu o ambiente.

— Porra, que nojo — arquejou Ronnie, engasgada.

Quinn ouviu o rifle fazer barulho e viu que Ronnie estava tendo dificuldade para conseguir mirar.

Da sua ponta do sofá, Quinn continuou em frente e foi até o corredor. Encontrou ritmo e saiu seguindo a direção por onde entrara: a cozinha e a porta dos fundos. Foi então que se deu conta de que eles deviam estar em dois.

Era bem possível que Matt estivesse posicionado atrás da casa.

Teria que se enveredar pelos cômodos, chutar a janela de um dos quartos se precisasse e...

BUM! Gesso e pedaços de parede explodiram a centímetros do rosto de Quinn. Ronnie atirou.

— Para! — gritou Ronnie da sala de estar, mas Quinn não parou. Daria o fora dali ou morreria tentando. Ela continuou pelo corredor e empurrou a primeira porta que viu antes que Ronnie conseguisse atirar de novo.

Fechou o banheiro, mas não havia como trancá-lo.

Quem não tem tranca na porra da porta do banheiro?

A janela! Quinn pulou no vaso sanitário e fechou a cortina atrás de si como se o vinil fosse parar uma bala.

— Merda — disse Quinn, quando mexeu na base da janelinha e percebeu que estava trancada, ou então já nem abria mais por ser velha demais. Desesperada, ficou batendo com a palma da mão no vidro texturizado e opaco.

Atrás dela, a porta se abriu numa fresta.

Quinn deu meia-volta.

Ronnie estava do outro lado da cortina do chuveiro. Era uma sombra, uma ceifadora com manicure meia-boca, pronta para lhe tirar a vida.

— Sabia que o banheiro é o cômodo da casa onde o povo dos Estados Unidos mais morre? — perguntou Ronnie, com uma voz coberta de um tom doentio e trêmulo de escárnio.

Não. Não desse jeito; não pelas mãos *dessa* garota.

Num frenesi, Quinn pulou para fora da banheira em direção à Ronnie. Não depois de abrir a cortina, mas sim *através* dela.

As presilhas de plástico quebraram lá em cima; algumas rasgaram o tecido, e outras caíram, o que fez a cortina ir ao chão como se fosse um paraquedas.

Ronnie se chocou contra a porta e o movimento a fez se fechar. Mal havia espaço para as duas ficarem de pé ali, perto da pia. Quinn bateu o quadril na porcelana e deu com a cabeça na ponta de um toalheiro quando Ronnie avançou.

Debaixo da cortina, Quinn conseguiu afastar a ponta da arma, mas não dava para ver exatamente o que Ronnie estava fazendo ou se estava se preparando para atacar de outro ângulo.

O que Quinn conseguia era discernir a posição de Ronnie.

Ela deu um golpe com o cutelo e ouviu um som afiado e suave que não era o que estava esperando.

Zum.

A lâmina não se chocou num osso, e não houve nem mesmo um grito quando o cutelo perfurou a cortina e separou a parte do crânio de Ronnie que exibia o rabo de cavalo da parte onde ficava sua franja toda diferentona. Na mesma hora, Ronnie caiu sobre Quinn, e o gemido que a garota emitiu foi intenso e choroso demais para as paredes estreitas do banheiro.

Quinn soltou o cutelo e o deixou ali mesmo, com o cabo para fora, como se manter os miolos de Ronnie intactos dos dois lados da faca fosse, de algum jeito, fazer com que Quinn fosse uma pessoa menos malvada, menos selvagem.

Mesmo com o corpo de Ronnie murchando, Quinn pisou em cima do cano do rifle, só para garantir. Depois, puxou o tecido para ver a cara de Ronnie.

— Ronnie? — chamou Quinn enquanto, sob a luz diminuta do banheiro, tentava encontrar o olhar vítreo e vazio da garota. — Ronnie? Pra onde foi que levaram o Cole?

Ronnie não tinha morrido. Mas não parecia que ia conseguir responder.

— Ronnie? — repetiu Quinn. — Por favor.

Ô, sua filha da puta, vê se antes de morrer faz alguma coisa que presta por mim, vê se dá um jeito nessa tragédia que você ajudou a causar.

Antes de morrer, Ronnie Queen não falou.

Agora, cantar era outros quinhentos.

— Uuuuuuuuma — começou Ronnie, com um sorriso infantil nos lábios; um de seus olhos já começava a revirar para dentro — gotchênha de Behhhhhh...

Não conseguiu terminar. Mas Quinn sabia o que ela tinha tentado dizer. Lembrava-se da vista que tinha na janela do quarto.

— Deixa tudo melhor — terminou Quinn enquanto pegava o rifle.

Quinn tropeçou em bonecos de criancinha no caminho para a porta telada da varanda.

Tinha chegado no meio do caminho até a caminhonete quando faróis apareceram lá no fim da estradinha que levava à casa.

Com certeza seria pedir demais que fosse apenas uma família do meio-oeste em um trailer voltando das férias.

Levou apenas um segundo para que Quinn percebesse que Matt ainda estava vivo e vinha a mil por hora em sua direção.

Quinn se lembrou do espantalho de Frendo, de como Ronnie e Matt o haviam deixado no meio da estrada. Tinham planejado tudo só para conseguirem ficar na cola de Cole a noite inteira. Matt até mesmo tentou ludibriá-los a estacionar mais longe; tinha sido Janet que dispensou a ideia. Ali, sob a luz do carro que se aproximava, Quinn percebeu que o trabalho de Ronnie e Matt tinha sido manter Cole em segurança. Mas em segurança para quê?

Ela correu para a cabine aberta da caminhonete e se jogou para dentro bem quando Matt passou zunindo e quase arrancou a porta.

Quinn viu Matt frear. Ele estava rápido demais. Evitou a colisão contra a casa, mas bateu a traseira da carroceria em um dos cantos da varanda.

— Não! — Quinn ouviu Matt gritar enquanto ela jogava o rifle no banco do carona e mexia nas chaves.

O motor voltou à vida, e os pneus traseiros de Matt espalharam poeira, porque o teto da varanda estava prendendo-o no lugar. Finalmente, o carro pegou tração e, sob o ruído de mais madeira quebrando, conseguiu se soltar.

Só que, em vez de disparar de novo contra Quinn, Matt saiu do veículo. Talvez para persegui-la a pé ou então para verificar a carroceria. Enquanto isso, Quinn continuava procurando a chave certa no chaveiro.

— Ah, não — disse Matt.

Quinn voltou a olhar para ele; sangue cobria a lateral da sua cabeça e escorria até a mão destruída.

Se Matt achava que o prejuízo com o carro era ruim, ele que esperasse para ver o que Quinn tinha feito com a sua namorada.

Quinn enfiou a chave certa, e o motor funcionou logo de primeira.

Que milagre.

Matt foi para a frente do carro e começou a mancar em direção a ela. Parecia estar desarmado e ficava abrindo e fechando os punhos sem nem titubear quando mexia a mão machucada.

Ele tropeçou, apoiou-se no capô e manchou o farol de sangue.

— Ô, novaaaaaaata — gritou ele, com a voz arrastada e dolorida.

Quinn pegou o câmbio e, de repente, percebeu algo terrível.

Essa caminhonete era uma relíquia. Um pedaço da história estadunidense.

E não era automática.

Ela olhou para baixo e ficou desesperada.

Três. Tinham três pedais.

— Por que é que tem três?! — gritou sozinha na cabine.

— É melhor não testar a minha paciência! — gritou Matt, ainda a alguns metros de distância e acenando como um bêbado enquanto se aproximava. Longe demais do próprio carro para conseguir se apoiar, ele tropeçou e caiu.

Matt não parecia ser uma ameaça. Além do mais, Quinn estava com o rifle. Só que não queria gastar munição nele.

Ela sabia pelo menos que um dos três pedais era a embreagem. Agora, será que era preciso pisar ali para que o veículo começasse a andar? Tinha só 50% de certeza.

Pressionou o acelerador e a embreagem, colocou na primeira marcha e... nada.

Espera aí. Nada, não. Deu para ouvir um som, algo acelerando. Ainda com os pés nos dois pedais, mexeu no painel à frente e acendeu as luzes ali de dentro sem querer. Encolheu-se diante da iluminação inesperada, mas depois viu um dos ponteiros começar a contar RPMs.

A agulha estava na metade. Devia ser suficiente, né?

Matt tinha começado a gritar de novo, mas agora era um urro diferente: frustrado e cheio de ódio. Ele conseguiu se levantar mais uma vez, mas voltou a cair antes mesmo que pudesse dar alguns poucos passos.

Quinn tirou o pé da embreagem bem devagarinho, mas talvez tenha sido devagar demais. A caminhonete foi com tudo para frente. Ela teve que usar os cotovelos para impedir o nariz de colidir contra o volante. Já mais calma depois da aceleração inesperada, Quinn pisou ainda mais fundo no acelerador e saiu a mil por hora...

...bem em direção à lateral do carro de Matt.

Havia fumaça de motor, e Quinn tossiu.

Com a ponta dos dedos formigando e os ouvidos tinindo, ela piscou até o mundo voltar ao foco.

No capô da caminhonete, Quinn viu dois rastros de sangue, então, atrapalhada, colocou na ré, dessa vez pisou com um pouco menos de força no acelerador e soltou a embreagem mais lentamente. Conforme afastou o veículo, foi possível ouvir um som terrível de algo sendo triturado que parecia tanto vidro quanto carne.

Tinha dado um fim ao berreiro de Matt Trent de um jeito um tanto quanto espetacular: esmagou a cabeça dele entre o para-choque da caminhonete que estava dirigindo e a lateral do carro do próprio garoto.

A única coisa em que pensou foi: *pelo menos economizei uma bala.*

No que é que ela tinha se tornado, afinal de contas?

Deixou o motor ligado e pegou o rifle, incerta a respeito de como checar quanta munição ainda restava.

Um dos lados do carro de Matt estava todo amassado, mas a cor ajudava a esconder o sangue.

O veículo esportivo de dois lugares dele era automático. Ainda que a porta do passageiro estivesse pendurada e soltasse faíscas ao arrastar no asfalto, Quinn conseguiu dirigir sem maiores complicações.

Saiu da casa dos Tillerson e pegou a estrada em direção ao Sul, até que viu a Baypen bloqueando as luzes da cidade.

Quando chegou a mais ou menos 100m da fábrica, ela desligou o farol e, na encolha, aproximou-se ainda mais, estacionou a uma boa distância e seguiu o resto do caminho a pé.

Não importava quem estivesse lá dentro, Quinn não queria que soubessem que ela estava chegando.

VINTE E SETE

Glenn Maybrook fez toda uma performance de fingir que estava verificando os batimentos do cadáver.

E de novo.

Apertou o pulso intacto de Trudy, contou em voz alta e devolveu o braço dela à mesa. Já fazia horas que ficava repetindo isso. De vez em quando, tentava manter uma conversa com a paciente, levantava o braço da mão decepada e a ajudava a dobrar o cotovelo. Aqueles movimentos eram quase uma fisioterapia. Logo mais, o corpo ficaria rígido, e a brincadeira teria que acabar. Com sorte, ele estaria longe antes disso.

Ela ficava recobrando e perdendo a consciência enquanto o doutor fazia todas as suturas possíveis. Mesmo usando uma agulha de costura e barbante, os pontos ficaram firmes o bastante quando ele tirou o torniquete de Trudy. Acontece que, depois de apagar pela segunda vez, ela não voltou mais. Seus últimos minutos de consciência não foram necessariamente de lucidez, mas pelo menos a mulher tinha conseguido falar, ou melhor, ficar alternando entre o riso e o choro.

Trudy o chamava de coisas horríveis num instante e, no seguinte, implorava por perdão.

O homem no alto-falante não falava nada fazia um tempão, e Glenn estava começando a suspeitar de que havia alguma coisa acontecendo. Que os palhaços tinham dado início a uma nova fase do plano, que o olho que tudo vê do líder estivesse voltado para outro lugar.

Glenn usou os últimos dez minutos para testar essa teoria. Fez perguntas à voz e extrapolou nos insultos, só para ver se provocaria uma resposta. Mas não houve nada.

Glenn Maybrook estava sozinho ali embaixo.

O que era bom.

De algum lugar lá em cima, foi possível ouvir um ruído de maquinário, o som de um carro e pneus e, por fim, vozes.

Tinha alguma coisa acontecendo.

Ele precisava tomar uma decisão.

Olhou para o corpo de Trudy, em seguida para a máscara no chão e, por fim, para a pequena cela onde tinha sido preso. O cadáver do Dr. Weller estava enterrado lá dentro; um banquete para roedores e para a podridão. E Glenn acabaria exatamente assim se não tentasse dar o fora. Haveria dois médicos mortos em Kettle Springs.

Com as duas mãos, ele pegou Trudy pelo ombro morto, levantou-a da mesa e começou a despi-la do macacão. A fantasia ficava larga em uma mulher tão magra, e, mesmo que não fossem tamanho único, esta caberia direitinho em Glenn Maybrook.

Alguns minutos se passaram enquanto ele tirava a roupa do cadáver e a vestia por sobre as suas próprias.

A máscara foi a cereja do bolo. Fedia a suor, morte e laquê extraforte.

Enquanto trabalhava, dava para ouvir vozes vindo lá do alto. Houve uma discussão, e depois alguém chorou. Glenn acabou reconhecendo uma das vozes que ecoavam como a de seu captor.

Não tinha sido um truque; o sujeito não o estava ignorando, mas sim ocupado demais para ficar vigiando os monitores.

Ele esticou o elástico sobre as orelhas. Não queria cobrir o rosto ainda; precisava ver com clareza.

Pegou o bisturi.

Se alguém descesse, Glenn teria que atacar rápido, antes que a pessoa percebesse o que estava acontecendo.

Se você ainda estiver viva por aí... Aguenta firme, Quinn.

— Te amo — sussurrou Glenn Maybrook, concluindo o pensamento em voz alta enquanto começava a subir as escadas.

VINTE E OITO

— Pai — disse Cole —, não faz isso.

Arthur Hill saiu do escritório suspenso do supervisor. As janelas do cômodo haviam estourado no incêndio, mas o chão e a passarela que o cercavam continuavam firmes.

O pai de Cole se aproximou do corrimão lá em cima e ergueu a voz, para ser ouvido no chão da fábrica:

— Não me chama assim.

Os três — Cole, Dunne e Seu Murray — observaram Arthur Hill descer a escadaria de metal. Levou um bom tempo para que o homem chegasse ao térreo, o que significava que Cole teve um intervalo para pensar no que diria para convencer o pai a reconsiderar aquela coisa toda. Para fazê-lo perceber como a noite inteira estava *errada*.

Deixaram o carro do xerife em algum lugar na penumbra e se reuniram sob a forca e a luz.

Os sapatos do pai de Cole faziam um suave ruído nos degraus de metal.

— Nem pensa em tentar alguma coisa — grunhiu o xerife Dunne e apertou o braço do garoto quando o pai se aproximou. E ele lá tinha como tentar alguma coisa, por acaso? Tinha sido algemado com as mãos nas costas.

Com a máscara do Frendo no topo da cabeça careca e de braços cruzados, Seu Murray estava entre pai e filho. Para Cole, o padrasto de Janet nunca pareceu um cara com ótima forma física, mas agora ficava bufando impaciente e olhando para a passarela iluminada, com certeza ansioso para pendurá-lo ali.

Depois de um tempo, o pai de Cole chegou ao último degrau e começou a se aproximar. Foi para debaixo da luz com o restante do grupo.

— Por favor, pai — disse ele, numa tentativa de comovê-lo. — Isso é loucura.

— Faz anos que não sou mais seu pai — respondeu Arthur Hill, sem dar a mínima para o apelo de Cole. — Mas disso você já sabia. Te perdi muito antes do que aconteceu no reservatório.

— Não importa se te decepcionei, mas eu não mereço isso! — gritou Cole, já frustrado e irritado demais para seguir a voz da razão. — Fiquei deprimido sem a mãe!

Dunne levou uma mão às costas do garoto e torceu a corrente que conectava as algemas. O metal beliscou os pulsos de Cole.

— Ficou tristinho e aí matou a irmã? É uma revelação e tanto, viu? — disse Arthur Hill. Dava para ver o vazio em seus olhos. Era perceptível que a palavra "acidente" não fazia parte de seu vocabulário. Para Arthur, Cole era um assassino. Simples assim. Aquele era um homem vazio e perigoso, que queria fazer alguém pagar pela morte de Victoria. Cole percebeu que esse alguém seria ele mesmo.

— Foi por *isso* que você tirou de mim a única coisa que eu já tive nessa vida? Ah, e deve ter sido por isso também que você tacou fogo na fábrica, não é?

Dunne pontuou a pergunta com outra torção da corrente, e as algemas apertaram ainda mais a pele do garoto.

Cole pensou na mãe. Nas noites mal dormidas e nos voos fretados para Columbus. Na quimioterapia.

— Fui um filho de merda, sim, mas eu nunca quis... — Ele parou. Que diferença fazia, afinal de contas? — Quer saber de uma coisa? Nem adianta tentar te convencer. Você nunca foi grandes coisa como pai. Só que nunca pensei que fosse um psicopata...

Dunne o chacoalhou pelas algemas. Como um cachorro com um rato.

— Ah, então agora a culpa é dele? Ou tudo o que aconteceu foi porque você não passa de um mimizentinho incompreendido? Qual vai ser? — Dunne era tão alto que precisou se agachar para conseguir sibilar no ouvido esquerdo de Cole. — Você e seus amigos nunca cansam de ficar culpando os outros. Nunca pensam nas consequências. É patético.

— George — chamou Arthur Hill e assentiu para que o xerife Dunne soltasse. Cole sentiu o sangue voltar às mãos. As pontas dos dedos formigavam.

— Não pensa que foi fácil pra mim. No começo, quando levantei o assunto com o George, o plano era mais direto. Só você. Morto. Era só isso que eu queria. Quem sabe quebrar seu crânio e te enterrar numa cova rasa de uns 30 cm. Tiveram que me convencer bem direitinho pra concordar com essa... — Arthur Hill apontou para o lado — ...essa besteirada do Frendo.

Seu Murray ficou tenso. Cole não conseguiu entender direito o que o tinha incomodado. Será que tinha sido o fato de o santíssimo Arthur Hill achar que o padrasto de Janet tinha permitido que a enteada fosse assassinada por uma besteira?

O pai de Cole ergueu uma mão para Seu Murray.

— Mas, no fim das contas, acabei concordando. O xerife Dunne não tá errado. Não é só você; é essa geração inteira. Vocês são podres. Acontece que não foi a geração inteira que matou minha filhinha. Foi só *você*, Cole. — A voz dele foi tomada de compaixão de novo, mas não por Cole. — Só Deus sabe como ela era parecida com a mãe...

— E você acha que eu não passo todo santo dia desejando que desse pra trocar de lugar com ela? — perguntou Cole. Não era exagero, era simplesmente um fato. — Pensa no que você tá fazendo, pai. Ainda dá tempo de parar se...

Antes que o garoto conseguisse concluir, as mãos do pai estavam em volta de seu pescoço.

— Já falei pra não me chamar de pai — disse Arthur Hill.

Assim, de perto, dava para ver que seus olhos estavam vermelhos, não por causa de lágrimas, mas sim devido à loucura.

Cole tentou falar, mas não conseguiu.

Os dedos do pai pressionavam a sua traqueia, e Cole sentia que ele estava tomado pelo desejo de matar.

— O que é que você quer que eu pare, Colton? Já era.

O rosto de Cole começou a pulsar e a ficar quente.

— *Você* tirou tudo de mim! Meu ganha-pão. A Victoria. Queimou a esperança dessa gente. Então eu tenho o direito de me resolver contigo do jeito que eu quiser.

Dunne pigarreou.

Arthur Hill aliviou a pressão nos dedões apenas o bastante para que um pouquinho de ar passasse pelos dentes cerrados de Cole.

— Puta que pariu, tá bom, tá bom — disse Arthur para o xerife Dunne. — Deixa a cidade se vingar do jeito que quiser, então.

E soltou o filho.

Tossindo e se babando, Cole caiu de joelhos.

— É isso mesmo, Arthur. A gente é que vai dar um jeito — anunciou o xerife Dunne, estendendo a mão para dar uma batidinha no ombro de Arthur Hill, que se esquivou.

— Só andem logo com isso — disse Arthur.

Dunne ergueu Cole e dobrou os braços do garoto para trás enquanto o empurrava para frente. Arthur Hill saiu do caminho, e, sorrindo como uma criança, Seu Murray os seguiu.

Arthur Hill já tinha dito o que queria.

A hora da conversa acabou. A morte batia à porta.

Para tentar fazer com que fossem mais devagar, Cole pisou firme no chão e se jogou de joelhos, mas foi puxado para cima de novo; seus ombros pareciam estar prestes a sair do lugar. Os ruídos de seu esforço ecoavam pela fábrica vazia. Quanto mais andavam, mais o ar parecia ficar úmido. Um barulho de algo pingando vinha de algum lugar. Será que era possível que a água dos bombeiros ainda não tivesse secado por completo?

— Nunca fui muito fã desse palhaço que o seu vô fez — disse o pai de Cole, com a voz mais alta e cheia de um humor doentio bem diferente da animosidade de antes.

— Mas, olha, tenho que admitir: essa noite até que me fez começar a gostar do Frendo.

Cole caiu de cara no primeiro degrau. Como não conseguia se proteger com os braços, aterrissou com o peito e o lado do rosto no metal. Dunne finalmente o puxou de volta para cima, mas só para arrastá-lo mais um pouco e deixá-lo cair de novo.

O corpo dele já não aguentava mais, mas Cole também não queria caminhar sem resistência até a forca improvisada. Havia mais um patamar, depois uma curva, outros degraus e então chegariam à passarela que levava à corda, à posição escolhida para exibir o corpo pendurado de Cole.

Loucura. Ódio. Insegurança. Tradição. O Sonho Americano.

Seus pensamentos iam para lá e para cá enquanto seus pés eram arrastados, à procura de um apoio nas escadas, mas sem encontrar nada.

A última coisa que Cole veria antes de quebrar o pescoço seria seu pai, 6m abaixo, encarando-o com uma expressão de decepção estampada no rosto.

— Se ajeita e trata de andar direito — disse Dunne, empurrando Cole na curva em direção ao último lance de degraus. — Vê se vira homem. Para de fazer isso ser mais difícil do que já é.

— Mas não tem que ser! — gritou Cole, sabendo que já não tinha mais como discutir racionalmente com eles.

Dunne ergueu Cole pelo cinto com a mão enorme e o lançou tão longe no último lance de degraus que o garoto quase caiu por cima do corrimão. Enquanto estava momentaneamente livre, ele considerou se jogar lá de cima: *splash*. Poderia muito bem se matar um minuto antes do cronograma só para irritar ainda mais o pai e dificultar o trabalho de encenarem seu suicídio.

Ainda considerando a ideia e com o lábio inferior sangrando, Cole olhou para a escada. O lábio estava sangrando *de novo*, no mesmo corte que fizera no banco de trás da viatura, só que agora maior e mais profundo.

Ainda na escada abaixo de Cole, Dunne fez um movimento de *você primeiro* e instigou Seu Murray a ir em frente. O careca começou a subir os degraus em direção ao garoto.

A respiração de Dunne estava pesada. O homenzarrão levantou o chapéu e secou a testa com uma das mangas. O xerife fez uma careta, seu bigode tremia, e o uniforme ficou, de repente, encharcado de sangue e suor na região do peito.

Que bom. Rust fizera mais do que apenas provocá-lo.

— Você conhece o plano! — gritou Arthur Hill do chão. — Desculpa ter enforcado ele, mas vê se não deixa o garoto com ainda mais hematomas!

— Anda logo — disse Seu Murray, inclinando-se sobre Cole.

O padrasto de Janet não tinha a altura e a seriedade do xerife Dunne, mas, de certa forma, era ainda mais assustador. Ele era o pai de uma amiga com quem sempre foi difícil de conversar. E agora Cole entendia o porquê:

O cara era um psicopata do caralho.

Seu Murray puxou a máscara do Frendo de cima da cabeça e a ajustou sobre os olhos. Já nem era mais uma máscara, e sim o capuz de um carrasco. Ele levantou Cole e o carregou pelo restante do caminho até a passarela suspensa. Agora, estavam acima das lâmpadas fosforescentes. Lá embaixo, através do metal gradeado da passarela, já dava para ver a forca.

Cole foi colocado de pé.

Seu Murray o segurava com um braço ao redor da cintura. Depois, com os movimentos meio atrapalhados devido à máscara e às luvas, começou a puxar a corda; uma mão depois da outra. Pisou na sobra por um momento antes de trazer mais alguns metros.

Assim que o laço passou pelo corrimão e todo o restante da corda estava jogado no chão, Seu Murray passou a cabeça de Cole pelo buraco.

— Espera! — gritou o xerife Dunne enquanto subia o último lance de escadas com um esforço evidente.

A passarela emitiu um ruído quando o grandalhão se juntou a eles. A estrutura inteira estremeceu com o peso extra. O metal chamuscado e corroído rangia. Dunne estendeu os dois braços para se equilibrar e reduziu a velocidade para passinhos curtos.

Por meio segundo, Cole teve esperança de que a passarela inteira caísse e matasse esses dois filhos da puta com ele. Mas os rangidos se acalmaram, e Dunne percorreu o restante do caminho.

— Não posso esquecer disso aqui — disse o xerife enquanto colocava um envelope (a carta de suicídio de Cole, na qual seu pai, sem sombra de dúvida, copiara a caligrafia do filho) no cós da calça do garoto. — Incluí aquele seu discursinho no carro também. Obrigado, viu?

Tirando as máscaras de Frendo, Dunne era a única pessoa que sorria.

Lentamente e quase com carinho, puxou Cole para perto e tocou sua testa na dele.

— Valeu a pena? — perguntou num sussurro enquanto segurava a nuca de Cole.

Dava para sentir a vontade naquele toque, no jeito que os dedos grossos do xerife tremiam.

A resposta de Cole não fazia diferença. Dunne estava se preparando para jogá-lo por cima do corrimão. Seria uma queda menor do que a de Victoria. E uma morte mais rápida também, já que ela ainda estava viva na ambulância e tinha ficado apertando a mão de Cole.

Por Deus. Talvez fosse isso mesmo que Cole *desejava*.

Não respondeu à pergunta do xerife. Em vez disso, afastou-se gentilmente e deu uma olhada para o chão da fábrica, para encarar o pai pela última vez.

— Para! — gritou uma voz de algum lugar lá embaixo. A palavra ecoou até eles.

Dunne afastou a testa. Sob a máscara, Seu Murray emitiu um grunhido impaciente.

Os três olharam para baixo e viram Arthur Hill entrando no raio de luz emitido pelas lâmpadas fluorescentes sob a passarela.

Ali de cima, as sombras pareciam severas e intensas.

Primeiro um sapato. Depois outro. E então, mãos.

Arthur Hill estava com as mãos acima da cabeça, como um pastor implorando à congregação. Quem sabe tivesse finalmente caído na real.

Só que não.

Ele estava se rendendo.

Apontando um rifle para a coluna de Arthur Hill, Quinn Maybrook cutucou o pai de Cole e o forçou a adentrar a área iluminada.

— Tira a corda do pescoço dele, senão eu atiro! — gritou Quinn.

Ainda segurando firme a nuca do garoto, o xerife Dunne riu.

— Olha, vou te falar — disse ele, com admiração na voz. Em seguida, voltou-se para Cole. — Tô impressionado com essa novata.

Depois, tão rápido que foi até difícil perceber o movimento, o xerife pegou a pistola da polícia e atirou nela.

VINTE E NOVE

Ela tinha entrado por uma janela quebrada e se moveu devagar, com cuidado, até chegar onde estavam mantendo Cole. Algumas luzes de emergência amarelas iluminaram o caminho pelo labirinto de passarelas suspensas e andaimes que sustentavam os ruídos industriais da fábrica.

Pela forca, ficou claro o que estavam planejando. Quinn tinha que ser rápida.

Se precisasse matar de novo para impedi-los... Bom, que diferença uns palhacinhos a mais faria?

Nem pensou muito no que faria com seu refém, simplesmente encostou o rifle no sujeito de camisa branca e calça social e o fez andar até a luz.

— Tira a corda do pescoço dele, senão eu atiro — gritou ela.

— Tô impressionado com essa novata. — Dunne deu uma risada antes de sussurrar algo para Cole que Quinn não havia conseguido entender direito.

O xerife puxou a arma e atirou nela sem dar a mínima para o sujeito de camisa branca entre eles.

— Pai! — berrou Cole.

O primeiro tiro atingiu o refém de Quinn no ombro e mandou-o rodopiando em direção a ela, o que afastou o cano de seu rifle.

Pai?

Os dois caíram para trás — aquele era o pai do Cole? — e o homem a derrubou e caiu por cima dela. A camisa branca ficou toda vermelha na mesma hora.

O segundo tiro de Dunne acertou o cimento ao lado da cabeça de Quinn. Seus olhos ficaram cheios de poeira enquanto ela tentava sair debaixo do pai de seu amigo.

Quinn se sentou e ergueu o rifle. Com os olhos lacrimejando, não era fácil mirar direito.

Dunne, com a arma apontada para baixo e o braço estendido, era o maior alvo. O outro sujeito estava segurando Cole. Mas...

Não ia dar. Dunne puxou Cole e o usou como escudo humano. Acontece que Cole, de forma alguma, ia se entregar assim de bom grado. Ele rugiu tão alto que a voz chegou a falhar e chutou com os dois pés o corrimão à frente. O movimento desequilibrou Dunne bem quando o xerife atirou em Quinn, e a bala saiu descontrolada e ricocheteou nas vigas de aço do teto.

Dunne se recompôs enquanto Quinn continuava tentando sair debaixo do pai de Cole.

O garoto foi pra lá e pra cá sob o aperto do xerife, deu um jeito de ficar de frente para ele e colocou com tudo a cabeça no ferimento em seu ombro.

O que quer que Cole estivesse fazendo — provavelmente mordendo as feridas de bala do xerife —, Dunne gritava de dor. O outro palhaço — o padrasto de Janet, será? — tentou tirar o garoto de cima do policial, mas não adiantava.

Puxando Cole pelo nó da forca, Dunne correu para a borda da plataforma e, com um movimento exagerado, lançou o garoto por cima do corrimão.

Quinn observou Cole em queda livre.

Não.

Mas o pescoço dele não quebrou.

A queda não foi tão livre assim porque o calcanhar do padrasto de Janet estava preso na sobra de corda. O palhaço careca fora puxado e agora estava se segurando na plataforma lá em cima. Em pânico, se agarrou com força até que a mão escorregou e ele caiu.

O homem pesado na fantasia de palhaço deu um giro completo no ar antes de cair abruptamente e quebrar as duas pernas quando atingiu o chão da fábrica.

Enquanto Frendo uivava de dor, Cole estava pendurado pelo pescoço, pedalando no ar, com as mãos algemadas nas costas e o rosto ficando cada vez mais vermelho à medida que se enforcava.

— Olha o que você fez! — gritou o xerife para Quinn.

Ele estava mirando de novo com o revólver quando a garota apertou o gatilho do rifle.

Dunne colocou a mão na barriga, olhou-a cheia de sangue e sorriu para Quinn lá de cima. No chão ao lado dela, o pai de Cole gemeu ao recobrar a consciência.

Pendurado, Cole deu alguns chutes derradeiros no ar antes de desmaiar. Os dedos do pé dele deviam estar a mais ou menos uns sessenta centímetros do chão.

Foi então que, atrás dela, houve um barulhão, um clarão e rangidos ensurdecedores de metal batendo em metal.

Quinn. Era a voz de Quinn!

Glenn Maybrook mal conseguia acreditar.

Ele olhou para o bisturi na mão. Estava tremendo. Tinha trabalhado duas décadas na UTI e tremores de nervosismo nunca foram um problema.

Forçou a mão a se acalmar.

Era isso. Podia fazer alguma coisa. Tinha como ajudá-la. Podia salvá-la. Tinha que salvá-la! Claro, tinha ficado meio fora da casinha com aqueles dois cadáveres lá embaixo. Tão fora da casinha que um dos corpos agora estava praticamente pelado e gelado sobre a maca, mas fazer o quê? Agora estava, aos tropeços, atravessando aqueles escombros industriais em direção às vozes. Tinha como ajudar.

Foi então que ouviu o estouro de um revólver, e pensou: *Ai, meu Deus. Não.*

Saiu correndo do esconderijo atrás dos tambores de mistura.

Correu pela passarela que se estendia à frente, mas acabou caindo de novo. As pernas estavam bambas e a visão, embaralhada. Talvez fosse a máscara que estivesse atrapalhando sua visão periférica e o deixando desequilibrado.

Sua filha precisa de você. Anda, seu merda!

Deu pra ouvir gritos de homens. Nenhuma das vozes era de Quinn.

— Olha o que você fez!

Glenn caiu quando ouviu o terceiro tiro ricocheteando e quase enfiou o bisturi no próprio peito, mas recuperou o passo e se forçou a continuar avançando na escuridão.

Desorientado, seguiu a luz e conseguiu vislumbrar Quinn de bruços debaixo de uma lâmpada.

Sua garota. Forte. Viva.

Mirando um rifle.

E então houve uma batida, faróis apareceram e Glenn Maybrook teve que pular longe para não ser esmagado sob os pneus de uma caminhonete a mil por hora.

Quinn se virou para ver os últimos estilhaços do enorme buraco feito pela caminhonete que destruiu uma das áreas de descarga.

O veículo vermelho e creme seguiu decidido pelo chão da fábrica. No último instante possível, o motorista virou o volante com tudo para evitar uma colisão com a traseira da viatura de Dunne.

A caminhonete desacelerou, desviou de onde Quinn estava deitada e acelerou em direção a Cole.

Quinn desviou o olhar. Seu amigo estava prestes a ser atingido como uma piñata pelo para-choque do carro.

Mas aí o veículo diminuiu a velocidade e, ao invés de atingir o garoto pendurado, simplesmente encostou na cintura dele. O carro foi aos poucos para a frente, ergueu o peso do corpo de Cole e aliviou a pressão da corda ao redor de seu pescoço.

Cole deu sinais de melhora. Os joelhos se remexeram sobre o capô ensanguentado enquanto ele tentava se levantar. Ele tossiu. Estava vivo. O capô se transformou em uma plataforma e o salvou.

Vivo.

E Cole não era o único.

Ruston Vance abriu a porta do motorista com um chute, mas teve que se esconder lá dentro de novo quando Dunne se esticou sobre o corrimão e atirou nele. Uma bala fez faísca quando se chocou na porta de metal.

O vizinho de Quinn apontou o cano da espingarda pelo cantinho da janela da caminhonete e atirou, o que fez Dunne sair correndo até o fim da passarela em direção ao chão da fábrica.

Com o rosto inchado e todo queimado, Rust saiu do carro e adentrou o espaço iluminado. A regata branca tinha ficado preta devido à terra e ao sangue, mas ele estava vivo.

Vivo!

E com a bolsa pendurada nas costas, o que significava que tinha munição.

Ela não conseguia tirar os olhos do xerife Dunne. Ele ainda estava de pé. Baleado, mas ainda vivo. Suas botas ruíram contra o primeiro lance de degraus de metal escada abaixo.

Sentindo as pernas dormentes, Quinn se levantou. O pai de Cole continuava de cara no chão e gemendo aos pés dela.

Quinn olhou em direção à luz. No capô da caminhonete, Cole não conseguia erguer as mãos e engasgava com a forca ainda ao redor do pescoço restringindo a passagem de ar. Se a laringe foi danificada, talvez nem pudesse ser salvo, no fim das contas.

Tinha que ajudá-lo. E rápido.

Ainda com a máscara do Frendo no rosto, o padrasto de Janet parou de choramingar pelas pernas estilhaçadas e começou a se arrastar pelos cotovelos em direção ao para-choque da caminhonete.

Rust apontou a espingarda para a escada e atirou em Dunne. Faíscas voaram dos corrimões e dos degraus. Xerife Dunne estremeceu involuntariamente, mas parecia ileso, e continuou a descida barulhenta. Faltava apenas um lance de escada até chegar ao chão da fábrica com eles.

— Quinn — gritou Rust, apontando para Dunne. — Continua mirando nele.

Dunne ajeitou a postura e atirou de novo em Rust, mas errou.

Rust tinha terminado de dar as ordens. Agora estava indo ajudar Cole a sair de cima do capô. Levou um tempinho, mas Quinn acabou reconhecendo que era a caminhonete dos Tillerson. Não ficou nem um pouco surpresa que ele soubesse dirigir carros manuais.

Com esperança de que houvesse pelo menos mais uma bala, mas sabendo que provavelmente estaria vazio, Quinn avançou a alavanca do rifle.

Sobre o capô, Cole, tão atordoado que não percebeu que estava sendo salvo, se contorceu quando Rust o tocou.

De repente, Cole desapareceu atrás da caminhonete. Alguém o puxou pelas pernas. Ele estava pendurado e com o pescoço todo esticado de novo.

Em uma tentativa de finalizar o trabalho, Frendo segurava os calcanhares de Cole com toda a força que ainda tinha. Havia um rastro preto de sangue demarcando o trajeto por onde ele tinha rastejado.

Rust encostou a ponta da espingarda no peito do padrasto de Janet e simplesmente o destroçou. O vizinho de Quinn fez isso como se não fosse nada, como alguém matando uma mosca. Ele jogou a arma e a bolsa no chão, e usou as duas mãos para continuar segurando Cole.

Era muita informação. Mas Quinn precisava manter o foco.

Havia mais uma coisa a ser feita.

Quinn chegou à base da escada e olhou para cima. Dunne pisou em falso num degrau e tropeçou. Ele estava com a arma estendida, mas sua mão vacilou. O xerife mal tinha condição de mirar nela; o cano do revólver tremia. O sangue na barriga dele tinha se espalhado e agora escorria pelas pernas.

A cor de seu rosto estava igualzinha à do bigode: cinza, pálida, morta.

Independentemente do que aconteceria nos próximos instantes, Quinn tinha conseguido. Não existia a menor possibilidade de alguém sobreviver a um ferimento como aquele, ainda mais assim tão longe de um hospital. Ela o tinha matado. Não restavam dúvidas.

— Pois bem — Dunne começou a dizer quando desceu mais um degrau e finalmente conseguiu apontar a arma para ela. — Você não foi nada m...

Quinn atirou nele.

O chapéu do Xerife voou para fora da cabeça. Dunne caiu de joelhos. As escadas tremeram. Depois, bateu com a barriga na escada, escorregou o restante dos degraus com a cara no chão e parou em uma poça de sangue aos pés dela.

Morto. Xerife Dunne estava morto.

Em meio à névoa da fumaça causada pelos tiros e pelo escapamento da caminhonete, alguém tossiu.

Quinn afrouxou o rifle nos dedos, mas não o soltou, e foi até Rust, que tinha conseguido soltar Cole e estava fazendo RCP no corpo do garoto.

Quinn engoliu em seco e sentiu um nó na garganta de pavor. Será que Cole havia parado de respirar? Aí já era demais. Será que tinham chegado tão longe e lutado tanto para Cole acabar morrendo mesmo assim?

Ela sentiu a visão ficar turva, mas estava desidratada demais para chorar.

Rust ergueu a cabeça do chão e o rosto de Cole o seguiu.

Espera aí...

De RCP aquilo não tinha nada. Nadinha de nada.

Cole Hill, com o rosto vermelho e uma marca branca ao redor do pescoço, beijou Ruston Vance de volta. E beijou com paixão.

— Hum... Quem sabe deixar ele respirar um pouco pode ser uma boa — disse Quinn, se jogando com tudo ao lado dos dois.

Como foi bom se sentar.

Os garotos pararam de se beijar, pelo menos por enquanto, e a encararam.

Parecia tão natural os dois juntos. Pela primeira vez no dia, algo fazia sentido. Eles combinavam — e não só porque tanto um quanto o outro estava com cara de que precisava passar um mês inteiro na UTI.

— Como é que você...? — perguntou Quinn, cansada demais para articular a pergunta inteira e com a mão sobre a bolsa de Rust.

— Acendi o fusível na dinamite e corri que nem o diabo da cruz de lá — disse Rust. — Não faço ideia de quanto tempo passei apagado, mas aí acordei, achei a bolsa e fui pra casa dos Tillerson. Só que eu não conseguia encontrar ninguém. Eles não vão gostar nada do que eu fiz com a caminhonete...

No escuro, alguém se mexeu.

Ela estava errada. Dunne não tinha sido a última ameaça.

Parece que um palhaço derradeiro quase os tinha pegado de surpresa.

Quase.

Quinn ficou pensando em quem podia estar embaixo daquela máscara. Será que era alguém que tinha conhecido em Kettle Springs? Era bem provável que não. A maioria do povo que tinha conhecido estava morto.

O palhaço tropeçava e, jugando pelo sangue no macacão, devia ter sofrido um ferimento mortal também.

Só que, mesmo ferido, não significava que era inofensivo. Ele segurava uma faquinha. Mesmo no escuro e atordoada, ela conseguia ver o reflexo da lâmina.

Sem nem se levantar, Quinn ergueu o rifle e mirou no homem — ou mulher sem curvas. O movimento, a essa altura, já era quase automático.

De algum lugar, sua mãe gritou para ela.

Acontece que, como muitos dos conselhos maternos de Samantha Maybrook, esse chegou tarde demais. Quinn já tinha ceifado muitas vidas. Vidas demais.

— Não! — gritou Cole, rouco.

Cambaleando e com as mãos ainda amarradas às costas, ele correu para a frente, tentou desviar o rifle com o ombro e caiu.

Quinn apertou o gatilho.

Click.

A bolsa. Ainda haveria munição lá. Com a mão sobre a bolsa, ela olhou para baixo.

— Quinn — disse uma voz familiar vinda da escuridão.

— Pai?

Um dos tênis brancos da Reebok de Glenn Maybrook — a essa altura já não tão branco assim — tropeçou, e ele caiu.

Quinn jogou a arma longe e sentiu as mãos pegajosas. Então, no fim das contas, o rifle não a tinha traído. Não a tinha seduzido. Só a permitira fazer o que ela quisera fazer: sobreviver. Matar.

Cole, agora com a cabeça no colo dela, assentiu e sussurrou para si mesmo num suspiro:

— Da hora o tênis dele.

Quinn se levantou, correu para o pai e tirou a máscara do Frendo do rosto dele.

Os dois ficaram quietos enquanto se abraçavam por um momento.

— Desculpa ter feito a gente se mudar pra cá. — Foi a primeira coisa que ele falou. — Pelo amor de Deus, arranja um médico pra mim que não seja eu.

Como estava em mais condições físicas do que o restante do grupo, Quinn juntou os feridos e os se fez apoiarem uns nos outros.

Caminharam para a porta. Os primeiros vislumbres da luz da manhã invadiram a escuridão como uma segunda chance para viver.

TRINTA

DOIS MESES DEPOIS

— Fala, galera, estamos ao vivo aqui da lanchonete e... — Cole ergueu o olhar. — Ah, gente. Tô só brincando.

A garçonete estava pálida de tão aterrorizada, sem achar a menor graça. Essa mulher tinha trabalhado com Trudy. Talvez até mesmo tivesse *gostado* dela.

Rust colocou a mão sobre a de Cole e abaixou o celular dele até a mesa.

Já não era a primeira vez que Cole fazia essa brincadeira. E era quase sempre quando saíam para comer. *Era* piada, mas também *não era*. No fim das contas, estava apenas abraçando sua reputação e tentando desarmar o pessoal da cidade, que talvez ainda nutrisse certas ideias pré-concebidas do jovem milionário.

— Desculpa por ele — disse Quinn.

A garçonete deu de ombros e recobrou um pouco a cor do rosto enquanto anotava os pedidos.

Muita coisa tinha mudado nos últimos dois meses.

Para começo de conversa, estavam vestindo roupas leves de frio. O vento que batia na janela ao lado da mesa era forte demais para que o aquecedor ali de dentro desse conta.

Além disso, cerca de 20% da população de Kettle Springs, no estado de Missouri, tinha morrido, ido para a cadeia ou se mudado.

— Como o seu pai tá? — perguntou Cole para Quinn, antes de se aconchegar em Rust, que pareceu ficar um pouco desconfortável por um breve momento antes de relaxar.

Quinn tinha a impressão de que, para Rust, a questão nem era tanto quem ele *era*, mas sim *com quem* ele estava. Cole Hill ainda emanava aquele ar de celebridade, enquanto Rust gostava de passar mais despercebido.

— Ele tá bem. Mas, se eu tiver que pendurar mais um cartaz que seja, vou surtar — respondeu Quinn. — Ninguém quer essas coisas na entrada de casa.

— Mas pra que mais cartazes? — perguntou Rust. — Ele não é o único candidato?

— Pois então — disse Quinn, rindo.

Glenn Maybrook continuava atendendo como médico, mas jurava de pé junto que ia abrir mão do consultório assim que a cidade achasse alguém para substituí-lo. Com sorte, isso aconteceria antes de ele ser oficialmente eleito prefeito. Acontece que Quinn não tinha tanta certeza assim de que o pai conseguiria deixar os pacientes para lá, não importava o quanto tentasse.

A mesa recaiu num silêncio. Quinn bebericou o café. Cole estava prestes a mexer no celular, mas então percebeu e o deixou com a tela para baixo, em cima do porta guardanapos. Rust tentou fingir que não estava vigiando a porta da lanchonete nem de olho em cada um dos fregueses. Só que Quinn conseguia perceber que o garoto ainda estava preocupado, taciturno e pronto para atacar. Os três estavam fazendo terapia e tinham exibido sintomas de transtorno de estresse pós-traumático de um jeito ou de outro, mas parecia que Rust não superaria o que acontecera num futuro breve.

Para tratar as queimaduras dele, os médicos tiveram que deixá-lo careca. Agora que o cabelo estava crescendo de novo, o corte estava assimétrico, muito mais curto no lado queimado. Rust, o caipira, escoteiro e entusiasta de camisas xadrez estava parecendo um punk.

O namorado dele, por outro lado, tinha engordado uns 4 ou 5 kg e cortado o cabelo. Dava para ver a diferença em seu rosto; Cole estava mais bonito, maior e, agora sim, parecia muito mais um capitão de futebol americano. Seus olhos não eram mais fundos, e, devido ao inverno, ele começou a usar moletons e jaquetas de caça.

Para Quinn, sentada em frente aos dois, parecia que eles tinham trocado de lugar.

Quando se olhava no espelho, ela não conseguia ver muitas diferenças físicas, mas apostava que devia ter passado por várias e que seu pai conseguia distingui-las.

E, sim, ela *sentia* que algo havia mudado.

Suas mãos de vez em quando tremiam, e as luzes de casa ficavam acesas o tempo inteiro. Eram coisas pequenas, mas que de insignificantes não tinham nada. Não dá para superar palhaços assassinos de uma hora para outra. Seus sonhos eram terríveis, mas, por outro lado, tinham sido terríveis desde o que aconteceu com sua mãe. Mas ela sobreviveu a algo terrível. Todo mundo sabia que uma experiência como essa a mudaria.

Logo depois do massacre, foi Quinn que convenceu o pai de que precisavam ficar na cidade. Mesmo que fosse mais fácil deixar tudo para trás, não tinha como simplesmente irem embora. Esse era o lar deles agora. Sangue tinha sido derramado para tal, e sair agora significaria que aqueles filhos da puta tinham conseguido o que queriam.

O plano de Arthur Hill e George Dunne havia funcionado. Os dois, junto com os outros doze (pelo menos de que o FBI tinha conhecimento) conspiradores tinham, no fim das contas, salvado mesmo Kettle Springs.

Só que não do jeito que queriam ou imaginavam.

A população pode ter sido dizimada, mas, nos dias e semanas posteriores ao ataque, uma onda de vida nova invadiu a cidade. Emissoras de televisão, forças policiais estaduais e federais e até mesmo um punhado de documentaristas criminais desembarcaram ali. Toda essa gente precisava comer e de lugares onde ficar, então suas estadias proveram um impulso na economia local que se estendeu por meses a fio.

Quinn recusara diversas propostas para falar na televisão sobre o que tinha vivido. Mas isso não significava que os outros ficaram de bico fechado também. Uma das produtoras tinha garantido exclusividade para uma entrevista conjunta de Cole e Rust e já tinha até vendido os direitos para uma minissérie de três partes na Netflix.

Alguns dos moradores locais mais mal-humorados ficaram ouriçados com tanta atenção, mas a maioria gostava dos forasteiros.

As câmeras e repórteres faziam Quinn se sentir segura. Olhos extras para vigiar, prontos para pegar um palhaço ou simpatizante que pudesse ter escapado da primeira rodada.

Grande parte dos palhaços, especialmente o xerife Dunne, não entendia o bastante de tecnologia para apagar os rastros digitais. Mesmo que tivessem sobrevivido e matado Quinn e seus amigos, acabariam sendo pegos.

Ela não tinha a menor dúvida de que acabariam sendo pegos.

Pouco depois da chegada do FBI, houve uma sessão de interrogatórios e prisões. Os registros telefônicos de Arthur Hill, os e-mails do xerife e os dados de GPS de qualquer celular que tenha comprovadamente estado nos entornos das Reuniões para Evolução da Comunidade de Kettle Springs: nenhum cúmplice conseguiu se esconder. Não que muitos deles tivessem sobrevivido, também. A ironia, pensou Quinn, era que os telefones que eles tanto odiavam tinham os entregado.

As aulas voltaram no início de dezembro. Cerca de vinte dos alunos que retornaram tinham ido ao campo da família Tillerson aquela noite. A maioria sobreviveu se trancando no celeiro e fugindo pelo milharal antes dos reforços dos palhaços chegarem. Outros quinze, mais ou menos, simplesmente não tinha ido à festa, o que, para Quinn, mostrou-se como uma das vantagens de ficar em casa durante o fim de semana. E o ponto vai para calças de moletom e maratonas de séries ruins!

Não, a "praga" de Kettle Springs não fora aniquilada. E mesmo que Cole, Quinn e Rust tivessem morrido naquela fábrica, os palhaços não teriam vencido. Os jovens persistiriam.

Isso confortava Quinn. O fato de que não importava o quanto esses otários tentassem, a história sempre rumava para o progresso.

A comida chegou, e todos se ajeitaram nos assentos. Depois de algumas mordidas, Quinn encostou a testa no vidro gelado da janela e olhou para a Avenida Principal. Os comércios tiraram as vitrines inspiradas em Frendo com muita rapidez. A demanda por tinta branca e lavadores a jato foi lá em cima enquanto o povo removia o palhaço de murais e placas.

— Parece que o cinema abre já, já — disse Quinn.

O Eureka estava sob nova direção, e alguém havia consertado a marquise, para que todas as letras se acendessem, não apenas E, K e A.

— Tudo voltando pros eixos — comentou Rust, assentindo. Ele andava ajudando na reforma depois da escola.

— O que é que vão passar no final de semana da inauguração? — perguntou Quinn para Cole.

Com a boca cheia de panqueca de mirtilo, Cole mastigou, engoliu e então respondeu:

— Não sei ainda. Tô deixando o Seu Reyes escolher. Provavelmente vai ser algo bem velho e idiota.

Cole sempre foi um jovem rico, mas agora tinha acesso ao dinheiro que nunca conseguiria gastar se o pai estivesse vivo. Ele tinha uma fortuna capaz de comprar aquela avenida inteira. Quinn queria perguntar se havia mais notícias, alguma novidade quanto ao seguro, mas tudo isso remetia a um assunto muito delicado:

Devido à quantidade de sangue no local e à extensão da caçada humana que se seguiu, Arthur Hill foi declarado legalmente morto, mas ainda não havia nenhum corpo.

Drones foram usados para perscrutar os milharais, e cachorros foram trazidos. Acharam uma trilha de sangue que começava no local do tiro e ia até uma das saídas da Baypen, mas depois a pista esfriava. Com hectares e mais hectares e apenas seis horas para o fim do trabalho das equipes de resgate que estavam cuidando dos adolescentes que tinham ido à festa, havia muitas direções para as quais Arthur Hill podia ter corrido, mas ainda mais lugares onde ele podia simplesmente ter morrido, sozinho e com frio.

Era como se os pés de milho tivessem-no engolido.

Então, Quinn não perguntou nada a respeito de Arthur Hill. Prestou atenção no picadinho de carne, na conversa distraída com os amigos e no futuro de Kettle Springs.

EPÍLOGO

Terry deu uma olhada para trás e observou o único passageiro do pequeno jatinho.

Com o corpo virado em direção ao corredor, o homem estava sentado na segunda das duas fileiras de assentos. Era uma visão clara da cabine de comando.

Terry viu o sujeito abrir e fechar o punho. Fazia horas que ficava repetindo o mesmo movimento.

O único passageiro estava apertando uma daquelas bolinhas que aliviam o estresse. Levava-a para lá e para cá entre as mãos, mas sempre se demorava mais na da esquerda. Ele fazia uma careta a cada apertão, e Terry deduziu que devia ser algum tipo de fisioterapia. Para um ferimento.

Acontece que Terry não estava sendo pago para fazer deduções. Não tinha recebido cinco pilhas de dinheiro, que somavam mais de seis vezes o que normalmente ganhava, para ficar deduzindo.

O homem da bolinha para estresse havia pegado o voo com pouca bagagem. E também não estava indo para *muito* longe.

Sob os óculos de sol, o sujeito tinha um rosto familiar. Tão familiar que Terry jurava de pé junto já ter sido contratado por ele. Contudo, o piloto não se permitiria tentar reconhecê-lo.

Normalmente, ele só gritaria, mas hoje usou os fones para dizer:

— Vamos pousar em breve. Por favor, verifique o cinto de segurança.

Não era o primeiro voo que fazia para Cuba desde que a relação entre os dois países tinha se normalizado. Mas foi a primeira vez que pesquisou rapidinho "existe extradição entre Cuba e EUA?" antes de decolar. E se arrependeu.

Esse cara não estava indo visitar o país para ver os carros clássicos ou comprar umas caixas de Cohibas.

O homem não tirou os óculos de sol nenhuma vez durante o voo inteiro. Ao invés de deixar a bolsa preta em que levava o terno no compartimento em cima dos assentos, ele prendeu o cabide em um encosto de cabeça e o deixou ali, na sua frente, como se fosse outro passageiro.

Deve ser um terno do caralho, pensou Terry antes de se preparar para o pouso.

À luz da derrota, algumas coisas ficaram claras para Arthur Hill.

Primeiro: percebeu que dinheiro não é tudo. Mas foi o bastante para mantê-lo vivo e fora do xadrez. Isso se fosse dinheiro vivo.

Segundo: se deu conta de que a derrota é temporária. Isso para quem é determinado o bastante para enxergar os planos a longo prazo.

Terceiro e mais importante: entendeu que, se quiser um trabalho bem-feito, você mesmo tem que fazê-lo.

Foi esse o erro dele. Tinha tentado ver a vingança como uma negociação e a *delegou*.

Mas, se quisesse ter sucesso, teria que fazer tudo ele mesmo.

Esse era o mantra que ficava repetindo sem parar enquanto o piloto abaixava o trem de pouso e controlava a descida final na ilha.

O piloto o reconheceu. Arthur tinha certeza. Ou de outros voos ou dos jornais. Mas nem fazia diferença.

Aquela centelha de reconhecimento três horas atrás foi tudo de que Arthur Hill precisou para ignorar o aviso do piloto de que estavam pousando, abrir o cinto de segurança e ir para o banheiro apertado do avião.

Levou a bolsa do terno junto.

George Dunne tinha razão: símbolos não significam nada. Até era possível fazer as pessoas se amarrarem e criarem esperança a partir deles. E esse símbolo *aqui* era o legado de Arthur. Seu direito de nascença.

Equilibrando-se no lavabo minúsculo, ele vestiu o macacão e puxou a máscara.

Depois, sentou-se no vaso de alumínio e esperou a aterrissagem ser concluída.

Essas naves eram consideradas jatinhos "extraleves". Não haveria nenhuma equipe na pista com que precisasse se preocupar. Seria só sair dali ou do hangar depois do desembarque.

A faca pesava na mão de Arthur Hill. Será que seria tão fácil quanto parecia?

Tinha sido responsável por dezenas de mortes. Mas não pela única que desejava de verdade. E tudo porque...

Se quiser um trabalho bem-feito, você mesmo tem que fazê-lo.

AGRADECIMENTOS

Nenhum livro se escreve sozinho. E tive muita sorte, porque o povo que me ajudou com *O Palhaço no Milharal* era bem mais querido do que o pessoal lá de Kettle Springs.

Um grandessíssimo muito obrigado para todo mundo da Harper Collins, Writers House e Temple Hill Entertainment.

David Linker e Petersen Harris foram gentis, engraçados, pacientes e me deram muito apoio durante todo o processo. Este livro só existe por causa deles. Mesmo que de vez em quando os dois acabassem falando de esportes enquanto eu ficava sem entender nada.

Agradeço também a Camille Kellogg, Jen Strada, Jenna Stempel-Lobell, Alison Klapthor e Jessica Berd. Mestras do editorial e do design que impediram este livro de ser apenas uma série de sentenças apressadas impressas de qualquer jeito. E muito obrigado também a todos do marketing e da publicidade da Harper.

Meus agradecimentos a Matt Ryan Tobin, responsável pela ilustração da capa e alguém que sempre admirei e nunca imaginei que agraciaria um dos meus projetos!

Wyck Godfrey, Marty Bowen e Alli Dyer da Temple Hill. Alli era minha artilheira quando o assunto era a verossimilhança das cidadezinhas dos Estados Unidos.

A Alec Shane da Writers House, um cara superlegal e pé no chão em um setor que *na maioria das vezes* é bem fora da casinha.

Sei que há uma penca de outras pessoas nessas instituições que ajudaram a dar vida a este livro. Todos merecem meus agradecimentos, e, se eu soubesse *todos* esses nomes, ia simplesmente incluir mais algumas páginas e créditos que nem num filme.

Agora vamos para o lado mais pessoal da coisa:

Um muitíssimo obrigado aos escritores Scott Cole, Patrick Lacey, Matt Serafini e Aaron Dries (mesmo que ele more na Austrália então não dê para nos vermos muito). Muitos autores têm seus parceiros, um círculo de amizades, mas são poucos os que podem dizer que chamam todos desse círculo de melhores amigos.

Também quero deixar meu agradecimento para meus amigos autores que não escrevem horror (pois é, até que eu conheço um ou outro): Kyle, Josh, Chuck, Andrew e Becca.

Obrigado ao Athenaeum of Philadelphia, por me deixar passar umas horas por dia lá.

À família do meu Twitter (é @Adam_Cesare, viu?), YouTube e outras redes sociais: obrigado pelo conteúdo de qualidade e por terem sido tão legais comigo ao longo dos anos.

É bem possível que você tenha se sentido atraído a este livro pela capa e pelo adorável blurb de Clive Barker. Sou fã do Barker desde que me conheço por gente; seus livros, arte e filmes mudaram minha vida para melhor, então ter o elogio dele pelo meu trabalho é uma experiência surreal.

Muito obrigado, Barker. Também quero muito agradecer a Madeleine Roux, Paul Tremblay, Grady Hendrix, Nick Antosca e Stephen Graham Jones. A vida dos escritores é atormentada e sempre com muitos e-mails não respondidos, então o fato de essas pessoas tremendamente talentosas e criativas conversarem comigo e oferecerem palavras de carinho é no mínimo engrandecedora.

À Jen, a mulher para quem dediquei este livro e topou passar a vida inteira ao lado de um cara que fica lendo descrições sangrentas de morte e desmembramento enquanto ela tenta dormir. Ela pediu que eu deixasse bem claro o quanto odeia violência, ódio e crueldade infundada. E que espera ver tudo isso apagado do mundo. E eu espero também, afinal, este livro é meio que sobre isso, né?

A meus enteados: Susan, Harvey e Mike, que me receberam na família de um jeito muito parecido com John Lithgow e o pé-grande naquele filme. Eles sabiam que eu era estranho, mas aprenderam a me amar mesmo assim.

A meus pais, Carol e Richard, que não apenas me criaram direitinho, me deram cada oportunidade nessa vida, instigaram em mim o amor pela leitura, arte e pelas divagações, mas provavelmente também foram permissivos até DEMAIS com o tipo de filme que me deixavam assistir quando era criança. Eles são os melhores do mundo.

Obrigado. Amo demais todas essas pessoas e muitas mais.

E a você, leitor, por ter dado uma chance a este livro e por ter chegado aqui. Se você gostou: por favor, faça uma resenha. Se não gostou: faça uma resenha também, mas quem sabe não valha a pena ler mais uma vez, hein?

Valeu,

Adam.

CONHEÇA OUTROS LIVROS DO SELO

UM THRILLER APAIXONANTE SOBRE PODER, PRIVILÉGIO E A PERIGOSA BUSCA PELA PERFEIÇÃO

- Autora Best-seller
- Um Thriller apaixonante

Um thriller apaixonante sobre poder, privilégio e a perigosa busca pela perfeição dos jovens do ensino médio. Tudo na vida de Jill Newman e de seus amigos parece perfeito. Até que a memória de um evento trágico ameaça ressurgir... Três anos antes, a melhor amiga de Jill, Shaila, foi morta pelo namorado, Graham. Ele confessou, o caso foi encerrado e Jill tentou seguir em frente. Mas quando começa a receber mensagens de texto anônimas proclamando a inocência de Graham, tudo muda.

UM ATERRORIZANTE JOGO DE GATO E RATO.

- Thriller psicológico nos anos 90
- Protagonismo feminino
- Suspense e plot twists

No volante está Josh Baxter, um estranho que Charlie conheceu no painel de caronas da faculdade e que também tem um ótimo motivo para deixar a universidade no meio do semestre. Na estrada, eles compartilham suas histórias de vida, evitando o assunto que domina o noticiário: o Assassino do Campus, que, em um ano, amarrou e esfaqueou três estudantes, acaba de atacar de novo. Durante a longa jornada até o destino de ambos, Charlie começa a notar discordâncias na história de Josh. Para ganhar esse jogo, será preciso apenas uma coisa: sobreviver à noite.

Todas as imagens são meramente ilustrativas.

 /altanoveleditora   /altanovel